單行戀

외사랑

TR 著

陳莉蓉 譯

volume 01

Odd Love

00:00:00

Contents
目錄

MOVIE

Odd Love

Under 18 requires accompanying parent or adult guardian. Contains some adult material. Parents are urged to learn more about the film before taking their young children with them.

외사랑

OVIE

dd Love

18 requires accompanying parent or adult guardian. Contains
dult material. Parents are urged to learn more about the film
taking their young children with them.

MOVIE

Odd Love

Under 18 requires accompanying parent or adult guardian. Contains some adult material. Parents are urged to learn more about the film before taking their young children with them.

외사랑

MOVIE

Odd Love

Under 18 requires accompanying parent or adult guardian. Contains some adult material. Parents are urged to learn more about the film before taking their young children with them.

외사랑

MOVIE

Odd Love

Under 18 requires accompanying parent or adult guardian. Contains some adult material. Parents are urged to learn more about the film before taking their young children with them.

외사랑

第0章

碰到指尖的水滴很涼。不鏽鋼水龍頭閃爍著銀光，我將手指伸向水龍頭末端，合起雙手接起一些水，將臉打溼。當水碰到肌膚時，甚至沒有冰冷的感覺，滴著水的皮膚感覺就像木頭一樣。

一次一次，如此反覆，皮膚才開始恢復知覺。隨著慢慢感受到的，從臉上滴落的水滴溫度，和順著臉頰流下、凝結在下巴處水珠的觸感，才逐漸清醒過來，不停閃爍著的視野也恢復了光亮和顏色。

我扶著洗手檯抬起頭，鏡子裡溼透的男人面如死灰地看著我，酒跟藥都攝取過多了。清醒過來後，一股不悅感和煩躁感湧上心頭。既然像瘋了一樣吃喝玩樂，就應該一直開心到最後才對，可最後填滿我胸口的，卻只有那該死的空虛感。

襯衫上被冷水浸溼的水漬已經擴散到胸口處了，沒有什麼比溼透的領子碰到脖子更令人不快的事情了。我粗魯地將黏在額頭上的頭髮向後撩去。

「鄭理事。」

在離我幾步遠的地方，一個男人斜靠著牆看著我，染成橄欖棕色的頭髮下，深邃的雙眼皮給人一種漂亮的感覺。男人的身高約一百八十公分，肩膀雖然很寬，卻無法抹去他身材纖瘦的感覺。不過再怎麼瘦，男人都還是男人。

「你有什麼話想說嗎？」

我擦去從下巴上滴落的水珠，一邊問道。男人沒有回答，而是朝我走來，他不太自然地從口袋裡掏出手帕，擦拭我用手隨意擦過的下巴，正好我也因為水氣而感到很不舒服，便沒有阻止對方。男人連連笑著為我擦臉，就連掛在睫毛根部的水滴也用溫柔的動作擦去。本以為男人會繼續為我擦拭脖子，他卻朝我靠近了一些。接著，露骨誘惑的氣息從我的耳邊傳來。

「我很會含的。」

什麼？依然處於茫然狀態的腦海中浮現出這樣的疑問，但我很快就冷靜了下來。他說的這句話，賓語是什麼相當明顯。這時我才想起眼前的帥哥是誰，聽說他的年紀大概是二十幾歲吧，臉蛋卻比實際年齡還要顯老，他也是經紀公司正在主推的演員。因為他靠自己的演技就順利通過了徵選，當時不知道是經紀人還是經紀公司的老闆，還拿這件事一直喋喋不休地吹噓。想到這裡我不禁失笑，憑自己的演技乘勝追擊的人，又怎麼會擅長口交？

「你的意思是要我插你嗎？」

「……」

聽到我的回答，男人的身體頓時變得僵硬。斜眼看去，男人的臉上明顯流露出緊張感。他雖然裝作若無其事的樣子，其實連身體都在顫抖。我有這麼恐怖嗎？

好，如果你會怕我，能搞清楚自己的身分，自己夾著尾巴逃走的話，我願意放你一馬。因為現在還有藥效殘留，我的心情還沒有那麼糟——

「請射在我嘴裡吧，我會好好吃掉的。」

可男人最後還是撒嬌低語道，跪在了我的面前。我呆滯地往下看去時，男人已經解開了我的皮帶，隨著皮帶釦解開的「嘰咿」聲，男人毫不猶豫地拉下我的內褲，看來他頗有經驗啊。就在我這樣想的那一刻，他伸出溼潤溫暖的舌頭舔了舔我的老二。在下腹、尾骨處散發出的搔癢感是生理現象，而我的身體本就因為酒精、藥效而發熱著，血液不停向下體流去。

我低下頭看向吸吮著性器的男人，他雙眼半閉著，睫毛很長，長到讓人不禁懷疑他白皙的臉蛋會不會因此蒙上陰影。不過也因為如此，以男人來說他給人的感覺相當漂亮。在他的刺激下，我的老二在男人嘴裡逐漸脹大，可我還是沒什麼感覺。

男人發出「唔、唔嗯、嗚」的鼻音，努力吞吐著性器，努力到在不知不覺中，他的臉甚至都被汗水浸溼了。當然是有快感的，搔癢感從下腹開始擴散。

但不知為何，這種搔癢感就和蟲子在皮膚下爬行的感覺沒什麼兩樣，沒有一絲令人沉醉的感覺。雖然有了想射出來的欲望，卻沒有要達到高潮的跡象。快感是快感，卻是一種令人不快的快感。

「……哈。」

當我短短地呼出一口氣，男人就帶著難堪的神情抬起了頭來，露出因為他都含了這麼久了，我都沒有射出來而感到慌張的表情，可他還是繼續努力吞吐了起來。雖然已經滿臉通紅，一副勉強忍住反胃感的模樣，可把老二吞進喉嚨深處，用喉嚨再夾緊性器的技術卻是相當不錯。

「確實是挺厲害的。」

我把手放到男人的頭上，撫摸著他柔軟的髮絲喃喃自語道，男人的表情就變得放鬆，臉上滿是安心的神色。他把我的老二從嘴裡吐了出來，狡黠一笑，將變得黏糊糊的棒子貼到自己的臉上蹭了蹭。看著他的笑臉，我也跟著笑了出來。我輕輕把自己的性器從男人的臉上移開，用手背撫摸他笑著的臉頰。

然後就這樣搧了他一巴掌。

「啊!!」

啪嗒!因為沒有控制好力道,男人尖叫著倒下了。媽的,手背好痛,雖然男人的皮膚很柔軟,但手背的關節還是很痛,好像是不小心打到顴骨了吧。因為疼痛,不快感又增加了,讓人煩躁不已。

「這麼沒家教,厲害又有什麼用?媽的。」

我把已經變得硬挺的東西收進內褲裡,整理起衣服。我的心情很糟,而且還不是一般的糟,是糟糕到了極點。既然要含,就要含到我射出來為止啊,這樣只不過是讓我的老二沾滿骯髒的口水而已,連欲望也沒能被解決,心情還被搞得一塌糊塗。

砰!即便踹了他的肚子。

「呃!」

喀嚓!即便踩著他不停顫抖的肋骨。

「呃啊啊!!」

心情還是很糟。雖然穿著皮鞋的腳不怎麼會痛,打男人耳光的手背卻是火辣辣地疼,就連必須彎下腰扶起男人的動作也讓我覺得十分煩躁。我胡亂抓住他的頭髮,髮絲纏在我的指間,男人尖叫地說著「要死了」,而我絲毫不在意。可能是因為不敢反抗,男人的身體順勢被我拉了起來,就這樣被我抓著頭髮,踉踉蹌蹌地跟著我的步伐動起腿來。

「理、理事！」

打開廁所門的時候，有個混蛋裝熟似的喊了我一聲，而我只是抓著男人的頭髮繼續走著。回到原本的包廂時，因為心情還是很不好，我索性用腳踹開了門。「匡！」的一聲，門打開了。包廂裡的人們全都安靜下來，並看向我，他們充滿驚愕的神情很是搞笑。

讓我想想，剛才是哪個混蛋把這個男人介紹給我，還讓他坐在我旁邊的。

「柳華!!」

那個混蛋似乎認識被我抓著頭髮的這個男人，為我解開了疑惑。雖然纏在我手指上的不像是頭髮，更像是纏上了蟲子，讓我覺得又髒又不愉快，但都走到這裡了，要我再走幾步路還是忍得住的。我把男人拖到EMP娛樂公司的社長面前，並丟了過去。他倒下後，撞得附近的東西「匡噹匡噹」作響，最終倒在自己的老闆面前，不停地顫抖著，這激起了我虐待狂的一面。喔，現在感覺射得出來了。

「是朴社長指使他跟著我去廁所，讓他幫我含的嗎？」

聽到我禮貌的提問，朴社長的臉瞬間變得蒼白。他用驚愕的表情看向我，又看了看滿身是血、倒在地上的男人。看他啞口無言的模樣，看來就是他指使的沒錯。啊，回想起來，不久前把一個女演員推到我床上的傢伙也是他。

「我看您是誤會了。是因為叫佳惠還是什麼的，那個女的洞太鬆了，所以我才捅了她後穴的。」

那個時候也是，無論我再怎麼抽插，快感都無法超越臨界點。裡面熱火朝天，想射出來的欲望熊熊燃燒，卻怎麼也射不出來的感覺讓我非常煩躁。即便我把她翻了個身，捅得更深，還是沒什麼感覺，於是我拔出戴了保險套的老二，塞進那女人的肛門裡。雖然沒有比被含的時候還要爽，但穿透後穴的感覺很特別。更重要的是，那女人掙扎地哭喊著痛的模樣讓我非常滿意。每當我抓住對方的頭髮，用手掌摀起她沒有緊貼的臀部時，收緊的感覺就能成為一點刺激，才讓我得以解放。可即便如此，也不能把我當作痴迷於後庭的人吧。

「那個，鄭理事……」

「這位有潛力的演員誇下海口說自己很會含，搞得我的老二上都是他的口水。」

除了呼吸聲，其他聲音全都消失了的包廂裡迴盪著我的聲音。說話的聲音雖然沒有很大，但低沉的聲音似乎特別響亮，這種寂靜很合我的意。

「結果我也沒射，看來是我有障礙啊。」

是我有障礙啊？雖然開了玩笑，卻沒有一個人笑出來。只有我一個人嗤嗤笑著，而其他人全都臉色蒼白、不發一語。

「理、理事……」

「不然就是這個人有障礙。」

社長現在就連我的名字都沒辦法叫得清楚，緊張地喘不過氣來。他渾身發抖，不知所措，看起來也沒有餘力能照顧倒在自己腳邊、顫著抖的男人了。藥效逐漸消失，可我反而不再感到空虛，覺得現在比剛剛更快樂了。

我想起了一個在這種歡快的情況下，能夠玩得更愉快的遊戲。我嘻嘻笑著，用腳踢了一下倒在地上的傢伙。這個被踢了幾下就渾身是血的懦弱傢伙，一碰到我的腳就嚇得瑟瑟發抖。那模樣跟剛被釣起，奮力掙扎的魚一樣滑稽，讓我失了笑。

「應該要證明一下自己很會含吧。」

社長和演員都瞪大眼睛看向我。啊，我又沒有解釋清楚了。我總是會忘記，對愚蠢的人來說，仔細又親切的解釋是必要的。

「一分鐘就夠了吧？既然你說你很會含，那如果你能讓朴社長在一分鐘內射出來，我就會道歉，也會讓你擔任這次張導演編導的電影主角。我也會向你道歉，是因為我有障礙才射不出來。」

倒吸一口氣的聲音從四處傳來。寂靜的環境好就好在這個地方，因為呼吸聲能夠毫無阻礙地傳來，僅憑這些就能掌握到別人的心境。真是個瘋子、神經病。他們肯定是這樣想的，但沉浸在恐懼中的呼吸聲，還是讓我墜落谷底的心情變好了。

「否則……」

我伸手抓起桌上的啤酒瓶，雖然沒有很用力，酒瓶卻還是在碰到桌角時，隨著「噹啷啷！」的一聲破碎，只剩下鋒利的碎片留在了我手上。

「我就拿這個劃破你的臉？」

「！！！」

「好，倒數十秒開始。」

十。

九。

八。

看來人一旦陷入恐慌，即便清楚知道這是一件很荒謬的事情，身體也會先動起來啊。倒數計時開始，倒在地上的男人猛地站起來，接著撲到經紀公司社長的雙腿間，開始解起皮帶。可不知是不是因為太著急了，一直沒能順利解開。這時，朴社長也慌慌張張地開始幫忙，他的手也在顫抖，只發出了「喀啷喀啷」的聲音，並沒有起到多大的幫助。倒數兩秒，男人好不容易才解開褲頭，將內褲中那小小的東西掏出來，因為不想再多看到那東西一眼，我喊出了遊戲開始。

「開始！」

我用手機開始計秒的那瞬間，男人一頭埋進了朴社長的雙腿間。呼嗯，朴社長粗重的喘息聲在耳邊響起。

「大家在做什麼？至少要幫忙加油一下吧？」

我回過頭看了包廂內的人一眼，不知是誰「呃」地驚呼一聲。只要是跟我對視到的人，全都忍不住顫抖起來。是啊，如果知道我很可怕，就他媽的不要來招惹我啊。嗯？照我說的話去做就對了。

「不有趣嗎？」

我的心情瞬間變得不太愉快，聲音也大了起來。此時不知道是哪個很會看臉色的傢伙喊了一聲「很有趣!!」，並猛地站了起來。

「加、加油！加油啊！」

不太有趣的加油聲此起彼落地響起。當出聲的第一個人果然是最難的，第一個人這樣站出來後，其他人也跟著站起身來大喊，開始歡呼起來。

「金、金柳華！讓我們看看你的實力!!」

「柳華哥！嘿！加油啊！！！」

群眾心理真的很有意思，被恐懼和罪惡感感染的人們立刻團結一心，按照要求加油助威。「這樣生存下來的人不只有我一個，其他人也沒什麼不同，我只是因為情勢所逼，迫不得已才這樣做的」，他們大概都在這樣自我合理化吧。誰都沒有想阻止我，只是忙著把自己塑造成受害者。乾脆在這瘋狂中麻痺自己理性的狗男女們，正在把包廂變成一團狂熱的漩渦。

這副樣子令人厭惡到會起雞皮疙瘩，同時也可笑至極。

「還有三十秒。」

我宣布完後，助威的聲音變得更響亮了。名叫柳華的演員正拚死拚活地吸吮著，可問題是朴社長，他明明一臉會早洩的樣子，可能是因為太緊張，他連站都站不起來，我偶爾能從演員脣間看到那個東西依舊軟趴趴的。雖說要在一分鐘內射出來是很困難沒錯，但好歹也該硬起來吧。

「朴社長，你加加油嘛，你們家演員的技巧明明挺不錯的啊。而且我還十分體貼地讓你們組隊比賽了，你這樣我就只能劃破他的臉了啊。好，還剩十五秒！」

男人發出的「嗚唔、唔、嗚」聲音，並不是當初吞吐我老二時的聲音，而是哭聲。演員帥氣的臉蛋被我打得血肉模糊，現在還被眼淚、鼻涕和口水弄髒了。而臉色蒼白的社長像是將死之人一樣，大口喘著氣。我輪流看了看手機上的碼表和他們兩人的臉，笑了。

「時間快到了，六、五、四……」

最後倒數時，包廂內的人們就像被迷惑了一般，一起倒數著，其中還交雜了一些尖叫聲。

三！

二！

一！

「停。」

碼表準確地重整回一分鐘的那剎那，我抓住演員的頭髮，讓他的脖子往後仰，將他從社長的雙腿間拉開。社長的老二小到讓人懷疑只有大拇指的大小，我痛快地嘲笑了它。

「媽的，至少也該硬起來吧。」

不知不覺間，包廂裡又安靜了下來，這次連發出呼吸聲的人都沒有了。

「張嘴。」

我俯視著他、發出命令時，男人的瞳孔就劇烈震動。我正想著自己的手怎麼還這麼痛，應該是真的打到顴骨了，果不其然，他帥氣臉蛋上的一邊顴骨腫起來了。紅腫的傷勢由下往上延伸，一隻眼睛歪斜的樣子既可憐又有點難看。

「嘴巴……」

我叫你怎麼做，就該怎麼做啊。我已經對從他腫脹的眼睛中掉下的淚水感到厭煩了。

「張開。」

聽到我的命令，男人就像被雷劈到似的，在我皺起單邊眉毛的時候顫抖著張開了嘴，下巴關節像生鏽的齒輪滾動一般，「喀嚓」一聲打開了。

他的嘴裡是乾淨的。嗯，不意外，連一點精液都沒有。我笑了。

「混蛋。」

我咒罵出聲時，抬起頭仰望著我的男人瞪大眼睛，瞳孔擴張。他過於恐懼而不停流著眼淚，一看就知道很想要逃跑。居然想從我面前逃跑，真是可笑至極。

男人起身的那剎那，我抓住他向上仰起的下巴，拉到身邊，把他的頭牢牢固定在大腿間，往下看到他嚇得蒼白、哭泣著的臉，那讓我很想笑。

「這、這、這，一分鐘太短了！」

男人想把抓住自己下巴的手甩掉，拚命喊著。因為下巴被抓住，發音有些模糊，但我還是聽懂了。男人想把手扯掉，讓我的手指很痛，但我還是出了點力。我也知道時間很短，但這是一場既有趣又能當藉口的好賭注，不是嗎？雖然在今天被逮到的你有點可憐，可我也是盼望了很久。

「不是說很會含嗎？」

我噗嗤一笑地答道。男人的臉因絕望而變得模糊。嗚嗚嗚……嗚咽聲從緊咬著的牙縫中流出。啊，這才開始覺得有些不痛快。媽的，如果他用這張臉含的話，我說不定就能射出來了呢。

我抬起臉，看向癱軟在一旁的社長，他整理褲子整理到都汗流浹背了，氣喘吁吁的、一副馬上就要死了的樣子，簡直可笑至極。

但是，不管演員還是社長，都是令人厭惡的賤種。

無論我怎麼做、做什麼事，愉快和不快都交織在一起。一股空虛感再次襲來，心情一落千丈。於是我又笑了。

「由我來嗎？」

我溫柔地詢問，社長就全身顫抖、結巴著回道：「什、什麼？」

「還是由社長您來呢？」

我握著瓶口，如果就這樣把酒瓶遞給他，就相當於把鋒利的碎片遞向了他。

不過我本來就不想這麼有禮貌地給他，因為那樣的話，我就不想動手了。

社長汗流浹背地喘著氣，用一副快哭的表情和動搖的眼神看向我。就連這位英俊的演員哭起來都不好看，更別說是一個滿臉淚水的中年男子了。如果能自始至終以愉快的態度對待玩笑、遊戲、打賭的話，也許就不會那麼不愉快了，但周圍沒有一個人能做到。特別是一個大男人還哭哭啼啼的，看到這些，我覺得血液都冷卻了。

「由我動手的話，應該會更痛耶。」

現在既沒有樂趣也沒有感動了，我還是快點行完刑，回家睡覺吧。雖然不喜歡自己的手沾到血，但既然朴社長都拒絕了，那我也不得不親自動手了。

因為掃興，我不怎麼愉快，但賭注還是必須執行。

為了盡快結束，我舉起了握著酒瓶的手，打算輕輕碰一下男人沒受傷的那半邊臉。

「喂，鄭理事！」

若是沒有這道呼喊聲，男人的臉肯定已經變得一塌糊塗，再也無法繼續當演員了。

喂，鄭理事？我想著是誰竟敢這麼隨便地叫我，於是轉頭面向發出聲音的方向，站在門口的，是不知何時現身於此的熟悉面孔。

「冷靜點。」

對方雖然笑嘻嘻的，但他的神情表露出明顯的緊張。這裝腔作勢的傢伙是因為和我同歲，就自稱為我朋友的人。不知道是包廂裡的騷動聲傳到了外面，還是有人向他告狀，說在廁所裡看到我拉著演員回到了包廂，不過無論是何者，我都無所謂。因為我還沒有激動到會不管熟人的請託就誤了事，讓他難堪。

「我沒有很激動啊。」

但我還是壞心眼地答道。我明明已經面帶微笑、親切地這麼回答了，可那傢伙還是「哈哈」了一聲，彆扭地笑著，汗水滾落。

「載翰，拜託了，嗯？」

不過是小小的玩笑而已，有什麼好怕的。我將手中的破瓶子隨便丟到地上，鬆開緊握著男人下巴的手，摸了一下他被汗水浸溼的頭髮。高大的男人低頭面向地板抽泣著，一股騷味不知從哪裡傳了過來，才發現男人雙腿間都溼透了。希望這只是我的錯覺，不然連沾著男人汗水的手都要開始覺得不舒服了。

「都破相了，之後就沒辦法當演員了吧。」

我從夾克的口袋中掏出手帕，一邊擦著手，一邊看向朴社長。他看似鬆了一口氣，但還是像被雨淋過了一樣流著汗、喘著氣。他應該懂我的意思了吧，一個演員的臉被劃破，就意味著他再也不能當演員了。雖然沒有真的劃破他的臉，但至少結果會是一樣的吧。

「以後應該不會再見面了吧。」

我把擦過手的手帕丟了出去，而臉上溫柔的笑容則是附贈的。

我沒有拒絕李景遠多喝一杯再回家的邀請，雖然已是凌晨一點，但我知道自己就算回到家也肯定睡不著。失眠症是困擾著我的頑疾，不知道從什麼時候開始，我一天能睡三個小時就算多了。嚴重的時候，甚至幾天、幾週都睡不著，直到精神狀態變得破碎，再也無法支撐下去時，也要打一支牛奶針[1]才能入睡。

「其實我一直很想介紹一個人給你認識。」

在走廊上走向另一個包廂時，李景遠看著我的臉色喃喃自語道。我早就料到是這樣了，接近我的人沒有一個不是這樣的，說是介紹，實際上是想要我的幫忙。想付出最少的代價來拜託人的話，沒有什麼比「朋友」更好的名目了。這些看著我的臉色，露出緊張而卑微的微笑並自稱是我這個瘋子、神經病的朋友的人，都是為了要輕易地利用我。

1 牛奶針：其成分為丙泊酚（Propofol），丙泊酚製劑為具醫療用途之麻醉劑。近年有被毒癮者用來當作替代性毒品而遭濫用，因製劑外觀呈現乳白色而稱之為「牛奶針」。

「他是個電影導演，出道作品是一部獨立電影，我看完感觸很深，所以就把他找來了。」

唉，這個更惡劣、更累人啊。居然把一個電影導演推薦給不僅在經營電影院，還在經營電影發行、製作和投資公司的我。我個人不太喜歡這種遊說方式，如果有自信的話，就自己帶著劇本去公司啊，這樣黏著人拜託做什麼啊。雖然因為需要，我偶爾會來這種場合，也會遇到真的不錯的作品，但這種接近方式是絕對不被我看好的。

當然，我不會在酒桌上將這些想法表現出來。我總是在喝酒時暗中或明目張膽地吸毒，不管對方是誰，我都會隨心所欲地玩。但是，人在做出會被稱作是瘋子的行為時，通常都是有理由的。儘管如此，就算我做了瘋狂的事情，人們也不會想到我是因為討厭那些遊說的人才這樣做的，只會單純覺得我本來就是個瘋子。可我其實也是個有自己標準的人。

等到了包廂門前，正打算開門而抓住門把的李景遠並沒有開門，而是突然笑嘻嘻地回頭看了我一眼。停下來幹嘛啊，還用那種眼神看我。

「他以前是個演員，還長得很帥呢。」

他就像是在說什麼祕密，甚至把聲音壓低，輕聲說道。所以呢？長得帥跟會不會拍電影有什麼關係？他不知道這樣無謂的話只會更讓我心煩。

不知道李景遠是怎麼看待我面帶微笑的表情的，但他還是自信滿滿地打開了門。

「大家玩得開心嗎？我請來了一位非常重要的人！」

我一直微笑著，李景遠瞥了我的表情一眼，似乎完全接受了我的笑容，跟著笑了起來，興奮地讓我往裡面坐。

「來，這位是ＴＹ娛樂公司的鄭載翰理事。看起來很端莊、紳士吧？但他其實是一位很可怕，卻也很有趣的人。不過我們從高中開始就認識了，哈哈。」

即便李景遠會看我的臉色，實際上卻經常越線，不過他那種傲慢的態度並不壞。雖然覺得那些害怕地觀察我的臉色，自己接近過來的傢伙們這麼做是理所當然的，可一方面也會覺得厭煩，李景遠反而算得上是可愛的了。或者就像他說的那樣，因為高中就認識了，所以我已經習慣他的傲慢了吧。

把我介紹給眾人後，李景遠開始介紹起包廂裡的三個男人。我知道李景遠經營的會員制酒吧會有很多演藝圈相關人士來光顧，果不其然，包廂裡都是一些半斤八兩的男人。他最先介紹的男人是個小經紀公司的社長，似乎是不熟悉這樣的場合，男人不停搓著大腿，看起來非常緊張。他旁邊的男人說自己是一家剛起步的電影製作公司的相關人士，但還是沒能引起我的注意。先是經紀公司，然後是電影製作公司，最後是導演嗎？再加上發行、投資電影的我，倒也不難理解李景遠為何會想帶我來。只要在這裡談得順利，就能製作出一部電影。而且TY還同時在經營電影事業，在首爾和各地都擁有很多間電影院，電影的發行和上映想必也能一次談妥。

啊啊……心情越來越糟了，我要在這裡攪和些什麼呢？已流失一半酒勁和藥效的身體只剩下空虛和無力感，一點欲望都生不出來。心情糟透了，現在哪怕是衣服上起了一點毛球，都能讓我大發雷霆吧。

於是不管別人是不是在跟我打招呼，我拿出、含住一支香菸並點燃。本來想和我打招呼的兩個男人尷尬地僵住了，可李景遠早已興奮得無法察覺到凍結的氣氛了。

「好，還有這邊這位！鄭理事你看，他真的是一位很厲害的導演喔？」

李景遠興奮得幾乎像是在大叫。實在是太吵了，讓我不禁疑惑，到底是要介紹多厲害的傢伙，能讓他興奮成這樣。呼……我吐出一口煙，看向被李景遠拉起來的傢伙。

「這個時代造就出的不幸天才演員!!但是以導演開始第二人生的大才導演尹熙！星!!」

一瞬間，我忘了自己正叼著煙。

站著的男人很高大，與緊貼在旁邊的李景遠相比，身高似乎有一百八十五公分左右。烏黑眉毛下單眼皮的細長眼睛讓人印象深刻。雖然眼睛不小，但因為眼尾細長，給人一種犀利的氛圍。高挺的鼻梁和帥氣的臉蛋不亞於現在當紅的男演員們，從鼻梁中間稍微突出、微微彎向一邊的樣子來看，他的鼻子絕對不是靠醫美整出來的，連嘴唇的厚薄也恰到好處，非常漂亮。

然而，我會被他吸引，不單單是因為他的帥氣。身價高昂的男女演員，我見過不止一、兩個，不管原本長得如何，放棄演員事業的男人都無法像他們一樣被打扮。我見過更多比他更俊俏的傢伙、更豔麗的女人，儘管如此，我還是無法將視線從他身上移開，甚至感到驚訝⋯⋯

因為他緊閉著的嘴唇和銳利眼神造就的面無表情臉孔——

是我記憶中的面孔。

「哎呀，都看傻啦。」

戲弄的聲音傳入耳中，但我沒有理會，忙著從記憶中找出那張臉。那是一個皮膚如杏仁霜般白皙、面無表情的男人。第一次見到他時，他是電視劇裡的配角，當時他那張白皙的臉龐在螢幕上露出了潔白的笑容。

「我們家熙星真的很帥吧？」

「⋯⋯我叫尹熙謙。尹熙星是以前的藝名，現在已經不用了。」

「啊，對啦，熙謙、熙謙。不過你還是演員的時候，我就很關注你了，所以還是比較習慣叫熙星這個名字，哈哈。」

我以為他只是個不會做出任何表情的配角演員，長相甚至有一種頹廢感，他卻在螢幕上笑了，還笑得無比耀眼。那一瞬間，我的胸口悶得喘不過氣，還反胃想吐，所以……

「你突然就停止了演藝活動，真是太可惜了。」

我狠狠踐踏了他。

讓他再也無法出現在我的視線內。

「總之，載翰，你打起精神來啦，喂。熙謙真的長得很帥吧，但他的劇本更厲害。不如讓他當來男主角，這張帥氣的臉如果出現在大銀幕上……」

「長得帥又怎樣。」

我喃喃自語的聲音十分冰冷。雖然想像平常一樣露出笑臉，可不知為何，我的臉部肌肉沒有絲毫變化，冰冷的聲音生硬得不得了，這一點都不像平時的我。

「難不成……」

可能是因為轉行成導演，被太陽晒黑了吧，他原本像杏仁霜一樣白皙的皮膚比以前黑了不少。盯著我的臉龐依然頹廢，但從前那般慵懶的感覺消失了，他乾瘦的臉像沙漠般乾燥，如岩石般堅硬。

「是想出賣身體嗎?」

即便如此，他還是無比耀眼，皮膚明明沒有以前那麼白皙了，卻還是閃閃發光。

那仍然沒有消散的光芒好像反而變得更強烈了。

我決心——

要徹底地將他再次踐踏在腳底下。

第1章

是從什麼時候開始，性高潮變成了如此痛苦的事情呢？連在身體裡持續搔癢的熱氣都令人不快。也許是從小就開始吸毒的關係，我的身體被搞壞了吧。雖然不是習慣性地吸毒，但吸毒後進行性愛的亂交派對是我小時候最大的樂趣。我嘗試過各種類型的毒品，現在也還是經常嗑藥。

據說吸毒的副作用會導致性功能衰退，不過到幾年前為止，我的身體都沒有出現太大的問題，勃起和射精都很正常。不，就連現在也不能說我的性功能衰退了，每天早上都會勃起的那玩意兒有活力到讓人不爽的程度，不管是被撫摸、被舔弄又或是視覺上的刺激，只要一受到挑撥，就會馬上硬起來。

但是，射精卻是另一個他媽的問題。

不管是嘴巴還是洞，只要在裡面抽插，就能得到快感。包裹著性器的無論是口腔還是肉壁，確實都能為我帶來頗大的愉悅，射精感也會高漲。

但是我無法高潮，這是最大的問題。不管怎麼抽插，無論做了什麼，都沒辦法得到令人眼前一亮的極致快感，只會不上不下地達到高潮。「啊，現在差不多可以射了」，只有一股緩慢爬升的快感。即便下腹收緊，射精瞬間的釋放感還是若有似無。就算吃了很多搖頭丸，帶著藥效做愛結果也一樣，並不是說射不出來，最重要的是快感。

不知不覺間，無論做愛還是自慰，對我而言都沒什麼差別了。

「您不去上班嗎？」

我瞥了一眼沒敲門就打開浴室門進來的傢伙，心情並沒有因為他未經允許就進入浴室而變糟。因為我打從一開始就沒有鎖門，就算我有鎖，他也能隨意進出，他就是這樣的存在。

「……這樣會感冒。」

男人把手伸進我正泡著的洗澡水中，咋了咋舌。我明明是泡在滿滿的熱水裡，現在的水溫卻變得像我的性高潮一樣不冷不熱。男人嘆了口氣，用溼漉漉的手撿起掉在浴缸外磁磚上的煙蒂，丟進垃圾桶裡，然後隨口問道：

「要幫你叫女人來嗎？」

或是男人？他長年跟在我身邊，說是像我的影子一樣也不奇怪，可是他也無法理解我正在經歷的困境。大家都覺得我是因為受過各式各樣的刺激，才會對普通的刺激一點感覺都沒有。這或許沒錯，但他們不明白這是多麼痛苦又煩躁的事情。只有讓他們二十四小時都勃起著，且不讓他們射精，不然他們無法了解我的苦衷，就這樣活上一整年，就能理解有射精障礙好幾年的我了。然而，在解放的瞬間，除了我以外的人們都能痛快地射精，獲得至上的快感，因此沒有人能夠理解我的痛苦。

「叫四、五個人來輪番讓你上的話，你應該也能爽到吧。」

「我還試過讓人在我面前做愛，我在後面插著。那也不怎麼好玩。」

你覺得會有什麼性愛是我沒嘗試過的嗎?在我的指責下，男人閉上了嘴。

「……那……」

看了手錶一眼確認時間的傢伙板著臉問：

「還是我幫你含？」

「……混帳，直接沒那個興致了，真是謝囉。」

我根本無法想像這個身材像熊一樣高大、臉上沒有刀疤就足夠猙獰的傢伙把頭埋在我雙腿間的樣子。但因為我想像力本來就很好，不小心想像出了畫面，在體內流竄的不上不下且令人不快的熱氣一下就冷卻了。這個效果不錯啊。以後只要想像在插那個傢伙，硬起來的老二應該也能很快就軟掉了。

「快點洗完出來吧，要遲到了。」

你這臭保姆。對於我這句冷嘲熱諷，男人的表情沒有一絲變化，只是讓我從浴缸裡站起來，把浴缸裡的水放掉，離開了浴室。因為我沒有脫下浴袍就泡進了浴缸裡，浴袍被水完全浸溼了，沉重地壓在肩膀上。我把溼漉漉的浴袍脫下，它便「啪嗒」一聲掉在了腳邊。

在蓮蓬頭下隨便洗完頭髮和身體後，出去時乾淨的浴袍已經準備好了。我沒有擦乾身體便穿上浴袍，用毛巾擦拭著頭髮。彷彿生怕別人不知道自己是保姆似的，那傢伙隨心所欲地翻了翻我的更衣室，拿出要給我穿的衣服。不知為何，疊得很漂亮的四角褲顯得非常少女。

「好像沒時間吃早餐了。」

「我不吃。」

聽到我的回答，那傢伙將目光投向守在後方的家管人員。誰也沒要求他，就自己當起了別人的保姆。有忠誠心固然好，但他向我奉獻的過分忠誠總讓我覺得不愉快。我吹著頭髮的期間，他也一直觀察著我，看看有沒有需要他幫忙的地方。

金泰運。他雖然比我大一歲，卻是像同齡人一樣與我一起長大的手足。我們畢業於同一所學校，但朋友這個詞並不適合我們，我們之間並沒有可以被稱作是「友情」的感情，彼此之間的交情更是淡薄。如果說我是主人的兒子，那他就是僕人的孩子。

「在我身邊輔佐我是理所當然的」，他從小就在這樣的洗腦中長大，所以他和我不可能是朋友。

「金室長。」

「是。」

回話的他似乎很在意我尚未乾透的頭髮，不停瞟向我的頭。我已經把頭髮大概吹乾了，也上了髮蠟。如果吹到這種程度，髮型應該會定型得不錯，而且髮尾也乾得差不多了，不會弄溼衣服，真不明白他為什麼這麼坐立不安。

我無視他的視線，穿上背心扣上釦子後，他幫我穿上外套。我把手臂穿進去，最後檢查一遍鏡子裡的自己，道：

「昨天有人介紹了一個叫尹熙謙的傢伙給我認識。」

不，應該說今天凌晨？算了。

「你去調查一下。」

「……演員尹熙星嗎？」

啊啊……在他反問的瞬間，我想起來了。這樣想來，我以前也說過同樣的話。

『你去調查一下那個叫尹熙星的傢伙。』

不知為何，那天也是從早上開始就情緒低落的一天，這種若有似無的既視感讓我笑了出來。

「把事情做好，才不需要調查一個人兩次啊。」

「……」

「那傢伙過得好像還挺滋潤的啊？」

金泰運的表情變得僵硬。想想也是，我以前雖然踐踏過很多人，但沒有一個有被我記住。為什麼？因為金泰運處理得很好，所以我從沒有再見過他們第二次。他有著與熊一般的外貌不相稱的細膩和完美主義，而那分完美主義卻出現了裂痕，我愉快地指責道。他那變得凶狠僵硬的表情讓我很滿意。

「……您又見到他了嗎？」

「他好像還在電影界工作。」

「……我會處理好的。」

「先靜觀其變，你先把資料拿來。」

「您沒必要見到他第三次。」

「是這樣沒錯，但是對方說要來找我呢。他那麼熱情，我當然得再見他一面了。」

那傢伙的狂妄自大不亞於金室長你呢，那樣喃喃自語的我依然笑著。腦海中浮現出一張帥氣的臉龐，讓我笑得更開了。放肆的傢伙，可能因為是在演藝界闖蕩過的傢伙，所以才這麼非同一般吧。

是想出賣身體嗎？

我比往常還要冰冷的聲音，讓李景遠的肩膀直發抖著。本來還很興奮的他似乎總算掌握到了包廂裡的氣氛。先前被介紹給我認識的兩個男人不知該如何是好，變得僵硬，包廂內的氣氛冷冰冰的，彷彿氣溫驟降了幾度。載、載翰……李景遠雖然叫了我的名字，但我沒有看向他，依然望著尹熙謙。

「您想要我這樣做嗎？」

嗝！不知道是李景遠還是哪個男人打了個嗝，倒吸了一口氣。

看看這傢伙有多麼傲慢？我之所以會這樣想，是因為提出這個不遜問題的男人，他漆黑的眼睛比他說的話還要桀驁不遜好幾倍。深邃的眼神和超越頹廢的瞳孔中，散發著混濁的光芒。這不是一般的挑釁。

「如果我說是的話，你會幫我吹嗎？」

「……如果您想要的話。」

熙星先生！也許是因為尹熙謙的回答很令人意外，李景遠尖叫般地叫了他一聲。

怎麼，明明是你自己把他隨便帶來這種場合介紹的，難道他以為在演藝界打滾過的尹熙謙還會很乾淨、純真嗎？也許對李景遠來說他就是那樣的人，但從李景遠把他帶來我面前的那時開始，尹熙謙對我來說就已經是男妓了。如果我為他做了什麼，他就會用身體來償還，又或是答應幫忙牽線的李景遠的請求。

而李景遠想要的肯定就是尹熙謙的身體。

是啊，面對男妓就只要給予男妓的待遇就行了。我把沒吸幾口、已經燒到香菸濾嘴的菸混進菸灰缸中熄掉，對尹熙謙說道。

「脫下褲子趴在桌子上，讓我來幹你。」

李景遠倒吸一口氣的聲音響起，另外兩個男人則是嚇得臉色發白，動都不敢動。尹熙謙望著我的漆黑瞳孔也在顫抖，他的動搖讓我嘗到了一點喜悅，不過糟糕的心情仍舊沒有太大的變化。

我看向尹熙謙，他似乎沒有要脫衣服的樣子。雖然從始至終閃閃發亮的光芒有些黯淡下去，但面朝著我的臉龐依舊帥氣。

「不然你就張開腿躺下吧。就像李景遠說的那樣，看著這張帥氣的臉做倒也不錯。」

「……!!載翰，你、你幹嘛這樣啊……我不是那個意思。」

「不是這個意思的話，是要我幹完他，投資他的電影就行了嗎？順便搞定電影院的檔期？」

「……！」

「還是說我這麼做的話，你的雞巴就能爽到嗎？」

「不是！不是那樣的，我怎麼可能會為了這種事而把他介紹給你啊。載翰，你心情不好嗎？你心情很差，我還硬纏著你……」

「沒有啊，我現在心情好得不得了。」

這時我笑了。為了露出笑容，我把嘴角扯了起來，這才意識到我剛才根本沒有笑，只是冰冷冷地說著話。生氣時反而會笑出來的我，居然一反常態地以嚴肅的神情表現出憤怒和不快感，真不像我。

「就是因為心情很好，才會看在你的面子上答應要幹他了啊，即使他不是我的菜。」

我並不喜歡把一個身高比我高、體格也比我壯的男人壓在身下。我本來就不是同性戀，所以比起男人，我更喜歡身體柔軟的女人。即使在男人的嘴裡也能硬起來，在後庭抽插也能射出來，但那都只是受欲望驅使罷了。不管是肛門、陰道，還是嘴巴，都無法讓我興致高漲。但是我也不是那種把比自己高壯的身體壓在身下，就會產生征服感的個性，所以從沒抱過比自己強壯的男人。老實說，光是想到一個高大的男人在我身下呻吟的模樣就快吐了。

因此，雖然尹熙謙的臉是我喜歡的類型，但身體絕對不是。儘管如此，我也還是願意一試。只要讓我幹一次，不管是投資還是發行，我都會盡力而為。

「還愣著幹嘛？不脫嗎？」

但是尹熙謙並沒有動作。這可是千載難逢的機會耶，要是因為周圍有人在看，所以沒辦法做到的話，那就太無趣了。人生都墮落谷底到要出來賣身了，還想顧及自尊心，沒有比這更可悲、更可笑的事了。尹熙謙的瞳孔依舊如地震發生般顫抖著。

「我……」

他低沉的聲音掠過耳邊，比剛才還要低沉的聲音果然很性感。他可能會發出隱忍著疼痛的「呃、呃」聲吧，不過那樣的呻吟倒也是不錯。如果他拒絕的話，強姦他應該也不賴。這麼一想，心裡不知怎的就平靜了下來。好吧，那我就寬宏大量地聽聽他要說什麼，再開始幹他吧。

「……本來想著如果再見到您，要跟您道歉的。」

「……什麼？」

但是在那一瞬間，我膚淺的寬容所帶來的片刻柔軟使我的內心產生了裂痕。

再次見面。要道歉。

我沒預料到會從他嘴裡聽到這兩句話。雖然李景遠用「你們早就認識了嗎？」的好奇眼神看向我，可我還是盯著尹熙謙看。那肯定不是一段美好的記憶，我搞不懂他先開口的用意。

「道歉？」

道什麼歉？我實在無法理解。

「尹熙謙先生有什麼需要向我道歉的事嗎？」

尹熙謙沉默著，而那分沉默讓我十分鬱悶。該死，到底是什麼事情啊。原本以為心情已經夠糟了，但沒想到這還沒結束，我的心情又變得更糟了。我完全想不起來他有做過什麼需要向我「道歉」的事情，腦子裡像被塞滿了屎一樣，心情糟糕透頂。無論我怎麼想，都不覺得尹熙謙有做過需要道歉的事情。

「我只記得我有進入那棟房子，在那之後的事情就都不記得了。」

「……」

「我不記得了，你需要向我道歉的事情到底是什麼？」

「……我改天再私下向您致歉。」

「啊，是不想被別人聽見嗎？李景遠，你出去，也把其他人都帶出去。」

聽到我的命令，李景遠站了起來。啊，難不成他是動了腦筋？因為在別人面前幫我含很傷自尊心，所以先讓我把其他人送走的嗎？如果是想透過我讓李景遠和其他人出去的話，那他的目的算是達成了。作為一個演員，還挺聰明的嘛。

不對，還是說他本來就很聰明，所以才成功轉行當導演的嗎？

但是尹熙謙挽留了李景遠，搖了搖頭，為了不讓他離開，甚至還單手抓住了他的手臂。

「既然要道歉，還是由我去拜訪您吧。」

那一瞬間，我再次領悟到什麼，「噗嗤」一聲笑了出來。看看這傢伙，根本就是為了自然而然地約定下次見面，故意激發別人好奇心的嘛。就算真的有要向我道歉的事，即便我不記得了，他也肯定是想刺激我。因為那件事，演員尹熙謙不得不放棄演員生涯，是不是因為被烙印上了吸毒犯的印記，沒辦法東山再起才改行當導演的？但是跟我道歉又算什麼，雖然一起被捲入事件中，但我完好無損，只有他葬送了自己的人生。雖然一時被牽扯進去了，但我沒必要被這種事情拖太久。

我從座位上起身，向尹熙謙彎下腰。距離雖然有點遠，但還算搆得著。

我輕輕揮起了手。

啪!!

在痛快的巴掌聲中，尹熙謙的頭腦往一邊轉去。站在一旁的李景遠發出尖叫，我的手掌火辣辣的。

「尹熙謙先生，你還真會試探別人啊。李景遠真是介紹了個有趣的人給我認識呢？」

嘻嘻，我的臉是笑著的，語氣也很溫柔。可寒意已經在我心裡扭曲成一團，深入心底的寒意足以冷卻就算他不願意也要強姦他的想法。情況逐漸變得複雜，從狀況來看，他的意圖不可能是道歉。也許是想刺激我，而我一時之間受了他的擺布。對此，我選擇了不應對。

「那你就來向我好好地道歉吧。」

抑制住想再打一巴掌的衝動，

我笑了。

＊＊＊

被我發掘的電影大部分都取得了穩定的票房成績。我會針對整理好的劇本和企畫案進行討論，如果有必要的話，我不僅會進行一般性的投資，甚至還會介入選角。除了那些從製作開始著手的電影，選擇其他製作公司製作的電影也不錯。有時我甚至會不看導演的名氣，選擇推廣具有多元性的電影。雖然沒能取得巨大的利益，但是會提高不少觀眾對企業的好感度。我不會去投資不賣座的電影，但會根據需要，將其用作「將眼中釘串起來一併送走」的工具。去年故意把一個投資小組的組長派去送死，損失的部分再用進口外國電影來彌補，並不是什麼難事。

從製作到發行，再到市場營銷，只要我想要，我都會不分部門地插手。雖然選擇了順應興趣和需要為主的工作，但並不代表我工作得比別人少，在無法入睡的那些日子裡，我反倒都是在工作中度過的。雖然我有時也會做出會被其他理事稱之為越權的行為，但是也沒有反對的人。即使擁有同樣的理事頭銜，公司也是我的，甚至集團本身就是我的。

我是TY的接班人這件事在我小時候就已經決定了。我的爺爺，也就是這個王國之王的鄭世進會長深愛著自己的長子，對於長子的英年早逝感到非常傷心，因此非常疼愛長子在這世上留下的唯一痕跡——也就是我。只要適當地回應他的期待，我就能輕易地掌握父親的兄弟們和我的堂兄弟們夢寐以求的東西。我鄭載翰完整繼承了鄭世進會長和我父親鄭泰勇的性情，鄭世進對此非常滿意，其他親戚們也都不敢輕舉妄動。

因此，從失去父母的那天開始，我沒有一天不作為掠食者的身分而活。在處境相似的富二、三代的聚會上，也沒有人敢招惹我。

「聽說李景遠被你修理了一頓？」

靠近過來詢問我的傢伙是劉夏俊，和李景遠一樣是我認識了很久的人。他的父親經營著流通、運輸業為主的企業。

「修理什麼。」

我做了什麼嗎？當我笑著反問劉夏俊時，他露出費盡的表情極力辯解道。

「啊，雖然我也覺得那不是什麼大事，但李景遠似乎嚇得不輕啊。你前一陣子不是都對他挺客氣的嗎？甚至還容忍他爬到你頭上，他這次就是得寸進尺，才會嚇得屁滾尿流啊。」

「我也覺得自己這次有點過分了，我當時嗑了藥，神智不是很清楚。」

我退了一步，給劉夏俊一些喘息的空間，他便哈哈大笑了起來。我之所以不再繼續施壓、放過他是有理由的，我認為他如果提到了李景遠，那肯定還會再提到其他話題。

「李景遠肯定會纏著你說自己挖到了寶吧，我不用想都知道。」

「挖到了寶？」

「他說有讓你見他了耶？可是你的反應太冷淡了，所以在那之後他就不敢讓別人見他了，把人藏在自己懷裡戰戰兢兢的，為了拍電影賺錢而急得直跺腳的樣子。」

「啊啊，他看起來確實是很積極。是那個尹熙謙對吧？」

「他就是那個人吧？因為吸毒而毀了自己演員生涯的傢伙。」

「……」

「那天崔星泰完蛋的派對上，你不是也在嗎？」

五年前，也就是我二十七歲的時候，被爆出的醜聞雖然牽扯到了財閥、政治家的兒女，還有藝人，但被眾人所知的就只是冰山一角而已。

而那冰山一角的其中之一就是尹熙星。如果說其他財閥或政治家的兒女是被崔星泰掩蓋過去的，那麼在場的其他藝人就是被一度成為焦點的尹熙星掩蓋了。尹熙星大概不知道那是一場為了毒品和性愛而組織的派對，以為那裡只是喝酒場合的他，因為無法拒絕邀約而被迫參加。那是他第一次參加狂歡派對，也是最後一次。因為就在那天，他第一次嘗試了毒品，也很倒楣地遇到了破門而入的警察。

「我那天吸多了，什麼都不記得了。」

「也是，你突然就不見了。」

其實不僅僅是不記得，直到事件發生的幾天後，我才從醫院裡醒了過來，我的身體因為急性中毒而滿身瘡痍。金泰運說我是自己離開後打電話連繫他的，可我什麼都想不起來。尹熙星……不，應該說是尹熙謙，我記得我有在派對上看到他，但記憶十分模糊。我知道那天事情的始末，但當時的情況比起說是「記得」，不如說我只是「知道」。

「我不記得了，你知道些什麼嗎？」

「我不知道，我連你離開的樣子都沒看到。那時候好像是成遠哥？總之有其他人叫我出去，我就被拉出去了。後來才聽說，我出去沒多久後警察就來了……如果我也被抓到，肯定會落得跟崔星泰一樣的下場，現在想起來還是覺得很可怕。」

畢竟那打從一開始就是為了抓崔星泰才設的局啊。我吞下這句話，用冒著氣泡的香檳潤了潤喉嚨。

看來我和尹熙謙之間確實有發生過什麼事。大概沒有任何人完全記得那天發生的事情，大部分的人都被突然闖進來的警察嚇得魂飛魄散，忙著逃跑。不過在談話中，我得知當時我進了一個房間，而尹熙謙也跟著進去了。

但是這個說要來道歉的傢伙，怎麼連個影子都看不到呢。

「你說李景遠把他藏在懷裡，還戰戰兢兢的？」

「誰……啊，嗯。我是這麼聽說的。」

我「噗嗤」地笑了，拿起桌子上的香菸，取出一根叼著點燃，把煙吸到肺部深處的過程中，臉上也露出了一絲笑容。劉夏俊不知為何臉色發白地看著我，流露出害怕的表情，一副害怕眼前的瘋子會做出什麼事的樣子。

望著我的漆黑眼睛即便在顫動，也沒有一絲害怕。

傲慢的混蛋。

「夏俊。」

「嗯？」

看到那傢伙因為我的呼喊而慌張的樣子令我忍俊不禁。多虧了他，我的腦海中不斷浮現出尹熙謙傲慢的臉龐，笑容變得更深了。

「打個電話給李景遠。」

好吧，帥哥你贏了。如果是為了刺激我，連見面兩次都嫌不夠，還想見第三次的話，那你成功了。

「叫他把尹熙謙帶來見我。」

就讓我來聽聽看你想說些什麼吧。

我抵達飯店套房時，尹熙謙正站在門前。他好像才剛到，不知是不是因為這樣，他的態度有些模稜兩可。我瞟了他一眼，沒打聲招呼就用鑰匙打開了門。我走進房間，而他緊隨其後。

身穿黑色牛仔褲和深藍色復古針織衫的男人雖然很帥氣，卻跟這間套房絕對不搭。時尚的完成度在於臉蛋，個高肩寬的他即便穿著破布也很帥氣，可是依舊擋不住窮酸的味道，我甚至不想跟做著這樣打扮的他同坐在一張桌子旁。

「這樣就足夠私人了吧？」

我沒有開口讓尹熙謙坐下，而是站著拿了根菸叼在嘴裡。我屬於比較愛笑的類型，無論開心還是生氣都會笑，但是，當尹熙謙站在我面前，我就笑不出來了。他大概也沒有露出笑容的餘裕吧，明明只是默默地看著我，沒有為我帶來任何威脅，可是他只要站在我面前，我就會有種被追趕的感覺，就像是站在懸崖上，一直被逼著往後退一樣。

這是我最不滿意的部分。

「你還滿意這個飯店嗎？還是要去我家？」

偶爾也會有纏著想要回我家的人。進入我的私人空間是一種了不起的特殊待遇，這是事實，而他們誤以為自己有資格享受到這種特別待遇，真是傲慢無禮。他們甚至希望透過進到我的個人空間，也走進我心裡。

「去鄭理事的公司就可以了。」

我一時沒能跟上他的話，說不出話來。本來以為他的意思是只要沒有別人在看，也是可以在公司辦公室裡做，但他似乎不是這個意思。

「我去公司找您的時候，您不願意見我。現在卻這樣把我叫來，讓我有點驚訝。」

「……你來找過我了？」

「對，去了三次……您不知道嗎？」

啊，金泰運這個混帳。我把心裡的髒話吞下去，下定決心要殺了金泰運。他知道我偶爾會親自跟導演或製作公司的人見面，接收劇本，所以有電影相關的人士來找我的話，祕書就會通知我。雖然不知道是為了我，還是為了不讓尹熙謙惹火燒身，但能不讓消息傳進我的耳朵，從一開始就把尹熙謙擋在門外的人就只有金泰運了。

「那你想說什麼，說吧。」

現在重要的不是金泰運，明天去公司見到他的時候，再收拾他就足夠了。

可當我為尹熙謙鋪好路後，他卻猶豫不決，開不了口。我已經吸、吐了好幾口煙，他也還是一副在思考著該怎麼說的樣子。當我開始心想這混蛋到底是怎樣，快要失去耐心的時候，尹熙謙終於開口了。

「協助我處理緩刑那件事……我一直很想向您道謝。」

緩刑？這句話讓我頓了一下。雖然吸毒初犯被判緩刑是理所當然的，但當時尹熙謙的情況沒那麼簡單，因為在他家裡發現的大麻和搖頭丸絕對不是個人使用的量，所以我一直以為他肯定會被判刑。

但居然是被判緩刑？

我咬了咬牙。金泰運這個混蛋，這樣的想法再次掠過腦海。金泰渾是這樣向因急性中毒而住院的我報告的：『尹熙星作為現行犯被抓了。雖然他本人否認了搜索住家後的調查結果，但應該還是會被判刑。』當我聽到這個報告時，我只是點了點頭，覺得再也不會見到尹熙星而感到滿足。我從醫院出院的時候，那個事件也已經從我的腦海裡消失了。

雖然是初犯，但應該也要服幾個月的刑期。如果是我被抓到，可能連緩刑都不用就會被釋放了，可對方是尹熙星，這根本不可能做到。然而，什麼？居然被判了緩刑？金泰運在我不知情的情況下幫了他一把？

「不管是道謝還是道歉，都該早點說啊。」

我雖然這樣說道，但內心其實還是很困惑。

「……因為我一直見不到您。」

我強忍著想馬上打電話給金泰運的欲望，我希望他現在就出現在我眼前，我要狠狠踩住他，勒住他的脖子。雖然那個混蛋是為我做事的人，但我不認為這件事是為我做的。要是尹熙謙再次出現在我面前，我會怎麼做？只要是很清楚我脾氣的人，肯定能輕易地猜出來，所以他才會盡可能不讓我見到他，不讓他出現在我眼前吧。這五年來，金泰運算是保護了尹熙謙不受我的傷害。

當然，我早就知道那心軟的傢伙會在收拾殘局的時候，把被我盯上的傢伙轉移出我的視線，直到我對他們失去興趣為止。從大方向來看，他的那些行動確實都是為了我好。惡行是我犯下的，擔心我遭到報應的卻是金泰運。雖然我從未要求過他為我擔心，但我也沒有惡劣到會嘲笑他為我著想的行為，所以我只是放任他不管，而他也因此成為了我的煞車。

我知道五年前尹熙星的事也是如此，但是我的感情並沒有跟隨理性。

我不知道理由，但當時的我對於尹熙星的事，根本就沒有想踩剎車的想法，而金泰運則是瞞著我，擅自為我踩下了煞車。

難道金泰運也被尹熙謙迷住了嗎？所以才想保護他不被我傷害？即便我很清楚金泰運是怎樣的人，這樣的想法還是在我腦海中蔓延了開來。

「就這樣嗎？你的道謝就只有這樣嗎？」

我努力拋開對金泰運的不快，凶狠地問道。雖然心情已經很差了，但我還有話要問，所以硬是忍了下來。不是說有要道歉，而不是感謝的事嗎？尹熙謙明明沒說幾句話，卻一臉疲憊地開口。

「我聽說五年前……」

他到底是想說什麼而這麼嚴肅啊？我裝出面無表情的樣子，不讓他發現我對於他要說的事毫無頭緒。雖然說過不記得了，但還是得裝出知曉一切的模樣，控制住表情。

「您因為我給您的搖頭丸而住院了，我真的……很抱歉。」

瞬間，歡快的笑聲再次浮現於腦海中。

哈哈，這個讓人變得好奇怪喔，你吃吃看。

這不是在我眼前的尹熙謙說的話，但響起的分明就是他的聲音。那個聲音不在耳朵裡，而是在腦子裡嗡嗡響著。接著我又想起來了，漲紅的臉、與他不相稱的呆滯眼神，還有散發著濃濃酒味的嘴唇。男人張開嘴而露出的舌頭上放著兩顆白色藥丸。我在來之前就已經吃過藥了，心裡雖然這麼想著，可我沒有阻止那個男人將嘴唇疊上來……也沒有阻止他的舌頭進入我口中，把藥塞進我的喉嚨裡。

媽的，混蛋。

我好不容易才忍住差點就罵出口的髒話。我吸毒不是一天兩天的事情了，沉醉在酒精、毒品裡也不只一、兩次了，但是我現在才明白為什麼那天服用的藥物會過量到急性中毒。那是我第一次，也是最後一次因為藥物過量而急性中毒。我隱約記得是有人讓我吃下了藥，但想不起來是誰，而且以前也不是沒有人以這種方式讓我吃藥，所以就沒有放在心上，只是想著以後要小心一點。

我對過去那樣想的自己感到無言。用淫蕩的舌頭餵藥給已經沉浸在毒品裡的我的人，就是尹熙謙。現在那張曾經模糊不清的臉清晰地浮現在腦海中。

總之根據尹熙謙的話，意味著「我對讓我服用過量毒品，差點把我害死的人伸出了援手」。在這傢伙眼裡，我到底多像個瘋子啊。

尹熙謙的道歉並沒有就此結束。

「……還有，我也很想為那件事道歉。我真的很抱歉。」

那件事？意思是還有別的事情嗎？我實在想不到他除了餵藥，還做過什麼需要跟我道歉的事。接著，他開始了單方面的告白。

「如果要辯解的話，我當時也吸了毒，所以就犯下過錯了。我知道……就算我說是不小心的，那也是不可原諒的行為，對不起。」

什麼啊，到底是什麼事啊。雖然沒有表現出來，但我其實很慌張。

「我把劇本投稿至很多家投資公司，雖然李景遠先生想要幫我，但是我不想要走捷徑，所以就拒絕了他。那天之所以會去見您，是想向您為那天的事道歉和道謝。」

我快瘋了，我還是不知道到底是發生了什麼事。我粗略地聽了一下，大概明白了情況。五年前，我和尹熙謙只在那場毒品派對上見過一次，在尹熙謙的印象裡，當時的我說不定正沉浸在藥效中，只會咯咯笑著，看上去很愉快吧。而他餵我吃了藥，害我走了鬼門關一趟，我還幫他緩刑……他誤會了，在這場誤會之中，似乎還把我當成了好人。因此，為了表示感謝和道歉，他透過李景遠見到了我，我當天的態度卻和在毒品派對上的樣子截然不同。

「希望您不要對我產生警惕，因為我沒有告訴任何人關於那天的事，也完全沒有想以此為藉口威脅您。」

尹熙謙在這裡又產生了一個誤會。誤以為我是因他對我做過的事而生氣，所以他必須向我道歉。「沒有想威脅我」這句話是真是假都無所謂，只是「尹熙謙那天對我做過的事」足以成為威脅我的工具的這一事實，讓我的心沉了下去。

「你威脅看看啊。」

我從座位上站起來，走了幾步，來到仍然站著的他面前。

「我叫你威脅我看看啊，說要我投資，不然就要把事情曝光出去。像這樣威脅看看啊。」

「……我說了我沒有那樣的意圖。」

「明知道是無法被原諒的事，可是還是想向我道歉？喂，尹熙謙先生。」

尹熙謙淺淺嘆了口氣，烏黑的眼珠已不再動搖。我突然想起那天他對我說過的話，當我進到包廂內，問他說是不是想出賣身體時，「如果您想要的話，我就願意做」，他是這樣回答的。他究竟是對我做了什麼錯事，才會為了讓我消氣，不惜出賣自己的身體？

「你親口告訴我，你到底對我做了什麼。」

「……」

「你向我道歉，不就是想要得到我的原諒嗎？你說啊。」

尹熙謙的表情變得微妙。尹熙謙和我都在互相試探，而我在沒有記憶的情況下假裝記得。尹熙謙說他餵了我藥的時候，我雖然很驚訝，可我也只是表現出一副那又怎麼樣、不在意的表情，直到現在也絲毫沒有表現出動搖。

相反的，默默坦白自己錯誤的尹熙謙終於開始動搖了。看他的樣子，應該是在想「他該不會完全不記得，是我挖洞給自己跳了吧？」。尹熙謙再次嘆了口氣。雖然他因為毒品犯罪而退出了演藝圈，但我所了解的尹熙謙是個很正直的男人。無論是致謝還是道歉，都需要誠實面對，而且根據他的主張，他是絕對不會向權宜之計妥協的。

因此，尹熙謙坦白了自己的罪行。

「我……」

他悅耳到讓人不快的聲音有些顫抖。

「……我抱了您。」

「……」

抱，我無法接受如此委婉的表達方式。不，應該說不管他怎麼說，我一時之間大概也無法理解吧。抱，他不可能只是因為跟我擁抱了一下，就向我道歉，說是無法被原諒的過錯。他令人無法理解的話讓我的思考開始變得散慢。

「……去你媽的。」

最終，我理解了那句話。

我無法抗拒地把拳頭朝他那帥氣的臉龐揮去。

雖然被拳打腳踢，尹熙謙壯碩的身軀即便晃動著，也沒有倒下。因為拳頭關節的疼痛，我毫無顧忌地吐出髒話，用手背打向了他轉回來的臉。在他的腦袋又轉過來的瞬間，我用手掌再次用力一揮，手掌下似乎有什麼東西裂開了的感覺，血液飛濺在空中，可我依舊抬起了另一隻手，再次抽打了轉過去的臉。

即使如此，怒氣還是沒有消解，我便抬起腳踢向他的肚子，用皮鞋狠狠地反覆踹著他結實的腹部，尹熙謙最終倒在了地上。我再次踹了倒在地上的他一腳，因為我實在是無法忍受……！

「咕嗚……！」聽到癱在地上的尹熙謙的呻吟聲，我背過身去，甩了甩痛得火辣辣的手，努力讓自己冷靜下來。

「媽的。」

我不記得了，只記得自己醉醺醺的，被某個傢伙餵了藥。雖然今天才知道那個人是尹熙謙，但是我不記得自己有跟他做愛。根據其他人的證詞，我雖然搖搖晃晃的，可是也靠著自己的腿離開了，還甩掉了別人挽留我的手。

當時金泰運正在附近等著，我打了電話告訴他我在哪條街上，叫他來接我。據他所說，我雖然一副昏昏欲睡，神智不清的樣子，但直到坐上車為止都還算清醒。然而在車上睡著之後，我就一覺不醒，到家也沒有醒來，他就急忙把我送進了醫院。那時金泰運還臉色鐵青地對我吼道：「你三天都沒有醒，我還以為要幫你收屍了！以後別再嗑藥了！」不知是因為藥效殘留，還是臥床太久，我起床的時候全身都很痛。腰、骨盆，還有雙腿之間都很痛，奇怪的是連手臂和手指都痛，我還以為那只是肌肉痠痛。雖然身上到處都有著紅色的吻痕，我也只是「噗嗤」地笑著問「是哪個女人做的？」。當時因為這樣的壞事而進了醫院，連一直對大孫子很寬容的鄭會長也大發雷霆，所以我為了調養身體及善後忙得不可開交。尹熙謙的事情也已經交給金泰渾處理了，於是我那時也根本不在意自己的肌肉痠痛。

但是他說了什麼？誰抱了誰？

「幹！」

雖然生氣，但同時也感到荒唐，啞然失色這個詞應該就是用在這種時候的吧。眼前一陣暈眩，我真的是在生氣嗎？這難以承受的巨大感情波動是憤怒嗎？

我是個掠食者，沒有一刻不作為掠食者而活，也是從未被任何人打敗過的雄性動物。能夠站在我之上的雄性就只有王者們，就連王者也很尊重年輕的繼承人。

而且，在與我年齡相仿的雄性動物中，也沒有人敢嘗試爬到我頭上。不管怎樣，我都擁有得更多、更強大，這點毋庸置疑。我不需要去對那些虛張聲勢的醜惡雄性下馬威，因為地位早已都決定好了。

但是他媽的，被人上了這件事太讓我震驚了，我完全無法想像。無論是在和女人還是和男人的關係上，我都是插人的那一方。在幹男人的時候，雖然有過對被插而興奮地勃起的傢伙們感到神奇的想法，但從未對前列腺的神祕感到好奇過。我無法容忍有男人把老二插進我的後庭，為了滿足自己的欲望而擺動著腰的樣子，這也是我從未想像過的事情。對我來說，做愛是為了滿足我的欲望，而不是讓別人透過我的身體滿足自己欲望的行為。這個該死的混帳居然敢拿我洩欲……!!

再次轉過身時，尹熙謙勉強在地上坐起身。他被拳頭擊中的左顴骨已經開始腫了，臉頰和耳朵都被我的巴掌打紅了。可能是被我的指甲劃到了，他的脖子處也有一道很長的傷口。他用手背擦去流下來的鼻血，鼻子下方已是血跡斑斑，嘴唇也裂開了，鮮血直流，就連他摀著肚子的手都在微微顫抖。

那一瞬間，凶殘的瘋狂在我體內爆發。因為平時過著任何刺激都無法滿足我性欲的生活，施虐性濃厚的行為便讓我興奮了起來。比起在耳邊撒嬌的呻吟聲，我變得更喜歡被痛苦折磨得壓抑住呼吸的喘息聲。即便如此，我也從未被血跡斑斑的臉蛋吸引，可現在看著那裂開、流著血的嘴唇，我卻很想把雞巴塞進他那被血染紅的嘴巴裡。

如果自尊心是因為被上而受損的，那就可以透過把對方壓在身下來恢復。反正我根本就不記得那件事了，那就把這高大男人的後庭插得一塌糊塗，射上自己的精液，留下這段記憶就行了。

雖然他的身材不是我的菜，但幸好臉還算是我喜歡的類型，所以我決定藉由強姦尹熙謙，重回雄性的巔峰。

「尹熙謙先生，過去的事情就算了。」

我走到勉強坐在地上的尹熙謙面前，甩了甩還在刺痛的手，笑了。決定好要做的事情後，心裡雖然不痛快，但還是能像原來的我一樣笑出來。血腥味刺激著我的神經，因為暴力的餘波，我的動作變得很粗糙，就連解開皮帶的手都不太俐落，只發出了「喀嘡喀嘡」的聲音。最終我像要扯裂它似的粗暴地解開了皮帶，並拉開褲勾。

「你今天就獻出身體來滿足我吧。做得好的話，我就原諒你。」

尹熙謙瞪大眼睛。啊，你以為我是個好人嗎？無所謂。我不是為了別人的幻想而活的人，我會照我想要的方式活著，只能由其他人來迎合我的幻想。

我拉著他頭髮的手沒有半分慈悲，內褲裡的性器已經勃起了一半。當然，雖然我是因為他傷口腫脹、破裂、流血的樣子而感到興奮，但並不是說施加更多暴力就能射得出來的，所以，尹熙謙必須用自己的身體來撫慰我這種不上不下的興奮。

第一階段就是被搞得一塌糊塗的嘴唇和口腔。我沒把褲子拉下，只是拉開了拉鍊，把半勃起的性器掏了出來，然後抓住尹熙謙的後腦杓。

「呃！」

在尹熙謙的嘴唇被我的性器壓住的瞬間，不知道是因為蹭到他嘴唇上的性器，還是裂開的嘴唇在痛，他發出了呻吟。當然，他的痛苦與我無關，所以我壓住他的頭，用性器在他的嘴唇上粗暴地磨蹭。當龜頭觸碰到傷口時，他本想躲避的嘴巴張開了，我趁機從空隙中迅速地將生殖器插入其中，嘴裡的黏膜又溼又熱，我一下子就插到了喉嚨處。

「哈……」

因為抓著他的頭使勁搖晃，手臂多少有些痠痛，但至少他的嘴裡是舒服的。雖然沒有到讓人一下子就想射精的程度，但是在近期的性交中，這次的快感是最強烈的。特別是在我侵犯他的喉嚨時，尹熙謙發出的壓抑呻吟聲讓我很是滿意。即便這樣感覺就能射出來了，不過我沒有打算要放過他的後庭——

這時，尹熙謙突然抓住我的大腿，手指像是要扎進去一樣緊緊地抓住了我，戰勝了我壓著他脖子的力量。我的動作停了下來，低頭看向尹熙謙，他邊咳著嗽，邊把我的性器吐了出來。

被唾液和前列腺液浸溼而發亮的性器上，夾雜著鮮紅的血液。

「我……」

尹熙謙用沙啞的聲音說道。我不知道他想說什麼而鬆開手時，尹熙謙把手指搭在稍微落在我的性器下方、還沒脫下來的褲腰上，他的手鑽進我的平口內褲裡，指甲觸碰到了我的肌膚。

「……我自己來。」

說完這句話，尹熙謙把我的褲子和內褲拉到膝蓋處，褲子「啪嗒」一聲掉落到了腳邊。

本來被迫含住我性器的嘴積極地吞吐起來。從龜頭進入他嘴巴的瞬間開始，一下子就含到了根部。

「嗚……！」

吸吮的力道非同一般，從四面收緊的感覺彷彿要將我吞噬一樣，刺激的感覺從尾椎傳來。尹熙謙賣力地吞吐著，裹著性器的嘴將之吐出，然後再次像要吞下去般，大力地含了進去。當陰莖進到深處時，他就會緊縮喉嚨，刺激龜頭。每當他晃動脖子時，陰莖就會被絞住，像要被吸進食道裡一樣。他口交的技巧非常優秀，就連手上的功夫也很令人滿意。在吸吮著我性器的同時，他一邊用手輕輕揉弄我的睪丸。我把腿張開到肩膀寬的程度時，他揉搓睪丸的灼熱的手也逐漸向下蹭去。

「看來你幫很多人吹過啊？很厲害呢。」

這是坦率的稱讚。不是說不想靠賣身來拍電影嗎？就算如此，男妓果然就是男妓，破麻就是破麻。金泰運根本就是多管閒事了嘛，居然只判了緩刑。這麼會吹的傢伙，就算去坐牢也會受到疼愛——

「呃……？？？」

這個瞬間，揉弄著睪丸的手指碰到了會陰，然而並沒有就此停住。尹熙謙本該抓住我大腿的手，握住了我的臀部。他的左手撥開我的右臀，從下方順著睪丸往上的右手手指……

「！！」

蹭了蹭我的肛門。

「喂，混蛋……!!」

我本來想立刻推開他，抽打他的臉，踢他的肚子，把他摸我屁股和後庭的囂張的手一根根折斷的。但是，他媽的。

我的眼前一片空白，腰不由自主地向前彎。

「呼唔……！」

喘息和呻吟從我緊咬著的牙縫中傳出。腰部一陣發麻，觸電的感覺傳至腳尖。要用這樣的腿踢開尹熙謙實在是太勉強了，所以我打算拉開他的頭——

「哈……!!」

尹熙謙用力吸吮我的性器，手指同時貫穿了後庭。我的下半身使勁繃緊，後庭不由自主地收緊，可他深入後庭的手指反而把皺褶拉開了。呼啊，隨著一聲驚呼，我的腰向前彎曲，瞬間雙腿發軟，身體開始搖晃。

「尹熙……啊……!!」

他的手指深深插了進去，蹭到裡面某處的瞬間，我的眼前閃過一道閃電，雷好像打在了脊椎上，全身似乎都觸了電。身體裡的每個細胞都像著了火般炙熱，胸廓收緊得讓人難以呼吸，全身都無法控制地顫抖著。

這個瞬間，插進深處的手指用力搓揉了內壁。

啊，等等，不可以……夠了……！

這些聲音在我的腦海中迴盪，就連舌尖都在顫抖。我的聲音，那是我曾在某天發出過的呻吟聲。明明沒有人把我壓在身下，那種全身上下都被體重壓著的感覺卻歷歷在目。沒有人在觸碰我的肌膚，但皮膚就像被灼熱的肌膚貼合著一樣，散發著熱氣。

「呼……!!」

腦子裡白茫茫一片，視野在一片空白中閃爍，全身的肌肉都在痙攣，讓人想剝掉皮膚般的搔癢感動搖著全身，感覺肌肉都要扭曲了。快樂的極致存在於更深處，性器好像要爆炸了，但其實並不是性器，而是絞緊著手指的後庭和被手指按壓著的某個地方正在把我逼瘋。鞭炮在我的腦海，還有像熔爐一樣沸騰的下腹部綻開。無法忍受的射精欲望到達了極限，令人尖叫的解放感席捲了全身。

「啊……啊……！」

那是個令人精神恍惚的高潮。

就像光著腳一口氣跑了地球一圈一樣，腳底和雙腿都在發燙，身體也在顫抖著。執著地在裡面壓著的手指撫摸般地緩慢蹭著內壁，直到最後一滴精液射出來為止。精液在感覺要射完的瞬間又突然湧出，再次湧出。當我終於射得一滴不剩的時候，因為無力感，感覺馬上就要昏倒了。「哈啊……」我不停地喘著氣。

穿透後庭的手指慢慢抽出，輕輕揉捏著臀部。剛結束射精，變得非常敏感的生殖器上「啾、啾」地傳來令人難為情的聲音，嘴唇溫熱的觸感隨後傳來。皮膚搔癢得厲害，身體不斷顫抖著。我艱難地直起上身往下看，尹熙謙正親吻著我無精打采的陰莖和陰莖周圍，用嘴偷舔著散落的精液。我還未享受完射精的餘韻，尾骨便再次傳來酥麻感，身體又熱了起來。

紅腫、瘀青的顴骨映入眼簾。在那周圍，被我的手打到的整個臉頰都染成了紅色，看起來彷彿泛起了紅暈。額頭被汗水打溼，射出的白色黏稠的液體甚至濺到了他烏黑的頭髮上。充滿男人味的濃眉，沒有裂出雙眼皮的眼睛，還有長長的睫毛上……都掛著我所射出的液體。暈開乾涸的鼻血上也濺到了雖是白色，看起來卻非常髒的黏稠液體。不知不覺間放下我性器的尹熙謙抬頭看向我，他裂開的嘴唇依舊流著血，傷口上覆蓋著精液，還有擠開精液、再次流出的鮮紅血滴。在嘴唇間，尹熙謙紅色的舌頭像蛇一樣滑動，舔去了又白又紅的液體，也許是因為疼痛蔓延，他的眉頭微微皺了起來。

我伸手揉了揉他皺起的眉頭，用大拇指描繪般地蹭過他的眉毛、太陽穴，還有腫起來的左顴骨。手掌下的皮膚散發著熱氣，雖然沒有用力，但不知道是不是因為腫得不太好看的部分又開始痛了，尹熙謙再次皺起眉頭。摸了他的臉，手上的精液就像塗藥膏一樣，蹭在了他的傷口上，我也用手指抹開沾在他睫毛和眼睛周圍的東西，在腫脹的地方搓揉。

我忘了尹熙謙還放在我屁股上的手。手指突然在穴口周圍輕輕擦過，身體一陣顫動。尹熙謙在我完美的性高潮結束後，毫無保留地吐出精液的性器上輕輕一吻，抬起頭看向我。

「要再繼續嗎？」

充滿頹廢感的深邃黑色眼眸毫不動搖地凝視著我。鮮紅血液，白色精液，烏黑眼珠，讓我想起了一個公主誘惑親生父親，引起繼母的憤怒，她不僅勾引了前來殺她的獵人，甚至連鄰國王子的心都偷走了，最終她讓繼母穿著被火燒過的鐵鞋，跳舞致死的童話故事。

他殷勤的手緩緩撫摸我僵硬的臀部內側和穴口周圍，沙啞的聲音從他的紅唇間傳出。

「我們去床上吧。」

妖孽，怎麼會有如此的妖孽。

＊＊＊

當我睜開眼睛的時候，世界是黑暗的。

「哈……」

臥室裡的窗簾總是關得緊緊的，因為我是到了凌晨才能勉強睡著一會兒的人，必須防止房間裡出現任何會妨礙睡眠的微弱光線。今天也只睡了三個小時左右，沒有失眠症的人絕對無法理解，但睡不著覺真的是比死了還要痛苦的事。

我是從什麼時候開始失眠的呢？根據精神科醫生的推斷，失眠的原因是幼年失去雙親的創傷，我甚至不記得那次意外的情況，可從某一天睜開眼睛時起，沒有父母的生活就開始了。雖然從未哭著找過父母，但自從那連自己都覺得噁心的兒時起，我就睡不好覺了。就算晚上十點左右入睡，也常常只能睡個四、五個小時，醒來後就再也睡不著了，只能在床上輾轉反側。雖然從小體力就沒什麼問題，但疲勞感從沒有消失，因此失眠症也是使我的個性變得更加刻薄的原因之一。

鄭會長和親戚們意識到失眠症是導致我的個性變神經質的原因，他們千方百計地想治療我的失眠症，但隨著年齡的增長，我變得越來越難以入睡。鄭會長之所以在某種程度上默許我吸毒，是因為在睡眠障礙加重的時候，如果沉醉在毒品裡，我就能睡得著。他應該是從金泰運那裡接收到了這樣的報告，所以鄭會長在說了「在不傷害身體的情況下可以享受」這句話後，就沒有再干涉過我，應該也是相信我自己能把握住分寸。

我現在還是睡不好，即便做了比別人更多的工作，時間還是很足夠，因為在我獨自一人醒來的夜晚，要工作才能熬過夜。

睡醒後，眼球會刺痛，頭腦也會變得呆滯。只要不打牛奶針，起床後就一次也沒有感到舒服過。如果入睡後有做夢，就會產生「啊，我現在是醒著的啊」的感覺，腦海在睡眠和清醒之間載浮載沉，那不快的狀態實在不能稱之為夢境。

「哼……」

但是今天不知道為什麼，頭腦很清晰，就像打了興奮劑一樣，不，應該說甚至無法與之比擬，意識非常清晰，身體也非常放鬆，眨著的眼睛也不像平時那樣乾澀，順暢地轉動著。

什麼啊，怎麼能睡得這麼香呢？抱著這樣的想法，我想著該準備去上班了，打開門的那剎那。

我看到坐著敲著筆電的男人，被嚇了一跳。

「……金泰運？」

早知道他在，我就穿著褲子出來了。可能是因為昨天脫了衣服，我現在是披著解開了三顆釦子的正裝襯衫，沒有穿褲子，光著雙腿的狀態。我只能用不爽的眼神看向突然登場，妨礙我的早晨的傢伙。你這時間怎麼來了？我心想著上班時間也還沒過啊，疑惑地看著來到這裡的傢伙時，發現了一件事。

從窗邊照進來的光線太亮了，這絕對不是我起床時間五、六點時的光線，這種光線，通常只能透過辦公室的窗戶看到……

這時我才看到時鐘已經指向九點五十四分。雖然不知道在別人的眼裡我的反應看起來如何，但我非常驚訝。我居然睡過頭，睡到快十點了嗎？

「我看你睡得很熟就沒叫醒你了。」

我把上午的行程都排開了，闔上筆電站起來的金泰運說道。耳邊掠過他的聲音，我到現在還處於恐慌狀態，天啊，我居然會睡過頭，我竟然能睡得這麼好。

「你昨天吃了什麼藥？」

「……藥？」

「我不是要罵你，只是覺得效果很好，想說要幫你準備相同成分的處方藥。」

我一時間還是沒能理解金泰運的話，直到反覆回想幾遍之後才明白，金泰運是把我睡得好的原因歸功於藥物了。我不知道是什麼藥，但我對自己現在睡得太好的狀態感到不知所措，一方面也感到驚訝。金泰運主動要求開處方是理所當然的事情，因為即使嗑了藥，我也只是在似夢非夢之間嬉戲而已，會處於沒有睡著卻也不是醒著的狀態。雖然不知道是什麼藥，但我從來沒有這樣熟睡過，所以我為睡得這麼好而感到高興，而在這剎那。

「……我應該去問尹導演嗎？」

我突然想起來，我昨天並沒有吃任何藥物。

「……靠。」

別說是藥了，我連酒都幾乎沒喝，是神智很清楚的狀態。只是受到了平時從沒受過的打擊，是讓當時的我難以承受的強烈打擊。其實到了現在我也還是很難以接受。

伸入後庭的……手指的觸感。

「該……死……！」

想大吼大叫，砸碎一切的憤怒一口氣湧了上來，發出的卻是痛苦的呻吟聲。我的臉燒得通紅，胸口緊繃。「載翰？」金泰運叫著我的名字，可是我無法回應他。

含著我的性器愉快地吸吮著、口交技術非常熟練的嘴。還有那捅過後庭的手指……一被刺激到就讓人眼前發白，身體深處的某個地方。

當金泰運碰到我的手臂時，我用力打掉他的手回瞪。

「金室長。」

聽到我的呼喚，金泰運默默地看著我，視線一點也沒有動搖，讓人無言。不，也許我現在感受到的這種感情是憤怒，但要說是憤怒，也不知道是在對誰憤怒。

「你沒有什麼事要向我報告嗎？」

「……」

「我是什麼時候叫你拿尹熙謙的資料來的？」

所以我想我應該先從最明顯的事情開始搞清楚，不能無緣無故地發脾氣，而值得慶幸的是，金泰運確實背著我做了一些無謂的事情。這不就是給了我一個發洩憤怒的藉口嗎？

這樣看來，這還真是既像又不像金泰運的辦事方式，因為我叫他收集關於尹熙謙的資料，但過了好幾天，他都沒有拿到我面前，只是急於把尹熙謙藏在我看不到的地方，可就連這件事也沒能做好，真是可悲。

「……如果是關於尹熙謙的事，您就不需要費心了——」

鏘！匡噹噹！我抓起桌子上的菸灰缸，猛地扔了出去。被我扔出去的菸灰缸打碎了前面的玻璃桌。本來依照我這個臭脾氣，應該是要砸中他的，但沒打到，就意味著我尊重且願意放他一馬。

「泰運哥。」

「……」

「你為了收拾我國二那年惹的禍，不是留級了一年嗎？」

我不太記得當時是做了什麼事，要麼是騎機車撞了別人的車，要麼就是打人的時候下了狠手，又或是喝醉酒後，哄我睡覺的女孩被下藥強姦了。啊，是有個傢伙惹火了我，然後我就劃了他的臉的那件事成了問題。雖然當時我自己處理掉那件事，但最後還是被發現了，身為我爺爺的鄭會長也因此為我上了一課。有那麼多工具，為什麼偏偏要用自己的手？他咋舌著說道，並為我所做的事情做了善後處理，而我沒有受到任何處罰。取而代之的是背了黑鍋的金泰運停學了很久，不得不留級了一年，對方則是以轉學為由悄無聲息地消失了。

「那件事讓你很委屈吧？」

「……不是的。」

「喔，不過這是理所當然的吧？我惹事你替我善後，我出事你就幫我掩蓋過去。你爸把你安排在我身邊，不就是要我這樣使用你的嗎？」

「這是當然的。」

「你是擔心會被我闖的禍牽連嗎？還是擔心連自己也會惹上麻煩？」

金泰運的臉僵住了。可在我剛才提到他自身的用途時，他的臉色不僅沒有一絲改變，甚至還回答說「是」。

「還是說你是在擔心尹熙謙？怕我毀了他的一生？」

「……鄭理事。」

金泰運做出了反應，而我覺得那很可笑，因為他憤怒的點太微妙了。我的爺爺鄭世進會長是怎麼為金泰運的父親洗腦的，而金泰運的父親又是怎麼為金泰運洗腦的啊？他還真是個忠心耿耿的僕人。即便我殺了人，金泰運也會背上所有罪名去坐牢，這對他來說是理所當然的事。他的父親為鄭會長工作，而他作為那個父親的兒子，被安排到年幼的我身邊時，他的命運就已經決定好了。他存在的意義就是為了掩蓋我骯髒的部分，所以我現在懷疑他的忠誠，才會讓金泰運覺得不愉快。

「我知道，因為你是個善良的人，所以我欺負別人的行為讓你很不舒服吧。再這樣下去，你擔心我會被抓，擔心會被我掃到颱風尾，也會覺得那些被我欺負的人很可憐吧。」

雖然對於隨心所欲的我來說，那樣的情感並不會觸動到我，但是金泰運在我身邊待了這麼久，我早就知道他是個怎樣的人了。金泰運用有些崩潰的表情回答道。

「……如果你想要的話，不管是尹熙謙還是誰，我都可以把他們處理掉。」

「我只是叫你踩他們幾腳，沒有要你踩死他們。」

表明自己的忠誠心是很好，但這走向變得有點奇怪了吧？我怒視著他說道。

「我不想讓自己完蛋，所以你也不想完蛋的話，就給我好好辦事。」

他默默點了點頭。

「把尹熙謙的資料拿到我桌上。」

金泰運短短地嘆了口氣。這小子為什麼就這麼不服從我的命令呢？本來已經稍微平息的不快感又在心裡蠢蠢欲動了起來，如果我沒想起金泰運是我的煞車這件事，一巴掌說不定就已經飛過去了。

「……載翰啊，以後還是盡量不要跟尹熙謙扯上關係吧。」

載翰啊？居然連名字都叫出口了，金泰運很少會想去扮演大哥的角色。

這就像是真心想要阻止我的時候會使出的必殺技。竟然打了感情牌，真是可笑。

「怎樣？你有做錯什麼事嗎？」

「……」

「如果金室長有好好辦事，不是就不會出問題了嗎？」

金泰運說不出話來，因為這是他幹的事，所以肯定已經在處理了。如果他處理了，事情卻還是出了差錯，那也是他運氣不好，不是金泰運的錯，因為我很清楚他有多能幹。但即便如此，也不能對失敗如此寬容。

金泰運最終點頭答應了。

「我知道了，還有……」

是又想說什麼？我斜眼看著金泰運，他突然抓住了我的右手。我用一副你到底想幹嘛的表情看向他，而他只是堅定地說道。

「我幫您處理一下吧。」

「……神經病。」

實在是無法忍住不罵髒話，連我都忘記自己受傷了。我根本不記得昨天自己的手背在毆打尹熙謙時有受了傷，可金泰運在這種情況下，還在乎著我的傷口。

我只是覺得這太荒唐，所以罵出了髒話，但那傢伙沒有理睬，把我帶到餐桌旁坐下，然後翻找收納櫃拿出急救箱，開始幫我腫脹裂傷的手背進行消毒，塗上藥膏。

即使挨罵受辱，他也是個因為我而被洗腦過的人。就算剛才的菸灰缸砸中了他的腦袋，他也是在去醫院之前，會先為我治療手背的傢伙，在混蛋當中也沒有像他這樣的混蛋。但是他始終如一的獻身精神讓我心軟了，這也是無可奈何的，畢竟這小子在很多方面都如同我的煞車一般。

「你有本事就在我出手之前，試著把人救走。」

對於我咆哮而出的話，金泰運默默地點了點頭，我不知道他點頭的意義。

他在幫我的手背塗藥和纏繃帶的時候，我心裡一陣翻騰。如果金泰運那麼希望的話，那麼該死的，我會忍住故意想把對方找出來，欺負他的欲望的。雖然下定了這樣的決心，但煩躁感還是無法控制地上升。

你這臭小子，你知道尹熙謙對我做了什麼嗎？雖然話已經到了嘴邊，可我還是忍了下來。我就算是打死他也沒辦法解氣。他居然敢……居然敢捅我的屁股？而且還說什麼？要再繼續嗎？去床上吧??令我甚至要掉淚的憤怒再次湧上心頭，從來沒有一個人能讓我如此憤怒。

平時我的憤怒和不快基本上都伴隨著空虛和虛無，是一種內心空蕩蕩的感覺。但是我對尹熙謙的憤怒並不是那樣，而是完全不同的感覺，甚至讓我懷疑這是不是憤怒。尹熙謙確實對我做了誰也不敢對我做的事，就這一點來看，憤怒的類型會發生變化也是理所當然的。

「把尹熙謙的資料放到我桌上。」

即便如此，我還是決定再給金泰運一次機會，我一邊努力平息內心的怒火，一邊說道，金泰運點了點頭。

「你出去吧，我馬上就去公司。」

在結束手背的治療後，金泰運整理好急救箱，準備離開。被金泰運叫來的家管進到房間裡，開始收拾破碎的桌子和菸灰缸，而我則是走進浴室。

當時的狀態很奇怪，雖然感受到了煩躁和憤怒，但我身體的狀態從來沒有這麼好過。因為睡得很好，所以頭腦很清楚，身體也很輕盈。

此時，擴張肛門、按壓內壁的感覺又清晰復甦了，腦海裡浮現出它帶給我的近乎瘋狂的快樂。我的後面居然有感覺，我，因為尹熙謙的手而有感覺，媽的。尹熙謙這麼做傷害了我的自尊心，我對此憤怒不已，但也對有感覺的自己感到莫名其妙和啞口無言。

不可否認，這是近幾年來感受到最美好的快感，而這事實讓我更加痛苦。每當想到這裡，我不僅會感受到發狂的憤怒，不快感更是會讓我的胸口悶得心臟發疼，這是一種從未感受過的痛苦，我想那應該就是羞恥心吧。作為男人，藉由尹熙謙知道了自己從後面來會有感覺的事實，讓自尊心受到了很大的傷害。

抑制住想把人踩在腳下、看對方在自己腳下掙扎的衝動，我將浴室水龍頭調成了冷水。恢復自尊心是吧？他媽的，總有一天我會成功恢復的。但要我現在直接報復他，這件事也會傷到我的自尊心，我不想表現出因為被踩到地雷而勃然大怒的樣子，也不想讓尹熙謙知道我因為後面被捅了而傷了自尊，所以即使要報復，真正的原因也絕不能暴露。

還不如像金泰運說的那樣，不親自動手。如果金泰運想讓尹熙謙完全消失在我視線裡，首先要做到的，就是不能讓他的名字出現在我的眼耳之中，這樣一來，不需要我親自動手，他在電影界的事業也相當於是結束了。想到這裡，我的憤怒好不容易得到了緩解，自尊心也恢復了一些。我現在出面，只會讓人覺得可笑而已。

「……呼。」

煞車起了效果。抱著想為金泰運鼓掌的心情，我決定除非必要，都不親自處置尹熙謙。洗完澡出來，就連對尹熙謙這麼在意都是件傷自尊的事情，我這麼想著，於是把他拋諸腦後，堅信自己的身體被觸碰的記憶，也被冷水一起沖走了。

但就像是在嘲笑金泰運的努力和我的決心一樣，才過了十天，我就再次聽到了尹熙謙的名字。

那次熟睡就像謊言一樣，不眠之夜再次延續。也許是熟睡一次就需要付出代價，現在比以前更難入睡了，睡三個小時就算睡很久了，平常就連兩個小時都睡不了。不僅如此，睡醒之後的感覺也一點都不舒服，有時甚至只睡了三十分鐘就醒來，熬了個通宵。

頭腦昏沉沉的，雙眼難以聚焦。睜開眼看到的世界，不知為何就像做夢一樣朦朧。在這種情況下，如果打支興奮劑的話，視野就會變得開闊，心情也會變好，只是經過這幾天的錯誤嘗試，我已經知道毒品之類的東西對現在的狀態毫無幫助。

「載翰哥，你很累嗎？」

有一名女性走到我身邊，挽住我的手臂問道。已經有很多人跟我說過這樣的話了，看來我的狀態看起來真的不是很好啊。累了就進去休息？反正進去了，我也沒辦法好好休息。這是某企業私募主辦的美術館翻新開館派對，我肩負著代替鄭會長參加的責任，像這樣出來跟人們見面也是工作的一部分。

和各式各樣的人們交談後，我獨自離開去欣賞作品時，向我走來的女人是楊絢智。她的父母雖然不算什麼了不起的財閥，但也擁有一家小有規模的投資公司。她並不是我需要照顧的對象，卻還是很喜歡跟我裝熟，因為她是我的熟人楊善雄的親戚。身為K集團第三代繼承人的楊善雄是我在美國留學時，關係很要好的傢伙，他和親戚姊姊的楊絢智關係親密，一直很想為我跟楊絢智牽線。

楊絢智是個女演員，以含著金湯匙出生的女演員頭銜為人們所熟知。與其說是外表華麗，不如說是一個顴骨發達的東方人，但她的演技倒也不差。在電影、電視劇中經常被選為相當重要的配角。

「因為我睡得不太好。」

「啊，那換個醫生怎麼樣，要不要我幫你介紹？」

如果有能讓我安穩入睡的醫生存在，那鄭會長早就會把他請來擔任我的主治醫生了。我搖了搖頭，喝了口香檳。因為不想再理會女孩，我把目光轉向了正在看的畫上，可女孩還是挽著我的手臂撒嬌。

「載翰哥，載翰哥。其實我有個東西想要給你看。」

又來了，為什麼每個接近我的人都有求於我，對我有所期待？事到如今，我都不知道自己對於人際關係到底有何期待了，連自己都覺得可笑。沒有目的的接近是存在的嗎？如果關係親近，應該就能撈到一些好處，人們似乎都會很自然地這樣想。

但即便如此，我還是會照顧她，因為她還不算過分。接近我的人大部分都是抱有意圖或目的的，不過如果是有錢人的話，那也還算不錯。雖然有時比想像中還要煩人，但至少不骯髒。

我被楊絢智強迫著拉到外面走廊上的桌子前。在拉著我的時候，她打了通電話，座位旁邊站著一名她的隨行人員。

「我選了幾個劇本，載翰哥幫我看看哪個比較好吧。」

……這種厚臉皮的反而比較可愛，跟脫光衣服撲過來的比起來可愛了好幾倍。

「我本來不想在派對上問你的，可是要見你一面實在是太難了。你覺得哪個比較好？」

隨行人員把五本劇本輕輕放在我與她之間的桌子上，實在是有夠令人無言，讓我嗤嗤地笑了出來。不過她不卑躬屈膝、反而理直氣壯地提出要求的樣子並不會讓我覺得不悅。

反正這派對也沒什麼意思，我也不想喝酒嗑藥，比起與老人們打交道打發時間，還不如看劇本更有趣一些。這五本劇本中有其中幾本是我已經研究過的，不太了解的三部作品都是浪漫喜劇，可能是因為她扮演過很多活潑又調皮的角色，所以有三本劇本的角色都挺相似的。還有一部犯罪驚悚片，是在氣氛沉重的劇中飾演甘草人物，為觀眾帶來笑容，卻在最後闖下大禍的角色。那部犯罪驚悚片已經由我們公司開始策劃製作，也已經簽完約了，她一定是希望我能選這部，才會拿來給我看的。從角色上來看，讓楊絢智來演應該也沒有什麼問題。

不過最後一部作品吸引了我的目光。

「啊……不是，那個……這本我就收起來了喔。」

楊絢智看了看我的臉色，抓住了我手中第五本劇本的邊角。她的臉因狼狽而變得扭曲。

「哎呀，這個劇本是因為景遠哥說角色很不錯，才拿給我的。我沒什麼興趣，連劇本都沒看過。可能是在拿的時候，不小心一起拿來了，我這就收起來。」

「為什麼？」

我看著楊絢智微微一笑，然後鬆開拿著劇本的手，任由她把劇本抽走。因為我已經讀過了，所以也沒必要再看一遍。

楊絢智拿走劇本的手顫抖著，就連看向我的視線也在動搖。

因為那本是尹熙謙的劇本。

「哈。」

我不禁可悲地笑了出來。距離我對金泰運說「不要讓尹熙謙出現在我眼前」不過才過了十天。十天前，我還想說只要我們不再牽扯上關係，我就放過他。

我是不是早該向金泰運提示說，如果想保護尹熙謙的話，就得先處理掉李景遠呢？金泰運現在應該正努力著，不讓尹熙謙這三個字再次出現在我眼前吧，結果李景遠又把尹熙謙推到了我面前。

啊……李景遠，你花樣可真多啊。因為我這裡行不通，所以就引誘了父親是投資公司社長的女演員嗎？尹熙謙知道李景遠這麼盡心盡力地幫他嗎？還是說他就是看準這點，故意黏在李景遠身邊的呢？就算我這樣問尹熙謙，他肯定又會說自己從來沒有那樣想過，自己不喜歡走旁門左道吧，真是可惡。

「他的故事不錯。」

「啊……你看過了嗎？」

當我找起放在懷裡的菸時，才想起這裡是室內，是不能吸菸的地方。楊絢智陷在椅子裡，支支吾吾地開口。

「……嗯，業界有傳聞說尹導演跟你的關係不太好。」

「喔？」

我反問道，就好像是第一次聽說似的。

「聽說尹導演不久前被你揍了一頓，失去了TY的青睞，就算電影拍得不錯，肯定也會失敗吧……我聽說沒有地方願意投資他呢。」

原來有那樣的傳聞嗎？不過沒有地方願意投資他這點肯定是金泰運的傑作，我並沒有介入。我擺出一副很為難似的笑容，溫柔地問楊絢智。

「我打了他的消息傳出去了？」

「嗯，好像是有人看到了，我還聽說你跟尹導演早就認識了，之前的吸毒事件也是載翰哥出手幫他的，那是真的嗎？」

她毫無條理的問話中充滿了詫異。如果都幫忙處理毒品事件了，那關係不是應該還不錯嗎？那幾天前尹熙謙被我揍又是怎麼回事？難道是尹熙謙有我的把柄嗎？還是他有什麼別的陰謀？她看起來就是想問這些問題，卻不知道該怎麼開口。

「我跟尹導演有一些誤會，我有時候就是比較衝動嘛。」

「誤會？」

「已經都解開了，沒想到尹導演居然因為我而拍不了電影，真讓我愧疚啊。我還因為劇本很好，想讓我們公司企劃組負責的。」

當然，事實並非如此。之所以沒有一間公司願意投資他的電影，應該都要歸功於金泰運的活躍。

即便他的劇本非常優秀，我們公司也沒有出手的原因，應該也是金泰運的傑作，所以就算公司裡有人提到，也不可能得到批准。金泰運為了避免被我聽到他的名字，大概下了不少功夫去妨礙電影製作吧，他可真可憐啊。

但是我的謊言似乎足以讓不知情的楊絢智相信。

「啊，真的嗎??載翰哥看中這部作品了嗎??」

「看過尹導演的處女作後，我認為他的執導能力應該毋庸置疑。」

「那我可以跟我爸說嗎？如果我們家也投資一下就好了，我也想要出演！」

她的眼睛閃閃發亮，雖然有三個可以被選為主演的角色，但這部電影的女主角戲份怎麼看都比較多。看著她充滿欲望的雙眼，剛才說連劇本都沒讀過的話果然是謊言。她肯定也覺得很可惜吧。假裝不小心帶來，讓我看到劇本，也是想試探我的想法。如果我發火，那就再怪罪到李景遠頭上就行了。

「隨便妳。」

「啊，那我得趕快告訴爸爸！」

讓尹熙謙不能拍電影的人是我，伸出援手的人也是我。這樣一來，楊社長肯定就會投資電影了。

尹熙謙的電影啊……我想起幾天前才看過的、他拍的獨立電影。雖然沒有上映，但金泰運拿來的關於尹熙謙的資料裡，也包含了這部用低預算拍攝的電影。確實就像李景遠稱讚的那樣，不僅是作為演員的才能，他作為導演的能力也很卓越。

「不過，如果妳要去演，應該不太容易吧。」

「……！」

剛才還很開心的楊絢智一臉受到打擊地看著我，她肯定只聽過別人稱讚她的演技很好，不曾聽過這種話。但她既然向我徵求了意見，那我就必須說清楚，她總是只出演角色活潑的浪漫喜劇是有原因的。

「女主角不是需要用畫來表達自己的情感嗎？畫雖然不是妳畫的，但妳還是得用畫表達出情感，所以在這部電影裡，演員必須用表情，而不是語言來演戲……可是妳還沒有那種程度的能力。這是非常複雜、細膩的，特別是結尾時的那種感情。」

「我能做到的好嗎!!」

楊絢智馬上滿臉通紅地從座位上站起來喊道。在意識到別人都在朝這邊看之後，又驚訝地重新坐下，臉上依然是一副生氣的表情。

「要是我拿到角色的話，載翰哥就必須投資！」

「有沒有我的投資重要嗎？」

我明知故問的話讓楊絢智的雙眼燃起了火焰。熱情……還有欲望，她的眼睛中充斥著這些情感。

該怎麼回答呢？已經有各種傳聞了，如果讓中斷所有投資的我出面投資，業界又會傳出怎樣的傳聞呢？肯定會有人說，這是我為了獨占尹導演的作品而使出的手段。金泰運應該會很慌張吧，他那麼拚命地阻止我，我卻說要投資。

「載翰，你在這裡啊。」

聽到聲音，我和楊絢智都抬起了頭。

一個身穿貼身黑色禮服的女人向我們走了過來，把手放到我一邊肩膀上，面無表情地瞟了楊絢智一眼，然後又把視線轉向我。

「妳來晚了。」

「抱歉，我去見了大姑姑。」

「談得還順利嗎？」

「當然了，我們一起進去吧？」

我點點頭，從座位上站起來。我看了楊絢智一眼，她露出了比剛才更為微妙的表情。如果說剛才的表情是因為自尊受傷而變得傲慢無禮，那麼現在就是充滿嫉妒和不快。雖然不知道楊善雄是怎麼跟她說我的，但楊絢智從以前開始就沉浸在白日夢裡，而她帶有情欲的妄想似乎還在持續。

我摟著女人的腰，用眼神向楊絢智打了個招呼後轉過身去。不，就在我要轉身的一瞬間，我看向撅著嘴的楊絢智說道。

「如果妳拿到角色，我就投資。」

楊絢智瞪大眼睛，似乎是無法置信，臉上露出驚訝的表情，同時露出了微笑。站在旁邊的女人投來了詫異的目光，但這不是她該管的事。我們走進展館，人們紛紛出來迎接我和她。

適當地與人打交道，嘴角勾起微笑沒有什麼困難的。

那麼，今後這件事會如何發展呢？隨之而來的是一種愉快的預感，光是想像就可以輕鬆地挺過這個令人厭煩的場合。未來值得期待。

政經勾結在企業和政治家之間是必不可少的。政治需要金錢，而企業則需要權力的便利性，彼此利害關係完全一致，怎麼可能不產生勾結呢？而且，無論是過去還是現在，婚姻都是兩個集團之間建立牢固紐帶的好手段。

TY集團的會長鄭世進也把子女、孫子和孫女們的婚姻利用在了政治策略上，我有好幾個嬸嬸都是政治家的女兒，而和我年齡相仿的已婚人士中，也沒有一個是與平凡家庭的子女結為配偶的。

但唯獨我例外。鄭會長經常會勸我說，即使沒有我的犧牲，TY也已經構築了足夠堅固的城堡，希望我喜歡的人是財閥家或者是有權勢家裡的女兒，但即便不是這樣，我也要和想要的人結婚，組建一個幸福的家庭。雖然周圍經常會有人吵著對我說「見見這女人吧」、「見見那女人吧」，可鄭會長從沒強迫我要去見誰。

但歸根結柢，我還是沒能完全自由，畢竟TY接班人的地位在別人眼裡似乎很可口。

而那就是我現在和這個女人做愛的原因。

「哈啊……哈……！啊、載翰……！」

邊呻吟邊叫著我名字的女人摟住我的肩膀，用額頭蹭著我的脖子。登記於我戶籍上的女人叫安賢珍，是我的妻子。

那是在我三十歲那年，突然促成的婚姻，而急忙促成的人，就是那個曾說過讓其他子女、孫子孫女聯姻就足夠了，寬容地讓我和自己喜歡的女人結婚的鄭會長。那時為了阻止集團醜聞事件曝光，需要當時的檢察總長安英俊的力量，而他們的要求就是要我和安賢珍結婚。其實這樁婚事門不當戶不對，安英俊是因為運氣好，與繼承了三、四代的財閥家結為親家，才漁翁得利成為了檢察總長，但實際上他們家並不優秀，安賢珍甚至還是安英俊在外面生下的私生女。雖然安英俊因害怕別人的目光而把她帶回了家，但他為被正妻冷落的女兒感到惋惜，所以貪婪地抓住機會，而我們這邊也只能接受了。

曾學過鋼琴的安賢珍非常聰明，而且很有教養，是個帶出去不會讓我感到丟臉的女人，我覺得這樣就足夠了。只要能配合我，是什麼樣的女人我都無所謂，可鄭會長似乎因為讓我結了那樣低級的策略婚姻，自尊心受到了傷害。

集團的問題一解決，安英俊沒過半年就不得不辭去檢察總長的職位。法務部長官、甚至連總統都為了把他拉下馬而使出了渾身解數，而未能形成強大勢力的安英俊就只能乖乖被拉下臺。雖然人們都以為鄭會長會幫助他，但把他折磨得死去活來的人，其實正是在尋找新的紐帶的鄭會長。

與安賢珍離婚是理所當然的事情，因為維持這段婚姻不會得到什麼好處，而且與有過不正當行為的檢察總長之私生女結婚，反而只會讓我的名聲變得可笑。

鄭會長對孫媳婦毫不留情。就連安賢珍的出身也隨著安英俊的沒落而廣為人知，鄭會長說她「在繼承人的名字上潑了糞水」，因為不是她的罪責而冷落她。一想到他在我們結婚初期笑著對待她的樣子，就不得不說這是一種很稚拙的行為。

但是我並沒有和安賢珍離婚，因為我不想像單身時期那樣，被別人糾纏著要我去見誰，而且不管是跟誰結婚，也都沒有比安賢珍更好的選擇。

「哈啊、啊……！」

打從一開始就對彼此沒有感情的婚姻，就和契約沒有兩樣，所以我們之間也簽下了一份契約。一、不能有私生子。二、尊重彼此的私生活。三、作為夫妻，要忠實地履行各自的職責。除此之外，還有關於離婚的複雜而細緻的契约。

無論是在結婚初期，還是她家沒落之後，安賢珍都很好地履行了契约內容。她住在漢南洞鄭會長的家裡，而我則是獨自一人住在另一棟頂層公寓裡。既喝酒又吸毒，還和其他女人或男人做愛，即便如此，安賢珍也不在意我有幾個情人。我在她需要丈夫的場合會露臉，該出錢的地方出錢。而當我有需要妻子出面的場合，安賢珍也一定會出席，完美扮演優雅有氣質的妻子角色。從某種意義上來說，對於不會因為愛一個人而結婚的我來說，她可說是理想的妻子。

因為需要子嗣，像是我有事回漢南洞老家時，又或者像今天這樣因為公事在外面見面的時候，我和她會定期做愛。

「再夾緊一點。」

我握著她的胸部說道。即使安賢珍是我的妻子，把性器放進去抽插、射精的行為，與別的性行為也沒有太大的區別。換句話說，對我來說和她的性愛即便能硬起來，也很難射出來。反正也只是為了製造小孩才這樣做的，適當地抽插一下，最後感受一下高潮再射出來就行了。即使拚命抽插至腰和大腿疼痛，射精的欲望也不會很強烈。

安賢珍用力夾緊腳、抱住了我，從她溼漉漉的身子來看，她似乎對這次行為很滿意，也就是滿意我這個強力持久的電池，但這絕對不是出自於我自己的意願，只讓我感到非常不快和厭煩。女人覺得很舒服，而我卻一點都不覺得舒服，我不喜歡這種為某人服務的感覺，我哪裡不夠好了，為什麼要去為他人服務呢。

反正這並不是為了快樂而進行的性愛，如果目的只是射精的話，那就沒有必要等快樂達到極致，差不多就行了。於是我更快地搖起了腰，不斷深入淺出後，射精的欲望逐漸增強。安賢珍可能也感覺到快結束了，她呻吟著將下面絞緊，陰道壁開始蠕動，擠壓著我的性器。

「哈……！」

當射精的欲望超過一定程度的瞬間，我的下腹部一緊。如果說忍著射精的欲望，繼續抽插能帶來更大快感的話，我就會那樣做，但從經驗上來看並不會這樣，所以就直接讓它爆發了。體內的東西噴發而出，把它們擠出來的身體微微顫抖著，一瞬間一切都停止了，而我在她的體內射了出來。雖然還是有指甲大小般的快感，但內心的不舒服卻是快感的好幾倍。

「……呼嗚……」

我長長地深呼吸了一下，安賢珍則是撫摸著精疲力盡的我的背部。在我輕輕抬起上半身時，她摸了摸我的臉，與我對上視線。我們並不是事後會親吻彼此，享受餘韻的關係，所以現在差不多要慢慢拔出性器，離開她的身體了。而安賢珍把手纏在我的腰上問道。

「你不滿意嗎？」

無論如何，我們畢竟是夫妻，而且會定期做愛，所以她也知道我即便射精了，可能也不會感受到高潮這件事。雖然是在沒有感情的情況下做愛，但她似乎很不滿意我經常用不冷不熱的表情射精。

「就那樣吧。」

我一直都很坦率。雖然尊重她，但我沒有理由要在這種心情下顧及到她的感受。當我準備起身時，安賢珍抓住了我的腰，手在被汗水浸溼的皮膚上滑動，漸漸往下。我詫異地俯視著從未想要進行後戲的她，是排卵期嗎？是因為荷爾蒙導致性欲上升了嗎？雖然我覺得已經做得很足夠了，但她還是覺得不滿足，所以想再做一次嗎？又或者是因為鄭會長責罵她怎麼還沒有孩子？我這麼想著，並看向她。

「……」

安賢珍緊緊抓住我的屁股，分不清是食指還是中指的手指壓到了臀部內側的肉。接著，她說的話讓我渾身僵硬。

「要我幫你按摩前列腺嗎？」

安賢珍用舌頭舔著她的紅唇，向我投來了奇妙的目光。這是她從未在我面前表現過的露骨誘惑，而她揉著我屁股的手動作也開始變得色情。

「聽說男人們都很喜歡這樣。」

當她小聲說著，手指碰到我肛門周圍的瞬間。

「咳！呃啊!!」

我用右手掐住了她的脖子，她的臉頓時漲得通紅，纏在我身上的手臂開始掙扎。為了把我的手從自己脖子上拉開，她的手抓住我的手腕，抓傷了我的手背和手臂。

「喂。」

我稍微鬆開手，並說道。雖然還是被我勒著脖子，但跟剛剛比起來，至少能呼吸了，她開始大口喘起粗氣，看向我的眼睛裡充滿了淚水。

「妳沒必要把妳媽是妓女這件事，表現得這麼明顯。」

「……！」

在維持了兩、三年的婚姻生活中，她也許已經聽說過我是個瘋子的傳聞，但我從未對她使用過物理或語言的暴力。我並不是個不會打女人的人，她之所以沒有被我打，完全只是因為她是我的妻子，而且也是個懂得分寸的人。我尊重我的妻子，即使並非錯話，我也從沒指出過她母親是安英俊在外面養的小三這件事。這次是我第一次對她惡言相向、侮辱她。

其實說到這個程度就足夠了，但不愉快的心情就像火苗般，在我心裡熊熊燃起，所以我停不下來。

「妳也少玩點吧，妳這麼鬆，誰射得出來啊？而且妳應該知道要是妳懷孕了，就會馬上被送去做親子鑑定吧？」

眼淚從喘著氣的安賢珍眼裡流下，我冷冷地瞪了她一眼，放開了她的脖子。我把性器從邊咳嗽、邊如痙攣般顫抖著的女人體內抽了出來，離開了床。

我粗略地用衛生紙擦拭性器的周圍，撿起衣服穿上。當我穿好衣服時，床上的安賢珍依然紅著臉，淚流滿面地撐起身來瞪我。真是無法理解她為什麼會哭得這麼傷心。本想搧她一巴掌，問她瞪什麼瞪的，但一想到這個女人是我的妻子，就還是忍住了。

「別太過分了，安賢珍。」

「……」

「不要像個妓女一樣，要像個妻子。妳到目前為止不是扮演得很好嗎？」

聽到我侮辱性的言辭，安賢珍咬緊了嘴唇，哆哆嗦嗦地瞪了我一眼，但是在我淡然的目光下，還是馬上低下了頭。從她眼角落下的淚水浸溼了床單。即使依然顫抖著，不過還是點了點頭。她的屈從使我內心猛烈的憤怒有所平息，雖然不快感依舊存在，但她是個聰明的女人，所以我想她應該充分聽懂了。

「我會打電話給會長的，妳休息一下，明早再回去吧。」

說完這句話，我離開了飯店房間。雖然在我表明不離婚後，情況有所緩和，但我這樣也是為了體貼跟不喜歡自己的公公住在一起的她。明明只要懂得分寸，我就會這麼體貼，為何還要越線呢？又不是在考驗人。

在回家的車子上，我告訴隨行人員，叫他們送一名醫生去飯店，並打了電話給鄭會長，告訴他安賢珍今晚會睡在飯店。因為在到家之前都沒能洗澡，所以身上難受得要命。

剛進到家裡，我就胡亂脫下衣服，把衣服丟到地上，一絲不掛地走進浴室，然後站在蓮蓬頭下淋了很多熱水。冰冷身體上乾掉的黏稠汗水被洗去，雖然射精的時候不冷不熱，但反覆繃緊又放鬆的身體變得疲憊不堪。如果是洗澡，就應該要把我今天一整天累積的一切都洗去才對。

然而，只有因安賢珍而復甦的感覺，似乎不願意被洗去。

其實在她把手放到我屁股上的那一刻，在談論到前列腺的瞬間，困惑、憤怒、挫折、不快……各種感情都糅雜在了一起，讓我不得不對她動手。

「……他媽的……!!」

揉搓、按壓臀部的感覺鮮明到令人毛骨悚然。那不是出自安賢珍的手，而是另一隻手。接連不斷的猖狂熱氣從體內掀起，我知道被撫摸、被按壓會得到怎樣的快感，而這就是快樂的頂點。深處顫抖地盼望著快感，體內熱火朝天，期望著被按壓揉搓。

「……呃……」

我無法忍住嘴裡的呻吟聲，不知不覺中，手已經放到了屁股上，撥開了柔軟卻又結實的臀肉。手指不自覺地刮著內側的軟肉，不過如此，尾骨就酥麻了起來。然而，我突然變得口渴，體內的熱氣像熔岩一樣沸騰，癢得身體都要扭曲了。再這樣下去，是不是會瘋掉？

指尖終於碰到了肛門的皺褶，開始擠進緊閉縫隙的瞬間……

「媽的！！！」

我突然看到鏡子裡映照出的我的模樣，罵出了髒話。匡啷啷！被拳頭砸中的鏡子像蜘蛛網般四處破裂，被打碎了。但是他媽的，就連碎片上都能映出我的臉。

那是一張因煩躁和憤怒而過分扭曲的臉，但比那浸透得更深的是……無法被消解的欲望。我簡直是一隻欲求不滿而發情的公狗。不對，應該說是期望著另一種快感的公狗嗎？

「……我……靠……」

我把臉埋在手掌中，因為滿溢出來的水聚積，呼吸變得潮溼，心裡更加鬱悶了。啊……倒不如就這樣被手掌中的水淹死算了。

「媽的，媽的！！」

我雙手揪著頭，發出怒吼。但沒過多久，就像是雙腿發軟般癱坐在像正下著雨的蓮蓬頭下，發出了痛苦的聲音，可就連這個都成了罵人的髒話。

除了髒話以外，我什麼都說不出來。

「啊……該死……」

我陷入絕望，如果這股無法降下的熱氣可以在今天被解決的話，那我就不會如此絕望了。那股熱度在這幾天其實一直折磨著我，讓我想摧毀一切，自己也去死一死。最終，對我崇高自尊心造成最大傷害的，就是自己。該死的肉體領悟到的炙熱快感正在逼瘋我，後方感受到的快感令身體發熱，我便用手……今天真的出手了……可儘管如此，欲望也沒有被解決，反倒是越發渴望，渴望得快要發瘋了。身體熱得直冒熱氣，真是丟臉丟到讓我好想死。

這十天，失眠症令我飽受折磨，欲望正在逐漸加深，也因為如此，無論是丟臉的感覺，還是對自尊心的傷害，都隨之加深。

所以我只能陷入絕望。

＊＊＊

楊絢智最終拿到了角色，她興奮地連繫了我。我沒時間聽她炫耀，所以以工作很忙為由掛斷了電話，之後就收到了她的簡訊：**『載翰哥，一起投資吧？我已經跟爸爸說了。』**我感受到了她想要施壓讓我遵守約定的心情，並沒有回覆，但是我沒有拒接楊社長打來辦公室的電話。會議定下來了，我拒絕了讓他來辦公室的提議，而是把會議地點定在了製作公司。

因為日晒不足，辦公室裡充滿了潮溼的霉味。雖說製作公司可以從一個辦公室開始經營，但這裡的環境可說是極其惡劣。跟隨著帶路的隨行祕書走在他身後時，一股惡臭令我的脖子發緊，莫名地覺得很悶，就把一根手指伸進衣領內稍微鬆了鬆，可胸悶的感覺並沒有消失。

祕書一進門，人們就都圍了過來。別說是接待室了，這裡似乎連代表室都沒有，裡面擺放著三張看起來像是從哪裡撿回來的桌子，充斥著舊電腦運轉時發出的嗡嗡聲，人們圍坐在一起的桌椅也不成對。巨大的礦泉水桶放在地上，卻看不到飲水機，旁邊只放了一個髒兮兮的咖啡壺。身旁沒有滾動著的灰塵，這就很讓人欣慰了。

「啊，理事！」

「哎呀，鄭理事您來啦！」

一個肥胖，帶著笑容的男人向我走來迎接我，那態度彷彿他是這個辦公室的主人一樣，他就是楊絢智的父親楊源一社長，我和他握了握手，簡單地問候了一下。楊社長直到最後也還是一副自己是主人的樣子，把我領到了桌前。

「各位好，我是鄭載翰。」

在他出面介紹我之前，我突然說道。楊社長雖然瞬間被嚇了一跳，但我假裝沒看見，轉而面向在室內也戴著墨鏡的楊絢智，眨了眨眼睛笑了，而楊絢智則是紅著臉，回以微笑。

我接過那個眼神，並看向旁邊的男人。我的嘴角依然掛著微笑，可站起來的男人明顯流露出緊張的神色，就連聲音都在顫抖著。

「鄭理事，那個……您、您好！我是……」

「韓柱成代表，好久不見，您過得還好嗎？」

「啊，是、是。那個，是、好久不見……」

韓柱成是電影製作公司韓謙影視的代表兼電影製作人，我之前在李景遠的店裡與尹熙謙重逢時，他也在場，就是我在對尹熙謙使壞的期間，一直面色蒼白的兩個男人的其中之一。雖然不是特別讓我有印象的人，但在尹熙謙的資料中也有他的身影。

尹熙謙的演員經歷相當獨特，他當初並不是憑藉自己的外貌和演技成為演員的，而是先開始了導演方面的工作。他考進了首爾的四年制大學，在三年級時休學入伍後卻沒有復學，而是跟隨在軍隊裡認識的同梯進入電影界，這是他電影生涯的開端。在著名導演的帶領下，他成為了導演組的老么，到處奔波，為了熟悉拍攝現場，不只是拍電影，把能做的都做了，光是看紀錄就能感受到他的熱情。

他與韓柱成也是在那個圈子裡工作時認識的，曾在多家製作公司工作、身為自由製作人的韓柱成是將尹熙謙提拔為藝人的關鍵人物。當時尹熙謙在某位歌手的MV拍攝現場擔任工作人員，可因為原訂的模特兒沒有來，在拍攝即將開天窗之際，尹熙謙代替他出演了MV。我以為電視劇的配角是他的第一個角色，但其實那個MV才是他的處女作，同時也是讓他開始演員生涯的熱門作品。在二十七歲那年開始演藝人生的尹熙謙在短暫的空白期之後，從秋天正式開始了演員活動。也許是在空白期期間接受了集中護理，才不到六個月的期間，他的外貌就與之前有了很大的差距。

「尹導演也是好久不見了。」

我微笑著和在我一旁的他握手。比起演員時期的模樣，通過模糊影像看到的、作為出道作品的MV中的那張年輕臉蛋與現在更為相似。並非被護理得漂亮的臉，而是充滿著被太陽晒黑和疏於護理的粗糙感，即使在歲月流逝的現在也很相似。

他烏黑的眼睛毫不動搖地看著我，表情僵硬。因為他沒有回握，我稍微歪了歪頭，他的眼神微微晃動了一下。怎麼？你是第一次見到像我這樣把人狠揍一頓，卻可以裝作沒有發生過一樣，如此厚顏無恥的人嗎？暫時流露出動搖的尹熙謙慢慢地伸出手來握住了我的手。

「你看起來氣色不錯。」

過了十幾天，青青紅紅的痕跡消失了，但他的左顴骨附近仍留有黃色的瘀傷。我注視著他的傷痕笑了一下，原本已經十分冰冷的氣氛瞬間變得更加冰冷。在只聽得到呼吸聲的寂靜中，尹熙謙開口了。

「這都是託您的福。」

我的眉毛瞬間抽動了一下，要不是正握著手，我肯定已經搧他一巴掌了，放肆的傢伙……我把嘴裡的髒話吞下去，扯起嘴角笑了。只是我控制不住地加大了握著的手的力量，直到用力到能把他的手捏碎，才鬆開了手。在我放手之前，尹熙謙看向我的手，說不定他也看到了我的手背上有著和他臉頰一樣的黃色瘀傷。

大致寒暄過後，我們坐了下來，一個小職員在角落的礦泉水桶前面忙了一番，然後把裝有即溶咖啡的紙杯端了出來。熱騰騰的咖啡散發出即溶咖啡特有的微甜香味，可誰也沒有伸手去拿。

「還是來聊正事吧。」

在所有人都在互看臉色時，我開始了正式的談話。反正投資提案也沒什麼好看的，現在需要的不是提案和說服，我不是來聽人說話的，而是來簽名的。我不得不在他們赤裸裸的談話和文字間忍住笑容。

「哎呀，楊社長的冒險精神很不錯呢。」

聽到我拐彎抹角的話，楊社長毫不動搖地笑了。他雖然笑了，我還是有點懷疑。這部作品重新建構了只留下名字三個字的朝鮮初期女畫家的人生，比起畫家的成功，它更注重作爲人的不安和苦惱，從這一點看，作品本身就具有相當大的挑戰性。到了後半部分，只要導演和演員可以表現出乾脆俐落、稍有不慎就會破碎的感情，就能拍出很好的作品。但歷史劇畢竟存在著一定的侷限性，即使能好好著重於事件和故事情節，是否能很好地表達出感情這點還是有待觀察。電影本身就如此具有挑戰性，之所以諷刺楊社長很冒險，就是因為他的投資占比太大了。

這部電影的預算高達六十億韓元，光是純製作費就接近四十億韓元。但是考慮到這是一部歷史劇，我並不覺得這樣是足夠的。道具、服裝、布景的費用應該都不菲，製作費並不算充足，電影本身也具有挑戰性，而且導演也不是什麼厲害的導演，楊社長和他那邊的人卻占了近百分之五十的股份。不管他再怎麼疼愛女兒，投資了這麼一大筆錢，看來最終他們相信的人還是我啊。

「我可以抽根菸嗎？」

雖然誰也沒有回答，但我還是從懷裡掏出菸，叼在嘴裡。因為沒有一個人站出來幫我點菸，所以菸是我親手點燃的。我深吸了一口，含著菸，一邊慢慢地吐出，一邊把提案書再看了一遍。我將菸灰抖在冷掉的咖啡裡，沒過多久就抽完一整根菸了。

根據我投資的金額，情況會有所不同。楊社長臉上雖然掛著從容的笑容，額頭上的汗水卻流露出了真心。反正已經決定要投資了，發行也會交給這邊……

我把燒完的香菸扔進咖啡裡，吐出了最後一口煙。我把頭轉向旁邊……瞥了尹熙謙一眼。尹熙謙好像本來就在看著我，在我轉過頭的瞬間視線就對上了，但那只是暫時的。尹熙謙把頭轉了回去，然後閉上眼睛，咬住了下嘴唇。他發白起角質的嘴唇上找不到我留下的傷口。

我將視線從尹熙謙身上移開，看向韓柱成，他不安、顫抖著的視線一與我對上，就抖了一下。

該怎麼做呢？感覺嘴巴都乾了。

* * *

我們夫婦與集團高層夫婦們共進了晚餐，雖然身為一家子公司的理事，我並不需要來，但我仍以鄭會長代理的身分出席。因為沒什麼意思，所以本來是不想來的，我想一直玩到正式繼承為止，但自從過了三十歲之後，我被要求的事務就變得相當沉重，也非常麻煩。

我們在飯後觀賞了古典音樂會，由在著名比賽中獲獎的聲樂家們所演唱，整體演出還挺不錯的。我原本就對表演內容沒什麼興趣，只是單純在享受而已。在眾多聲樂家中，《拉美莫爾的露琪亞》詠嘆調的男中音尤其亮眼。總之，因為是為了招待貴賓而準備的場合，對演出的標準十分嚴格。

在這個期間，要是手機沒有在口袋裡震動個不停的話，那就更好了。雖然調成了震動，但在懷裡嗡嗡作響還真不是一般煩人。因為不是什麼重要的電話，所以在確認來電者之後，我馬上就拒接了。本想無視到底的，但電話一直不知疲倦地打來，結果在中場休息時，電話很是時候地再次響起，我只好接起了那通電話。

「喂。」

『喔，載翰。』

本以為會聽到女人的聲音，傳來的卻是男人厚實的聲音。號碼是楊絢智的，聲音的主人卻是楊善雄。

『你在忙嗎？』

「我正在參加聚會，看來你回韓國了。」

這傢伙回國後進入公司，現在又去了中國，就像搭乘KTX[2]一樣，搭飛機往返於韓國與中國之間。平時根本就沒有保持連繫的人現在才打來，意圖十分明顯。

『嗯嗯，回來一下而已。我打來是想約你見面，電影劇組要舉辦派對，你會來吧？』

他提到的就是楊絢智一直纏著我，要我參加的派對。據說電影要在本週內開拍，所以她主張必須要讓演員們和相關人士聚在一起舉行團結大會。他們沒有邀請其他投

2 KTX：韓國高速鐵道（Korea Train eXpress），簡稱KTX。

資人，楊絢智卻憑著交情，纏著我要我參加。雖然拍電影的時候經常會有聚餐，但即使是投資者，那也不是我非出席不可的場合。

『你是因為尹導演而感到尷尬嗎？』

瞬間，我的舌尖發僵。為什麼會提到那個名字啊？這句話差點就蹦了出來。

『他不是你的人肉沙包嗎？人家長得那麼帥，你還對他動手了嗎？』

我突然有種被困在臭水溝裡的感覺，腳上好像沾滿了汙穢一樣。不，這就是把腳泡在汙穢裡的感覺。楊善雄，他與我不同，表面上是個和藹可親、有紳士風度的傢伙。

『也是啦……他確實長得挺帥的，我可以私下拜託他多照顧絢智吧？』

然而，我知道這傢伙的另一面。想單獨跟尹熙謙見一面，請他多照顧楊絢智？單獨見面啊。哈……他想做什麼太明顯了。不管是那傢伙還是我，都是散發著相同惡臭的垃圾。

「……別動他吧？」

『為什麼？賠點錢不就行了？』

就像你那樣。他雖然沒有附上這句話，但我知道那句話裡包含了這種意義。發行合約、我的投資這些在別人眼裡都只是交易的一部分。也就是說，楊善雄也想要滿足自己的欲望，然後再用金錢來收拾殘局。即使假裝優雅，假裝高尚，楊善雄和我的生活方式也沒什麼不同。

「等電影拍完再說吧。要是你動了導演，把電影搞砸了，先不說我投資的錢了，你到時候該如何面對楊社長？」

『啊啊……那樣的確不妥，畢竟我也投了五億韓元下去。該死，我這次回去中國的話，短期內就沒辦法回來了。沒有外景要在中國拍攝的嗎？』

香菸，突然就想抽根菸了。中場休息就快結束了，如果出去抽根菸再回來的話，很有可能要在演出途中進場。媽的，我好想抽菸啊，感覺心裡堵得慌。

『快點過來陪我玩吧。』

「我還在參加子公司代表們的聚會。」

『夫妻同行參加的嗎？』

「嗯。」

『喂，你真的要一直和那個女人在一起嗎？』

為什麼別人都對我的妻子這麼有意見呢？在今天聚集的子公司社長們中，和我有血緣關係的人也是如此。明明不是自己的老婆，卻不知道是有多不滿意，每個人都毫不掩飾地表露出不滿。我覺得用餐的時候，一直帶著洋娃娃般的笑容面對他們的安賢珍很了不起，雖然今天是在受到我的惡言相向和暴行之後第一次見面，但她完全沒有表現出來，這點也讓我很滿意。

「我大概十一點會到。」

『知道了，那我先忍著不動手。快過來吧。』

掛斷電話後，安賢珍看向我，她的脖子上沒有留下遭受暴行的痕迹。表情也沒有顯露出尷尬或生疏。從準確了解自己的地位，也懂得為人處事的角度上來看，她果然是我理想的妻子，安賢珍完美地扮演著自己的角色。作為伴侶，守護在彼此身邊是義氣也是義務，不僅對她，對我也是。

安賢珍看了我一會兒後開口道。

「會長讓我們今天回老家一趟。」

「妳可能得先自己回去了，我有個必須要去的地方。」

演出結束時大概是十點多，我就去酒席上露個臉……不是啊，我為什麼要去那裡？下次再去見楊善雄就行了。我插手的電影又不是只有一、兩部，怎麼可能每個聚會都參加呢？即使楊善雄叫我去，我也沒有理由一定要去。

明明就沒有那個理由……

「……我就先回去了。」

我聽到了宣布演出即將開始的廣播。看到我猛然站起來，幾個社長、社長夫人的眼睛都瞪圓了，而安賢珍的表情並沒有什麼變化。我俯身輕輕撫摸她的臉龐，雖然她的眼睛都嚇得直打顫了，但視線還是固定在我身上。

「那就拜託妳了。」

「……是。」

在聽到她小聲回答的同時，我對社長和社長夫人們留下一句「因為工作，需要先行離開」，便轉身離開。我一出來，中場休息的燈就熄滅了，我在開始響起的掌聲中離開了昏暗的演出現場。

不知道是從什麼時候開始的。

但我的心臟就像要爆炸一般，劇烈跳動著。

派對在飯店貴賓休息室中如火如荼地舉辦著，參加的人大部分都是出演電影的演員，還有一部分是工作人員，但都不是我認識的面孔。我邊穿梭在已經喝醉的人群中，邊用眼睛仔細掃過每一個臉孔。

「喔，載翰！」

坐在最裡面那桌的楊善雄發現了我，並喊道。怦通怦通，我的心依舊跳得厲害。在讓耳朵嗡嗡作響的耳鳴中，我緩了口氣，走近桌子。楊絢智走過來挽住了我的手臂，在被她拉著走的同時，我用眼睛掃描了一下坐在沙發上的人，我熟悉的面孔都聚集在那裡。

「鄭理事！」

突然站起來打招呼的人是韓柱成，他已經醉得就連話都說不清楚了。我簡單地接受他的問候，把視線轉向他旁邊的男人，尹熙謙。雖然不知道他喝了多少酒，但他看起來還滿清醒的。

「喂，你不是說十一點才會到嗎？」

「因為太無聊了。」

「是吧。喂，絢智很想你欸，聽說你們很難見上一面啊？也是啦，畢竟我們鄭理事這麼忙。」

楊善雄似乎有點醉了，平時戴在臉上的面具稍微脫落了些。說話模糊的同時語句還是很鋒利。

「是啊，跟絢智結婚不好嗎？絢智多漂亮啊。」

「啊、哥！別說那種話啦！」

「看來楊善雄是喝醉了啊。」

我把那傢伙的話當作屁話，坐了下來。楊善雄用一張和善的臉哈哈大笑著，可楊絢智卻紅著臉躲開了我的目光。楊善雄雖然在笑，但面對我冷淡的回應，他似乎有些尷尬。喝著酒的他轉移了視線，把下一個目標定為尹熙謙。

「不過尹導演您真的很帥耶，要不要再回去當演員啊？」

我看其他人就算吸了大麻也都成功復出了。楊善雄笑著說。

「我本來就是想當導演。」

「啊，這樣嗎？」

尹熙謙不僅在雜誌採訪中，當時在出演的節目中也有提到過這個。本來就是想當導演……他說出那句話的表情很淡然，讓人難以讀懂他的內心。他真的對演員身分沒有留戀嗎？我產生了這樣的疑問，不，應該說我之前開始就有這樣的疑問了。

總覺得心裡怪怪的。

「熙謙真的很努力學習導演的工作，這幾年還一邊寫劇本一邊走遍了全國。我們根本不需要另外再去找外景拍攝地，因為這些都已經在尹導演的腦子裡了。」

喝得爛醉如泥的韓柱成突然高聲說道，我感受到了他無法忍住不炫耀的自豪感。因為是他提拔了尹熙謙，所以才這麼厚愛他嗎？是啊，韓謙影視，韓柱成的「韓」和尹熙謙的「謙」。無論怎麼想，都只可能是這兩個名字的縮寫。

「因為電影太快開拍，我真的嚇了一跳。」

楊絢智嘀咕道。在籌集完投資金後，進度進展非常快速，這點倒是讓我覺得韓柱成徵招電影工作人員的能力相當不錯，我以為他還會炫耀，所以看向了他，但韓柱成卻只是苦笑地看著尹熙謙。

「……我有很多想拍的場面，真的構思了很久，也等了很久。」

當尹熙謙這樣說的時候……我由衷地感到驚訝，甚至感覺心臟怦通怦通地墜落到了地上。他總是一臉淡然，不展露任何表情和想法，這是他第一次表現出自己的欲望。說那句話時的表情也和平時不同，雖然同樣是面無表情，但我能清楚看到他的眼睛裡有什麼在閃爍。怦通、怦通、怦通，心臟跳動地敲擊著胸口，聲音在耳邊嗡嗡作響。男人的欲望……不，就像是被熱情壓倒了一樣。當我窺探到那分感情的瞬間，不知為何指尖變得麻木，腦海瞬間變得模糊。

同時，莫名的不快像蟲子一樣順著脊梁悄悄爬下。可能是心臟劇烈地跳動的緣故，胸膛、胸口……隱隱作痛。

「哇，尹導演居然會露出這樣的表情。」

讓彷彿看到了美杜莎的眼睛般定住的我清醒過來的，是楊善雄的聲音。雖然是感嘆的聲音，但他的意圖非常明顯。楊善雄，他體內肯定正流竄著淫欲。

「就是說啊，好有熱情啊。」

我笑著說道，聲音卻十分低沉。我裝作若無其事的樣子，往楊善雄的杯子裡倒滿洋酒，然後無視了幾雙想幫我倒酒的手，也斟滿了自己的杯子。

「哎喲，幹嘛喝得這麼急啊？」

「今天我得回老家過夜才行，會長在找我了。」

「哇，鄭會長在找你，你卻跑來找我了？我好感動啊。」

楊善雄沒有拒絕，他用杯子輕輕碰了一下我遞出的酒杯，而楊絢智、韓柱成和尹熙謙也一起乾了杯。我毫不猶豫地喝完一杯，食道火辣辣的，又把濃烈的洋酒滿上。滿臉醉意的楊善雄掏出了香菸，那不是市面上銷售的那種香菸，而是把菸草單獨捲進菸紙裡，再裝上濾嘴的捲菸。果然，光是聞了菸味就知道這不同於一般的香菸。

「要來一根嗎？」

楊善雄笑著吐出了腥甜的菸氣。我輕輕搖了搖頭，那傢伙便舉起酒杯，慫恿大家一起喝酒。我輕輕碰了一下他的水晶杯，楊絢智便貼到我身邊，摟住我的手臂，楊善雄看著這樣的楊絢智，懶洋洋地笑了。

楊善雄從我結婚前就一直想撮合我和楊絢智，本以為結婚之後會收斂一點，但他還是不斷想把楊絢智推到我身邊。他想把我灌醉的意圖非常明顯，就是希望我喝醉後能跟楊絢智上床，如果能懷上小孩，那就賺到了，他大概就是這樣想的吧。之所以不跟他一起抽菸，是因為喝酒又同時抽大麻的話，容易醉得更快。

琥珀色的液體順著喉嚨流了下去，酒精的味道讓我一陣噁心，但我還是一飲而盡，直到能看到杯子底部。本想喝一口就放下的楊善雄看到我這個樣子，嘻嘻地笑了，然後也把自己的杯子喝到見底。剛放下杯子，又往杯子裡斟滿了酒。

「就算要回老家……」

「就是說嘛，也要喝個夠再回去。」

笑著的楊善雄雖然還可以正常說話，但舌頭已經有點打結了，發音變得有些模糊。我也沒什麼不同，連續喝了幾杯，醉意以令人難以置信的速度湧上來。眼前發暈，但我並沒有表現出來，拿起了楊善雄推過來的杯子。

「絢智也喝一杯吧。」

我毫不掩飾醉酒的臉，故意表現出自己喝醉酒的模樣，瞇著眼勾起嘴角笑著說道。而楊絢智和楊善雄也笑著舉起了酒杯。

這兩個姓楊的不管在打什麼算盤都無所謂，如果是想把我灌醉的話，我也願意奉陪。

只是楊善雄，就算我要死了，我也會拉你一起死的。我咬著牙，咽下了嘴裡的酒，食道燒得火辣辣。

離開去上廁所的楊善雄沒有回來，為了照顧自己的堂哥而離開的楊絢智也沒有回來，就連韓柱成也蜷縮在沙發一角睡著了，桌邊只有我和尹熙謙尷尬地坐著。雖然醉意已濃，但強大的精神力仍讓我保持清醒，不能比楊善雄先醉的好勝心讓我勉強堅持了下來，而現在楊善雄出局了，我也快撐不住了。好想抽菸，但在現在這種情況下吸菸，酒勁肯定會一下子漲到頭頂，醉得不醒人事。

但是我還是很想抽菸，我得先打電話給金泰運，叫他來接我之後，再出去抽菸。我這麼想著，從座位上站起來的瞬間，身體就開始發抖，眼前一黑，連身體在向前倒去都不曉得。

「……您還好嗎？」

……不對，我並沒有倒下，因為不知何時走了近我的尹熙謙正攙扶著我。我說著沒關係，試著笑了一下。明明在楊善雄和楊絢智面前笑得很開心，笑得像個喝醉酒的人，可是現在看著尹熙謙，我卻笑不出來了。

啊，對了，我不能就這樣走了。我把尹熙謙留在這裡，如果喝醉酒的楊善雄回來了，我怎麼知道他會不會對覬覦已久的尹熙謙做出什麼事？

會先忍著不動手是吧？楊善雄你這狗東西。你不會知道我有多想撕破你那張臉，剪斷你那好像很了不起的老二。此刻我的怒氣因為那個貪心的瘾君子而直衝頭頂，他媽的，狗東西。

「起來。」

「……」

「不對，你已經起來了啊。那就進房間吧。」

如果我很清醒的話，就可以送他回家，但我現在並不清醒。雖然想叫金泰運來幫忙，但他正努力想讓尹熙謙消失在我眼前，所以不能連絡他。一般在這種飯店裡舉行的派對，都會為主要嘉賓安排房間，但是我突然產生了個微妙的想法。在製作費都不夠的情況下，應該不會在這種飯店貴賓休息室裡花錢舉辦開拍派對吧，所以很有可能是非常珍惜自己的堂妹，想讓我跟她結合，同時也對尹熙謙不懷好意的楊善雄出錢舉辦的。如果楊善雄還安排了房間，那他應該也知道尹熙謙的房間在哪裡吧。媽的，這樣去那裡也行不通了。我對於自己都喝醉酒了，腦袋還動得這麼快感到很好笑，雖然思緒亂得一塌糊塗，但我能肯定的是不能讓尹熙謙直接回房間。

「先去隨便開個房間再過來。」

我翻了翻口袋，掏出錢包，把一張信用卡遞到他手裡。尹熙謙想讓我坐下，所以我乖乖坐了下來，他說了句「馬上就回來」便離開了。我不斷努力想保持清醒，「呼——」地吐了一口氣，一調整呼吸，從肺裡散發出的酒精味就讓我更醉了。我不喜歡那個味道，所以很想抽根菸，但是現在抽菸的話，只會變得更醉吧。

我懷裡的手機響了，拿出一看是安賢珍打來的，她問我什麼時候回去，我只回答說自己喝醉了，不知道她說了什麼，電話就掛斷了。放著手機的西裝口袋沉甸甸的，我應該沒有弄丟什麼吧？啊，信用卡。等尹熙謙回來之後，我就要把信用卡收起來，讓他進房間，然後回老家。早知道就叫他順便幫我叫個代駕了。毫不停歇、雜亂無章的思緒阻礙著意識的流動，毫無脈絡可循的思考也斷斷續續地中斷了。

楊善雄這個狗東西，居然說什麼？我也像你一樣賠錢不就行了嗎？我突然想起他對我說過的話。想對尹熙謙做什麼？媽的，你以為尹熙謙是男妓嗎？你沒看到那傢伙說想拍電影，閃閃發光的眼神嗎？他不是都親口否認了？說他想拍電影，但並沒有想靠賣身體來獲取成功啊。

「鄭理事。」

聽到喊聲，我猛然抬起頭看到了尹熙謙，他回來得很快。我從座位上站起來，他試圖過來扶我，但我把他的手甩開了。我還能走直線，雖然久違地醉到了這種地步，但我酒量本來就很好，而且在只喝酒不嗑藥的情況下，無論多醉也都能假裝沒事。

我確信自己走出貴賓休息室的步伐也毫無搖晃，尹熙謙卻跟在我後面，難道是擔心喝醉的我會出什麼事嗎？一坐上電梯，不知道他按了幾樓，而我則是按了「1」。

「尹熙謙先生就去那間房間過夜吧。」

尹熙謙手裡拿著用我的卡訂的房間鑰匙。我感覺到尹熙謙的視線緊盯著我，但我沒有看他，只是看著緊閉的電梯門。

「畢竟不知道楊善雄那混蛋會做出什麼事……」

電影……既然他那麼想拍電影，不管遇到什麼事，尹熙謙大概都會隱忍下去吧。就算被我揍了一頓，他不是也沒把我告上法庭嗎。不對，那是因為他確實做了一件值得被打的事情。腦子裡總是會有其他想法穿插進來，簡直要瘋了，心臟感覺一下子被堵住了。

電梯停了下來。雖然電梯停了，但由於慣性，胃一陣翻攪，感覺就快胃食道逆流了。我只能用手捂住嘴巴，成功不讓自己吐出來，但噁心的感覺還是不容易消退，感覺喝下去的酒都要湧上來了。

「請再忍耐一下。」

尹熙謙把我從電梯裡拉了出來。我連自己是怎麼走過走廊的都記不清了，只是清醒過來的時候，馬桶就在眼前了。我沒能忍住往上湧的噁心感，剛才喝進去的酒幾乎都被我吐了出來。像是燃燒著食道一樣喝進去的洋酒和胃液混在一起，變成了比原先更可怕的感覺並逆流而上。一旦真正吐出來後，就完全忍不住了。媽的，真的喝太多了。我邊這麼想邊吐著。

吐了好幾次，直到終於比較舒服了才挺起腰來。我蓋上馬桶蓋，按下沖水把手，擰開了洗手檯上的水龍頭。嘴裡充滿了各種苦澀的酸味，我漱了二十次口，埋頭在洗手檯裡洗臉擤鼻涕……將難聞的味道全部洗去後，冰涼的水才讓我稍微清醒了一些，呼吸中散發出的酒味似乎也消失了一些。

「……！」

我抬起頭來時嚇了一跳，因為我在洗手檯前的鏡子裡……看到了尹熙謙。他站在我身後，我這時才感覺到腰痠背痛，還想起剛才在吐的時候，有一隻手一直幫我拍著背。儘管如此，尹熙謙的存在不知為何還是沒有真實感。鏡子是照到鬼了嗎？我產生了這樣愚蠢的想法。可我轉過身去，映入眼簾的真的是尹熙謙，真實存在的尹熙謙。我呆呆地看向他，而他則是拿起乾毛巾幫我擦臉。

「您還好嗎？」

他詢問的聲音很和藹，我卻答不上來。那是一張我下意識不想看到的臉，連想都不願意去想。因為喝了酒，我更是無法不去想尹熙謙，所以我並不想看見他。

晒黑了的皮膚、因為完全沒有保養而變得乾澀的頭髮。瓜子臉、充滿男人味的下巴線條、高聳的鼻梁、沒有雙眼皮的細長眼睛和在那之下的黑色瞳孔。本以為他那雙隱藏著熱情，假裝若無其事地映照著這個世界的深邃眼眸已經像沙漠一樣乾枯，裡面卻藏著比以前更強烈的東西。我忘不了他說想拍電影時的眼神，它已經深深刻在我的腦海裡了，甚至深刻到讓我後悔不該看到。

「看來鄭理事得先睡一下才能離開了，請連繫您的家人吧。」

尹熙謙把我從廁所裡拉了出來，我乖乖地被他牽著走，呆呆望著他那完美得無謂的脖頸線條。他的肩膀很寬，背部看起來很結實。在無法入睡的夜晚，我常常在難以稱作是夢的夢裡看到他一絲不掛的肩膀。

「已經連繫過了。」

此刻我說話的聲音並不像我的聲音。因為酒勁稍微消退了，說話也變得比較清楚了。尹熙謙讓我坐在床上，那是一張雙人床。我叫他去開房間的時候，他在想些什麼呢？其實我是想讓他開一間他自己的房間，但就是不知道他是怎麼解讀那句話的。

「您先休息吧，確認您睡著後我就會離開。」

聽到他要我睡覺，我嗤嗤地笑了起來。居然叫我睡覺，是啊，以前為了入睡，我又喝酒又嗑藥的，因為只有那樣我才能至少睡個四、五個小時。可最近沒有任何方法能讓我入睡了。

「……鄭理事？」

尹熙謙是我的惡夢，不僅時不時會出現在我無法入睡的夜晚裡，甚至在我偶然得到的短暫睡眠中，也會隨心所欲地進入夢鄉，就像是折磨我的可憎夢魘。每到這時候，我的後面就會發麻，身體也會開始發熱，想發洩卻無處發洩的欲望讓我相當痛苦。雖然我知道要怎麼做才能得到滿足，但我實在是下不了手，只能靠著自尊心堅持下去。

我絕對不能放過讓我感受到這分痛苦的尹熙謙，所以下定決心要懲罰他。

「……！」

酒勁讓性欲壓制了理性，欲望達到了高峰，就連從嘴唇之間流露出來，擦在皮膚上的呼吸都讓人暈眩。

尹熙謙嚇得瞪大眼睛看著我。

「……是尹熙謙先生先勾引我的。」

是你挽留我，叫我在這裡過夜的啊。只有這樣說，我才能合理化我現在要做的事情。是你勾引我的，說完這句話，我親了他，這很明顯是誘惑。

我好想跟他做愛。

意識不停閃爍，在黑暗中失去意識時，身體發熱的感覺又會將我喚醒。就算緩緩地眨著眼睛，雙眼也會因刺痛神經的快感而緊緊閉上。有時我會因呼吸急促而醒來，每當這時軟軟的嘴唇就會吸吮我的嘴唇，舌頭填滿了我的口腔。

「呃……！」

在這種情況下，向下伸去的手令我非常不自在。酒勁雖然很足，但意識還是很清楚。身體發熱，性欲已經衝到了頭頂，但對被男人壓在身下敞開身體而產生的精神上的排斥感，還是讓我難以忍受。我曾經因為身體把這分感覺當作是快感而挫折，我曾經極力否認，為了假裝無知而拚盡了全力……最終，貪圖快樂的身體藉著酒力摧毀了理智。與受到傷害的自尊心不同，我因喘息而上下起伏的胸膛因奇妙的期待而顫抖著。

「……！」

他修長的手指插進裡面磨蹭的瞬間，我的腰就彈了一下，放在尹熙謙肩上的手也立刻使勁抓住了他。全身燒得滾燙，頭腦發熱。

但是這樣還遠遠不夠，我還沒有達到像當時他含著我的性器，手指捅入我後面那種瘋狂的、讓自己的存在本身褪如一張白紙般的快感。沒能達到極致的快感，讓我心煩意亂，快感不僅比那時候還弱，反感也比那時候更強。

「啊，媽的……」

髒話隨著炙熱的呼吸吐出，進到身體裡的手指好像不只一、兩根，仔細地摩擦著內側，但與之前不同，他想擴張裡面的意圖很明顯。不僅在與前列腺相接的內壁周邊反覆搓揉，還磨蹭著伸往四周，將裡面撐開。含著手指的後庭火辣辣的，每感到無法忍受而想推開尹熙謙時，他就會像被鬼附身般，按壓著我有感覺的地方，一邊親吻著我。被酒精支配的身體無力抵抗，在我無法控制四肢而掙扎的時候，尹熙謙親遍了全身，並用手指抽插著後穴。

「啊、等等……」

我在快樂和煩躁之間搖擺不定。我叫他幫我舔，抓住他頭髮的手變得用力，他卻沒有乖乖地俯下身照做，只是把手指拔了出來。完全沒想到他接下來會這樣做，我從來沒有被男人壓在下面過，就像是第一次做愛一樣，腦子變得一片空白。

「……!!」

摩擦下面的硬物再次帶來衝擊，我的臉應該瞬間就刷白了吧，全身似乎都沒了血色，我嚇得瞪大眼睛。雖然想推開尹熙謙，抓住了他的頭髮，然而，尹熙謙親吻了我，還伸出了舌頭。

「唔呃!!」

親吻的同時，硬物的前端撐開了火辣辣的後庭，尹熙謙的性器進到了體內。我被他咬著舌頭，發出了呻吟。

「呃！」

尹熙謙插得越深，越讓我瘋狂，下面被撐開的感覺很可怕，全身都起了雞皮疙瘩。不僅是後庭，就連骨盆也像裂開一樣疼痛，渾身冒著冷汗。越是意識到男人的性器在往自己體內鑽去，自尊心就越受到傷害，我的男子氣概在腦海中不斷地發出警示聲。耳邊嗡嗡作響，就連自己的呼吸聲都聽不清楚。

媽的，你竟敢這樣對我？我掙扎著，同時感受到屈辱和羞恥。一邊擴張一邊插進來的性器隨著進入的深度加深，感覺似乎變得更加鮮明了。實在是忍無可忍，於是我掙扎著把男人推開。男人這才放開我的舌頭，將頭稍微遠離，他的臉龐也隨之出現在眼前。我無法忍受與他對視，再次緊閉雙眼。我連頭也不敢擺正，只能側著頭在床上揮舞著手臂，推開壓在我身上的結實身體。身體明明他媽的就像被潑了冷水一樣冰冷，被手掌碰到的皮膚卻燙得像著了火似的。

而我的手臂被抓住，按在了床上。

「！！！」

然後，性器整根插了進來。一瞬間發生的事讓我感到疼痛，張開的大腿中間觸碰到尹熙謙的肌膚，因為生理上的排斥感而扭曲著身體，想叫他滾開的瞬間……

「呃啊……！」

性器摩擦著內壁拔出，在男人用手指刺激過的地方，粗硬的棒子脹大，他的龜頭搔到那個點時，我渾身發顫，眼前閃過白光。原本以為已經冷下去的身體從內側開始燃燒，熱氣一下子沖到了四肢，指尖、腳尖都酥酥麻麻的。

「哈……!!」

性器插進體內的感覺令人不寒而慄，但同時又有種刺激骨髓的強烈快感席捲全身。

尹熙謙按住我的雙手，認真開始擺動起腰部，身體「啪啪」地撞擊著張開的腿間，性器不斷抽插。當他用手指撐開內壁時，我的身體聚焦於擴張的感覺，但現在受到了真正的刺激，感覺就快瘋了。每當龜頭插入，肉棒狠狠地蹭過去時，眼前就會冒出火花，身體一顫一顫地痙攣。眼眶發燙，眼球裡的液體似乎在沸騰，不，沸騰的也許是我的腦子。

「呼呃、呃，媽的，啊——」

張著的嘴裡喘著氣，吐出髒話，但其實我是想張開喉嚨，隨便大叫出聲的。我一喘氣，鼻子就會發出聲音。討人厭的鼻音混雜在呼吸聲中，不想承認這是我發出來的。尹熙謙輕咬、吸吮著我的脖子，擺動著腰部。先是抽出一大段，再深深地沒入，現在腰部的動作越來越快了。每當他進出我的身體，淫亂不堪的刺耳聲音就會讓我的耳朵發熱，可隨著速度加快，響起的就只剩下肉與肉摩擦的聲音了。

速度太快了，被他擦過的肉麻得沒有知覺，被反覆進出摩擦的肛門和內壁都太燙了。可能是摩擦產生了熱感，感覺下面燙到好像被撕裂了一般。由於內壁不斷被他的性器摩擦，緊閉的雙眼開滿了紅色黃色的花。那種強烈到讓人害怕的快感，讓我覺得自己不再是我自己了，好像真的再也受不了了。

「啊、媽的，輕一點，輕點……！」

當我的嘴吐出那樣的聲音時，力量一下子就湧進了尹熙謙的手中。他的力氣大得甚至都能捏碎我的手腕。與此同時，他腰部的動作突然停了下來。

「……呼嗚……」

一瞬開緊閉的雙眼，就模糊地看到了尹熙謙的臉。垂著眼睛、微微皺著眉頭的他長長地呼出了一口氣，調整著呼吸。好像在刻意忍著什麼般，表情有點痛苦，他抬起低垂的視線看向我。在目光對視的瞬間，我心臟一涼，不，雖然感覺涼颼颼的，但同時也有種莫名其妙的感覺。猛烈跳動的心臟熱得讓人不舒服，但是和他對視時的心情卻無法用語言來形容。沒有預想中的那麼羞恥，自尊心也沒有受損……但心臟感覺跌落了谷底，就是那樣的感覺。

我只能再次閉上眼睛。在心臟消失，只剩下一片空白的那個地方，有種非常奇怪的感覺在怦怦直跳，快要失去意識的感覺接踵而至。

「……呃……！」

暫時閉上眼睛，調整好呼吸的尹熙謙再次開始活動腰部。這次和剛才不同，變得沒那麼激烈了。他的陰莖溫柔地摩擦著進到我的體內，在我最有感覺的深度淺而周密地動著。

「……會痛嗎？」

……老實說，這是個直擊要害的問題，我只能啞口無言。如果要問會不會痛，被撐開的下面是會刺痛沒錯，可是比起這個，異物感和不快感更大。要問會不會痛苦的話，那我只能說非常痛苦，因為不僅會有刺刺麻麻的痛感，還有異物插入的不舒服的感覺。但是，有一種快感，足以讓我把這些問題輕易地忽略掉，所以最後我什麼都答不上來。

就他會不會痛的提問來說，現在並沒有那麼痛了。變得沒那麼劇烈的動作給了我一種可以忍受、程度正好的快感，所以我只是把頭轉向了一邊。

尹熙謙以同樣的強度動著腰部，在裡面溫柔地撞著。每當他的性器刺激到內部時，身體就會顫抖，讓人渾身酥麻的快感刺激著神經。他放開我的手臂，將我的臉扶正。男人的嘴唇落在我依然無法睜開眼睛的臉上，發出了令人發癢的聲音。我的心情不是很好，除了不斷刺激裡面的眩暈感之外，令人發癢的甜蜜親吻也不斷在臉頰和眼角上落下。

「哈……」

尹熙謙的呼吸聲漸漸變得粗重，與此同時，進出裡面的深度也在逐漸加深。速度也隨之加快了，他開始喘著粗氣，摩擦到的部位刺痛感加重，在裡面擴散的酥麻感也成倍增加。尹熙謙用力抽插的力道大到甚至會發出「啪！」的聲響，這時我咬緊嘴唇驚叫了一聲，死死地抓住了他的肩膀。

「啊、輕──」

我反射性地說出「輕一點」之時，尹熙謙的嘴唇堵住了我的嘴。我嚇得吸了口氣，他的舌頭趁機鑽了進來，與我的舌頭交纏。

鼻子能呼吸的空氣有所極限，我不久後就感到呼吸困難，想推開尹熙謙。但在他咬住我的嘴唇吸吮的同時，也開始了激烈的腰部動作。

「唔呃──唔！」

夠了，輕一點。媽的，這些話全都在被堵住的唇間消失了，只有不成話語的語句斷斷續續地流出，就連腦海裡的話也消失了，我已經想不起來自己想要說些什麼了。

星星在眼前閃爍著，腦子裡一片空白，融化的腦漿咕嚕咕嚕地沸騰了起來。每當陰莖一次又一次地摩擦內壁，不僅指尖、腳尖，連髮絲都會像被雷擊中了一般。我渾身顫抖，眼角熱呼呼的，好像快流出眼淚似的。每次插進來的時候，我都想要放聲尖叫，實在是受不了，想要逃跑，於是腰不由自主地扭了起來。但我沒能擺脫尹熙謙的束縛，反而被抓得更緊，而他抽插的強度也越來越猛。

我感受不到被他吸吮的嘴唇，也感覺不到他的手臂正擁抱著我。感覺自己只剩下下半身，肉體相接的地方很熱，好像就要融化了——

「呃呃……！」

尹熙謙帶著粗重的呻吟吐出了一口氣，比先前都還要用力地插入性器。

「啊啊……！」

我發出了慘叫。被插入的地方好像就要炸開了。從那裡爆發出來的快感席捲全身，直沖我的性器。尾骨刺痛，腳尖彎曲，渾身都忍不住緊繃了起來，後穴也不由自主地收緊。

「呃！」

與此同時，在我上方的身體變得僵硬。尹熙謙微微顫抖著，又往裡面蹭了蹭，然後又抖了一下。「哈啊……」每當這時，達到極限、彷彿要吐出某種東西似的呻吟聲也會隨之而來，而尹熙謙也和我一樣，正在射精。

有好一陣子我都在高潮中顫抖。每當快樂的波濤過去，就會再次襲來。我渾身都在劇烈顫抖著，後面不由自主地緊縮，而尹熙謙也會隨之在我的體內蠢動。這次的高潮是我此生做過的性愛中，持續時間最長的一次，到最後感覺身體都被掏空了。

在高潮終於結束後，我鬆了一口氣。尹熙謙也在我身上趴了一段時間。

喘息聲不斷從我耳邊傳來，從耳邊就能感受到擁抱著我的尹熙謙的呼吸。

「……」

雖然睜開了眼睛，視線卻很模糊，眼睛眨了幾下也不見好轉，腦子裡也一片模糊。漸漸的，呼吸平穩了下來，快要爆炸般跳動的心臟也恢復了原來的頻率，但渾身無力就像是被水浸溼的棉花，已經筋疲力盡了。自尊心、羞恥心、屈辱感……全都沉入水底，變得模糊不清。為了不讓自己想起，我閉上了眼睛，至少現在，就這樣睡著也不錯。

意識逐漸沉到水底，在精神變得恍惚的過程中，我突然感覺到尹熙謙正在親吻我的太陽穴和顴骨周圍。啊……這傢伙，還沒從我的體內拔出來啊。

可是，還沒來得及感到不快，我就直接睡著了。

身體因為床的反作用而感受到震動時，意識便被拉回水面上。睡得很好，這是我醒來後的第一個想法。剛睡醒的頭腦昏昏沉沉的，眼睛也有些發癢，但這是比以往的任何時候都還要令我滿意的睡眠。如果閉上眼睛，說不定還能再睡一下。感覺渾身發軟，精神也像是飄在雲朵上一樣，我只想繼續這樣睡下去。

但是有東西妨礙著我的回籠覺，那就是聲音。因為患著複合各種症狀的失眠症而飽受煎熬的我，即便是很小的噪音也會妨礙到我的睡眠。外面是下雨了嗎？我隱約聽到了水的聲音，聽起來像是大海波濤的聲音。

但這時我意識到，我從未頂著睡意朦朧的精神狀態來到大海附近過，而且這聲音也與雨聲不同。當我用模糊的眼睛看向床頭，看到紅色數字時，五點二十七分，這些數字在眨了幾次眼睛後才在視野中變得清晰。看著這些數字，我的腦子裡一片空白，無法得出任何結論。

「……啊。」

……啊，靠。這時，記憶才像海嘯一般襲來。我硬著頭皮坐起來，移動時不禁發出了驚呼。不僅腰痠背痛，就連雙腿間的感覺也很陌生。關節痠痛，彷彿還留有張開時的感覺，更不用說兩腿之間的刺痛感了，那上面甚至還殘留著潤滑液，很滑。

我起身坐到床邊，將腳放下。屁股火辣辣的，疼痛蔓延到了裡面。我不自覺地縮緊下腹，尹熙謙的性器進到裡面不斷摩擦的酥麻感還歷歷在目。我不敢去碰散發著熱氣的地方，總覺得好像要腫起來了，有點刺痛……

「媽的……」

現在能說出口的就只有髒話了，甚至連我罵人的聲音都沙啞得厲害。

與此同時，水聲還在繼續，這應該是尹熙謙洗澡的聲音。想到這裡，就覺得自己不能見到他，我也不知道該怎麼面對他。下床一看，我的衣服在桌子上，被折得整整齊齊的。我穿上內褲，往腿上套上褲子，並穿上襪子。

我沒看到襯衫，打開衣櫃一看，發現它被掛在了裡面，我立刻穿上，披上西裝外套。一起掛著的領帶掉到了地上，但我也顧不得撿了，打開房門就走出房間。

我渾身無力，可能是因為沒有好好休息的緣故吧，全身都因無力感而感到沉重，雙腿不斷地顫抖。如果多睡一點，不，如果能在床上多躺幾個小時就好了。然而，我卻以一副失魂落魄的樣子走出了飯店，連自己的車停在停車場都忘了，直接就搭上了排在飯店前的計程車。

任誰看都是一副逃亡者的樣子。顧名思義，我失魂落魄地從尹熙謙身邊逃離了。

楊善雄說回中國前想一起吃頓飯，訂好了餐廳。以前常玩在一起的朋友們也接到通知，是個五個人的簡單聚會。有小酌，但沒有吸毒，雖然小時候覺得沒什麼好怕的，但自從過了三十歲以後，就覺得有必要適當地管理身體了。

「對了，你那天晚上喝了很多酒耶，有平安到家嗎？」

「嗯，不過我沒回老家。」

正好好吃著飯的時候，突然聽到那傢伙提起幾天前事情，食欲一落千丈，嘴裡變得乾澀，開始反胃。因為只要聽到「那天」，我就會想起當時的記憶。

「你睡在飯店裡？」

真希望他能看看我的臉色，不要再繼續說下去了。也許是因為我表面上沒有表現出任何動搖和不適，楊善雄繼續問道。他是知道些什麼才故意問的嗎？總覺得腳底好像陷入了深淵中。

「是尹導演帶你進房間的嗎？」

「尹導演好像有幫忙照顧我，我不太記得了。」

「啊啊，是這樣喔？明明是我把客人請來的，卻沒有好好招待大家呢。」

我還幫你準備了一間房間耶。我很清楚多說了這句話的他心裡在想什麼，這傢伙的臉上甚至還流露出遺憾之情，有什麼好可惜的？是我沒有跟楊絢智發生什麼意外，還是因為你沒能睡到尹熙謙？反正都醉得不省人事了，楊善雄和楊絢智肯定也做不出什麼事情——

「……哈。」

我突然乾笑了起來，喝醉酒有什麼大不了的，我確實是按照楊善雄的意圖喝醉了酒、發生了意外沒錯啊。如果要說與楊善雄的劇本有什麼不同，那就是演員從鄭載翰、楊絢智變成了尹熙謙、鄭載翰而已。再次想起那個夜晚，我的頭傳來一陣刺痛，因為噁心得再也吃不下去了，我便用餐巾紙擦了擦嘴角。

「你之前為什麼要揍尹導演啊？」

楊善雄不懂得察言觀色地問道。我該用什麼方法，才能讓那小子把嘴巴閉上呢？我正在想辦法不讓楊善雄提起尹熙謙的話題，可周圍的傢伙們反而表現出了好奇心，他們大部分都知道尹熙謙是誰，畢竟崔星泰事件引起了那麼大的風波。

其中還有一個傢伙也在當天的派對上，被警方調查過。

「就是有一點誤會。」

「什麼誤會？聽說你們家金室長費盡心思不讓別家公司贊助尹導演的電影，結果你自己不是投資尹導演的作品了嗎？」

「那是金室長為了不讓我惹事才擅作主張，我也是聽說他因為我拍不成電影，所以才幫他一次而已。」

「是喔？既然要幫忙，怎麼不順便連電影製作的部分也一起幫忙？」

「已經以絢智擔任主演為條件，讓楊社長投資了大部分的錢，以韓謙影視作為主要製片方為條件，讓尹導演擔任導演了，情況很複雜。我能做的就只有證明尹熙謙並沒有被我封殺而已，再說了，楊社長明明在是為了絢智鋪路，如果好處全都被我拿走也太可笑了吧。」

「喔……喂，你是在為絢智著想嗎？」

「絢智都帶了劇本過來想讓我看了，她努力的樣子還挺不錯的。」

我淡淡說出口的話讓楊善雄的表情變得有些微妙，不知是感到興奮還是開心。白痴。我在心裡冷冷地嘲笑道，抽起菸來。除了沉默不語的我之外，其他傢伙的對話接連不斷。一碰到藥和酒，就無法隱藏住垃圾本性，散發出惡臭的傢伙們就算穿著高級西裝，再怎麼裝模作樣也一樣。啊，當然，其中最有病的人是我，就是我，媽的。在座的人當中誰也不敢隨意對待這樣的我。

「……我去接個電話。」

及時響起的電話鈴聲打斷了我重新開始的思緒。手裡拿著震動的手機，穿過走廊，直到來到院子裡才接起電話。因為我把剛才抽的菸扔到菸灰缸裡了，所以我再次翻了翻口袋，找到了新的香菸。

「說吧。」

他不是我需要特別打招呼的人，我命令的聲音很平淡，回答的男人也用鄭重又極其事務性的口吻回答。

『在順天灣的拍攝順利結束了，因為尹導演有想要拍的鏡頭，耽誤了些時間，從今天凌晨開始拍攝，到四點左右才結束。拍攝時間變長的關係，楊演員似乎很疲憊。』

這個男人是我的眼睛。

『她和尹導演有些摩擦，看起來非常不高興……由於拍攝現場的氣氛有些尷尬，所以和其他演員也沒有太多接觸。而她和演員崔正動——』

是緊盯著楊絢智的，我的眼睛。男子一五一十地報告了關於楊絢智的所有事情，主要是和什麼樣的男人進行了什麼對話，氣氛如何，在拍攝現場的行動如何等。不管這件事之後被誰知道了，他們也只會認為我把楊絢智當成了新的配偶人選，在背後調查吧。向我報告的男人也把重點放在了這裡。

『——拍攝結束後回到了首爾的家，我在她家門前盯了一個小時左右，她並沒有外出。』

「尹導演呢？」

當然，我的目的是為了監視尹熙謙。

『據我所知，尹導演也回自己家了，我認為您可以不用擔心楊演員和尹導演之間的關係。』

「下次拍攝是什麼時候？」

『休息兩天後，會在東海進行下一次拍攝。』

「那就在兩天後的這個時間再跟我報告吧。」

『是，我知道了。』

聽到死板的回答後，我掛斷了電話。一直抽著的菸已經燒到了濾嘴部分，我把它丟到地上，用皮鞋踩了踩。由於精神高度緊張，鞋底下的香菸沒抽多久，就已經只剩下了最後的部分。

我呆呆地站了一會兒，陷入了沉思。顧名思義，就只是一種思緒而已，我卻感到非常焦躁，緊張得嘴角發乾，心臟怦怦直跳……就連我都覺得自己像個瘋子。

我想去見尹熙謙。

為什麼？我反問自己，卻無法回答，就連自己都不知道理由，而我也不想知道。真的有合理的理由嗎？不，這個想法本身就不合理。思緒和疑問不斷湧上心頭，但我還是用理性和情感去抑制住它。

不是啊，我也是可以去見尹熙謙的吧？我能感受到這種焦慮，還有和在心中蔓延的不安感相似的恐懼感，我是第一次把後面交給一個男人，很擔心尹熙謙會不會到處散播謠言，對，所以我才會擲出在背後調查楊絢智的煙霧彈，趁機試探尹熙謙。楊絢智如何生活都不關我的事，不管她電影拍得好不好，演技優異不優異，跟導演關係好不好，都跟我無關。

而且尹熙謙，你他媽的，他是唯一一個捅過我後面的男人，我當然有權知道這傢伙在做什麼、在和什麼人來往。我鄭載翰是個什麼樣的男人，他竟敢騎在我上面。還有這小子，我不連繫他，他就不連繫我這點太可惡了。闖了禍之後就該善後啊，他這樣跟肇事逃逸的人有什麼兩樣。我那時候雖然不聲不響就離開了，但對我做出不該做的事的人是尹熙謙那小子啊，他竟然沒有任何動作，真是可惡至極。是啊，真是太可惡了，所以我有充分的理由去見他，然後狠狠揍他一頓。

想到這裡，我又回到了包廂。我拿起西裝外套準備離開，他們就都驚訝地瞪大眼睛看著我，問我為什麼要離開，但我沒有餘裕回答他們。我雖然喝了點小酒，但沒有喝醉，不，說不定我已經醉了，就是因為醉了才會這麼做，但是這些都無關緊要。我抓住方向盤，踩下了油門。

另一方面，我的腦子裡出現了「我正在進行荒唐的自我合理化」的尖銳批評聲，但是不知不覺間變得感情用事的我，彷彿根本沒聽到批評般，直接無視掉了。而這時我的理性又喊道，「不，不要這樣，你會後悔的，那天就只是個失誤而已」。事實上，這是為了守住自尊心而拚命發出的吶喊，比起吶喊，反而更接近於哀求。

但我都一併無視了。

結果，只有感情留了下來。而且，我也不是那種會在人生中壓抑自己感情而活的人，我只會按照我的情感去做，這是理所當然的。再說了，只因為和尹熙謙有關係就隱忍不也很可笑嗎？

在雜亂無章的腦海中，我不斷自我合理化、自我批評、再自我合理化，就像莫比烏斯環一樣綿延不絕。

只是，有一件事是不變的，

那就是我正在走向尹熙謙。

尹熙謙的家位於江北的一個破舊社區內，老舊的集合住宅和房子擠滿了小巷，是個沒有再開發的優勢和辦法，也毫無希望的社區。曾經以廣告費一年就賺進數億韓元的男人，現在住在這快要倒塌的房子裡，也就是說，僅此一次的吸毒就將他推入了深淵中。即使如此，對於一個找回了原來夢想的男人來說，這部電影無疑是東山再起的跳板。如從隨行人員那裡聽到的一樣，他有拚命埋頭於作品的理由。

「……呼。」

總之，這裡是鄰近小山，空氣卻很不好的地方。巷子裡擠滿了車子，就連想停車都很困難。在尋找停車位的過程中，憤怒又湧上心頭，但幾經周折，我最後終於把車停到了尹熙謙家前面。雖然本來就知道首爾也有這樣的社區，但我還是第一次來。月亮村，雖然有聽過這樣的名字，但我也只是在遠處見過，並沒有想親自去看看的好奇心。

這樣的我為了尹熙謙來到了這裡。打個電話叫他來找我不就行了嗎……難道我是想看看失足墜落的他活得怎麼樣嗎？我……是想確認些什麼呢？不，好像就只是出自單純的好奇心而已，可又是對什麼的好奇心呢？

在一片毫無頭緒的感情和思緒中，感到心煩意亂，我只好下車抽根菸。我不知道抽了多少根，只知道腳邊的菸蒂不止一、兩個。

是啊，我已經來到尹熙謙的家門口了，然後呢？接下來要怎麼做？

我知道他家是幾號，也接到了他已經回家的報告，但我不知道他是否真的在家，又或是回家後又出了門，現在不在家裡。與其把監視人員安排給楊絢智，不如直接讓他們幫我盯著尹熙謙就好了。不，我不想表現出我這麼關心尹熙謙。有人問我為什麼那麼在意的時候，我無言以對。

因為就算回答說是單純在意，我也很清楚那並不是真話。

直接衝去敲他家的門？如果尹熙謙出來的話，我又該說些什麼呢？還是乾脆先揍他那張莫名帥氣的臉一下？揍完再賠錢就好了？在我心中的鬱悶發洩完之前，就先拿他出氣，狠狠地發洩一下？反正他也抵抗不了我——

「……鄭理事？」

我還沒來得及理清思路，尹熙謙就如謊言般出現了。他正從社區門口走出來，在途中停了下來。他穿著運動褲和領子鬆垮垮的T恤，外面披著一件夾克，一副寒酸的樣子。但是不知怎麼的，在看到那張臉的瞬間……

感覺我的腳下都要崩塌了。

「……你穿成這樣是要去哪裡？」

嘴巴逕自開始胡言亂語，說話的內容進不到耳朵裡，我只知道自己的聲音沙啞而支離破碎。

「我看這輛車很像是鄭理事的車。」

「你什麼時候看過我的車了。」

「因為這是在這個社區裡，很難看到的進口車。」

也是，如果拿整棟建築來比，我的車和尹熙謙的房子，究竟誰比較貴還不太好說，但單看尹熙謙住的房子，我的車確實是比較貴。我就是這樣的人，買下別人做夢也不敢想的高價汽車，享受別人享受不到的東西是理所當然的。

這樣的我……和尹熙謙的關係……

我還沒整理好。不是我不占上風，我擁有更多的錢和權力。尹熙謙雖然很傲慢，但也只是傲慢而已，就算被揍也一聲不吭的低姿態，他的年紀明明比我大，也沒對我說過平語。

但是，在和他的性愛中，我卻被尹熙謙壓在身下，承受他的入侵。最重要的是，我那曾經高貴又穩固的男性自尊心被他踐踏了。

即便如此，那也是不同於以往的性愛，這能算是一種安慰嗎？和為了徹底滿足自己的欲望而利用別人身體的我不同，雖然我把自己給了尹熙謙，卻有種被服務的感覺。我只是因為尹熙謙把老二插進我體內，還內射（雖然有戴保險套）而傷了自尊心而已，但他的一切行為都很溫柔，所以我很滿意。也是因為如此，我才能忍住不馬上去掐住他的脖子。

自我合理化、憤怒、批評和把批評壓抑下來的受害者意識，並再次自我合理化。不僅如此，我苦惱於如何對待尹熙謙也不是一天兩天的事了。為什麼我會想起尹熙謙呢？為什麼我要去試探尹熙謙呢？如果我是因為覺得尹熙謙既可惡，又讓我的自尊心受到傷害，變得更討厭他的話，那我為什麼不採取行動，直接除掉他呢？我在忌諱些什麼呢？

有什麼合理的理由嗎？沒有，我只是跟隨自己的情感罷了。是啊，因為我是一個忠於自己情感和欲望的人。

我的情感和欲望？那是什麼？媽的，這……是承認了嗎？我承認自己真正的欲望了嗎？這太傷自尊心了，我沒辦法承認。我不承認，不，我不可以承認啊。

那天，從我勉強拖著亂七八糟的身體，逃跑般離開飯店開始，直到今天，只要一閒下來我就會想起他。為了不被思緒的波濤吞噬而掙扎努力，但最重要的是，我為了不讓自尊心受傷，一直試圖自我合理化，把自己塑造為受害者。

但是今天，在我像這樣與尹熙謙面對面的瞬間，混亂、發暈、雜亂無章的頭腦一下子就被整理好了。不，事實上什麼都沒有整理好，只是剩下唯一一個強烈的意識，其餘的都消失了。只有一個想法強烈地印在我的腦海裡，獨自閃閃發光。

和尹熙謙的性愛，真的很棒。

當我終於承認這一點時，我的理智又喊道。那是個失誤，因為那天喝太多酒了。但是，如果再繼續往前，就無法再包裝成失誤了喔？你要承認用後面高潮了嗎??理智這樣吶喊著。

然而我自己也知道，那種自尊才是齷齪骯髒的。沒辦法再當作失誤蒙混過去了？雖然我的理智這樣吶喊著，但我知道那是徹底的欺騙。

因為從那天開始……就已經不再是失誤了。

我今天面對了尹熙謙，便不得不承認這一點。

「你要讓我在這條路上站多久？」

這是一種被束縛住，又或是被迷惑了的狀態，挽留我的理智不過是一根一扯就斷的細線。這是無法抗拒的命令，不，我這個瘋子打從一開始就沒有想要抗拒的意思。

我總是會想起他，所以想來見他。我沒有嗑藥也沒有喝酒，清醒地面對著他，這時我才能勉強承認，不得不承認。

我想要的是和尹熙謙的性愛。

「我家有點亂。」帶我進到家裡時的一句嘟囔，是他向我展示的一部分自尊心。

他家實際上並不亂，當時也沒有時間確認這些。因為一進到家裡，把門關上，尹熙謙就把我推到牆邊，開始吻我，並直接把我帶到了臥室的床上。臥室裡滿是他的味道，還不錯。

很明顯是一人用的單人床用於做愛並不狹窄。與第一次只用正常體位的性愛不同，這次在身體交纏的過程中，體位還換了兩次。可能是因為承認了自己想要，就算對打開雙腿還是感到很不自在，但也沒有像第一次那樣，自尊心傷得那麼嚴重。

說實話，他為我帶來的快樂非常棒。在做愛的過程中，幾次睜開眼睛時，還能看到尹熙謙淫蕩濡溼、氣喘吁吁的臉。在那張床上，我明白了被插入也沒有那麼可恥。

不僅如此，他的床雖然小到沒法和我的床比，床墊也沒有彈性，卻能讓我熟睡。尹熙謙在射精後會進行很長的後戲，而且還是維持插入的狀態。直到我覺得口渴，跟他開口要水喝的時候，尹熙謙才起身離開房間。當廚房裡傳來「匡噹匡噹」的聲音時，我就睡著了。

再次睜開眼睛的時候已經是早上了，尹熙謙不在床上。因為我沒有因為感受到床的震動而醒過來任何一次，所以他應該是打從一開始就沒上過床。

我挪動痠痛的身體走出臥室，果然看到他修長的身軀躺在破舊的沙發上，睡著了。

我這才環視了尹熙謙口中髒亂的房子。雖然狹窄，但也不像他說的那樣髒亂，不如說很明顯是有在打掃的。

「……嗯……」

不知道是不是感受到了我的動靜，他睜開眼睛。四目相接的瞬間，我直接僵住了。因為我昨天要了水後，沒喝上一口就睡著，現在感覺嘴巴更乾了。

尹熙謙的目光更加朦朧，過了許久眼睛裡才重新恢復光亮。他揉了揉臉，眨了眨眼睛，眼神才開始聚焦，表情也變得微妙地僵硬。

「……水……在冰箱裡面。」

明明不是啞巴開口說話了，可我還是嚇了一跳，反射性地點了點頭。打開冰箱門一看，裡面的東西雖然不多，但都擺放得非常整齊。冰箱門上放滿了五百毫升的瓶裝礦泉水，我拿了一瓶出來，打開蓋子喝水，雖然沒喝幾口就不渴了，但我還是把整瓶都灌完了，因為這種情況讓我尷尬得要命。

我應該直接離開的，直接離開不就好了，還喝什麼水啊？幾個小時前，我才承認一切並決定對快樂誠實一點，可當我醒來後才發現羞恥感是沒辦法完全消解的，一起迎接早晨真是尷尬又丟臉，我一定是驚慌失措了。

當我喝完水時，尹熙謙從沙發上站了起來，走到我身邊，把我手上的空水瓶拿走，用手指向一邊。

「浴室在那邊，去洗澡吧。」

聽到這句話，我又像個傻瓜似的點頭，走進了浴室。而且，也還沒來得及想些什麼，我就直接照做了。

廁所是最糟糕的，沒有浴缸只有淋浴空間的浴室本來就很窄了，不僅有馬桶和洗手檯，有個角落甚至還被洗衣機占據了。洗衣機也算是電器，被水噴到真的沒關係嗎？萬一爆炸了怎麼辦？沐浴環境惡劣得令人擔心。便宜的瓷磚雖然被擦得乾乾淨淨的，沒有水垢和黴菌，卻藏不住下水道散發出的特有氣味。這……熱水能正常地出來嗎？我抱著這樣的想法，將蓮蓬頭把手轉至熱水，冷水流了好一會兒，熱水才開始出來。水壓還可以，只是因為同時打開了冷水，水的溫度在極熱和極冷之間徘徊，很難調好溫度。

媽的，早知道就回家洗了，我為什麼要在這裡洗得這麼不舒服啊？我在這樣的懊悔中不知怎的洗好了澡。便宜的洗髮乳和沐浴乳還算不錯，尹熙謙身上就隱約散發著這個香味。

經過一番周折洗好澡後，我用浴室裡的吹風機大概將頭髮吹乾後走出去時，屋內散發著食物的味道。我被意想不到的味道嚇了一跳，剛從浴室出來就看到廚房裡尹熙謙的背影，又嚇了一跳。尹熙謙可能是聽到我出來的聲音，他回頭看向我。

「如果不忙的話，就吃完飯再走吧。」

今天是星期六，所以沒什麼可忙的。雖然收到了一封金泰運在找我的訊息，但並不是什麼急事，而是單純為了知道我在何處而發的訊息。沒有人找我，也沒事要處理，所以我找不到說要走的理由。當然，在這種尷尬又丟臉的情況下，和尹熙謙面對面用餐會尷尬到很可怕。我還沒能接受自己用後面上床……不，雖然我承認了，但是這種行為本身就很讓人羞恥，即使不是那樣，也會很尷尬。我和尹熙謙也不是會聊天的關係，反而有些錯綜複雜。

儘管如此，我還是像個傻瓜般點了點頭。

尹熙謙又轉過頭繼續做飯，我站在原地呆呆地望著他的背影。雖然知道不可能一直站著，但我也沒有心情坐到餐桌邊等飯上桌，便環視了一下尹熙謙的家裡。他家又小又窄，沒什麼可看的，家具只有一張四人餐桌、沙發、舊型電視和落地櫃，房間裡也只有衣櫃和床。即便只有這點家具，也還是感覺房子被塞得滿滿的，空間不夠。明明是如此狹窄、擁擠的空間，卻散發出一種荒涼的氣氛，還真是神奇。

房子被收拾得非常乾淨，就只有客廳沙發前的桌子有點亂，桌上布滿了各種紙張、劇本和素描，也有現在正在拍攝的電影場景的素描。聽說下一個拍攝地是東海，素描上穿著韓服的女人，正看著被夕陽染紅的大海。

「理事。」

呼喚聲讓我回頭一看，餐桌上擺放著飯菜。當我坐在他安排的位置上時，腰部傳來一陣刺痛，連臀部和臀部內側都在痛。但是因為我不想表現出來，就把視線放在了餐桌上。

白飯和豆芽湯、荷包蛋、泡菜和黃豆醬都整齊地盛在碟子上，盛食物的盤子並不統一，從這一點來看，很難說是整齊，但盛放得很漂亮。雖然看了素描就能知道，但他的美感似乎真的相當不錯。

「我要開動了。」

不管我的人性是否有問題，基本的禮儀還是刻在骨子裡的。特別是在這種尷尬的情況下，我的聲音更顯鄭重和生硬。

沉默中只聽得到餐具碰撞的聲音，白飯是用微波爐加熱後單獨盛在盤子裡的即食飯。

即時飯的味道還不錯，豆芽湯很好喝，雖然不知道豆芽湯是不是本來就是這樣，但是和家裡管家做的湯沒有太大的差別，裡面放滿了蔥，我很喜歡，而剩下的小菜就還算可以。

吃飯途中，尹熙謙率先打破了沉默。

「您昨晚睡得還好嗎？」

「……還可以。你睡沙發應該不太舒服吧。」

「不會，我本來就很常睡在沙發上。」

不知道是不是在顧慮我，他以無關緊要的口吻回答。他應該也是因為尷尬才主動開啟話題的，可我現在反倒覺得更彆扭了。但當他一開口，我就自然而然地看向了他，明明剛才還像盯著仇人一樣，只盯著飯和湯的。

他本人應該也覺得很尷尬，但還是若無其事地用從容的態度問道。

「飯菜還合您胃口嗎？」

「不錯啊，看來你平時都有在下廚。」

「畢竟一個人生活久了，旅行的時候也不能總是買外食吃。」

「旅行？」

「啊啊，我在構思劇本的時候，有時間就會到處走走。」

我記得之前韓柱成在酒局上有說過，在金泰運調查的資料中，也有他在這五年間走遍全國的紀錄。在生活困苦和債務中掙扎，但只要有空就會去旅行？還真是了不起的熱情啊。

「你這麼喜歡電影嗎？連靠電影賺錢糊口的演員們都挺常抱怨的耶。」

我國的電影製作環境以惡劣著稱，所以演員們很辛苦，但更辛苦的終究還是工作人員。不管怎麼說，尹熙謙的感受應該也會有所不同吧。

「開始拍攝後，雖然比想像中辛苦得多，也會發生矛盾和摩擦，但我還是覺得比什麼都拍不了、無能為力的時候好多了。」

他直率地說出自己的真心，讓我突然覺得煩悶。雖然沒和他聊過幾次，但尹熙謙毫不掩飾自己對電影的熱情，每當這時，湧上心頭的感情都讓我難以形容，這種心情就連我自己都搞不太清楚。

真的就這麼喜歡嗎？一想到這裡，肚子不知為何緊了一下。

對電影的熱情。我終於明白了讓我感到不舒服的原因，以及我所感到的尷尬究竟是什麼。

我看著尹熙謙，想看看他是以什麼樣的表情說出那句話的。他的表情和平時沒什麼不同，但能看到他嘴角微微露出了笑意，是我的錯覺嗎？還有，那雙眼睛裡似乎藏著什麼東西。坦率的欲望……不，他流露出熱情的眼睛看起來似乎變得更深邃了。

確實，他眼睛上方比以前凹陷，被我的手毆打過、顴骨下方的臉頰看起來很消瘦，下巴線條也很銳利，臉上的疲憊看起來並非一時半刻的影響。

「話說回來，你好像瘦了點。」

「是嗎？」

尹熙謙揉著臉頰嘟囔著。他和我再次集中於用餐，沉默了下來。我一邊吃飯，一邊瞟了他兩、三眼，他似乎挺能吃的……身體確實比以前瘦了一些。

「您要喝咖啡嗎？」

飯後，尹熙謙收拾著桌子問道。我呆呆地看著他收拾的樣子，想著差不多要回家了。我得回家了啊。

「雖然是即溶咖啡。」

我得回家了，而且我根本就不喝即溶咖啡。儘管有這些想法，我還是沒從椅子上把屁股移開，只是點了點頭。即便覺得尷尬、不自在又丟臉……也還是沒能站起來。

尹熙謙把盤子堆在流理臺裡，煮起熱水，繼續擦著桌子。他家因為電影拍攝，應該已經空了一段時間，卻一點灰塵都沒有，似乎是一回來就馬上打掃了家裡。看樣子他很愛乾淨，打掃房子和整理桌子的本事也不錯。

水煮開了，尹熙謙在馬克杯裡泡了兩杯咖啡，端上餐桌。咖啡聞起來又香又甜，但我因為不喜歡混濁的奶油味和濃稠的砂糖味，所以平常不太喜歡喝這種咖啡。儘管如此，我還是喝了一口……味道出乎意料地還不錯。

「……挺好喝的。」

雖然只喝了不到半口，頂多能潤潤唇的量，舌尖卻很自然地將話吐了出來，尹熙謙淺淺地笑了，微笑的幅度很微小、細微。

我瞬間產生了錯覺，他臉上好像散發出了光芒，那道光芒讓我的心怦怦直跳。雖然是很微小的笑容，但可能是因為親眼所見，所以就像當時在螢幕上看到的燦爛笑容一樣，讓我胸口感到不太舒服。真的很奇怪，不知道該說些什麼，我只想趕快離開這裡。

嗡嗡嗡——嗡嗡嗡嗡——

「……！」

這時，口袋裡響起的手機拯救了我。雖然被震動嚇了一跳，但我不知道有多高興。那個救世主是身為我的煞車的金泰運，我沒有徵求尹熙謙的同意，就從懷裡掏出手機，接起電話，同時起身。

「喂。」

『鄭理事，您在哪裡？』

「外面，有什麼事嗎？」

我用眼神看向尹熙謙，然後點了點頭示意。桌上的咖啡幾乎一口都還沒動到，當它映入眼簾的那一刻，我不由自主地伸手出去，把滾燙的液體一口氣倒進嘴裡，吞了下去。嘴裡和食道都火辣辣的，我皺著眉頭把空杯子放到桌上。我看了尹熙謙一眼，用嘴型示意自己要離開了，然後馬上穿上西裝外套和鞋子，離開了他家。

我快步走過走廊和樓梯，直接坐上了車。

『鄭理事？』

「……啊，我之後再跟你說，你閉嘴，我現在就回去。」

我回答完就掛斷了電話。雖然覺得金泰運的電話來得很即時，但我還是沒辦法好聲好氣地講完電話。

開車回家的途中，我的腦子裡突然出現了一個疑問。

尹熙謙為什麼要和我做愛呢？

「……哈。」

其實我知道答案，所以只能苦笑，但我並沒有感受到太大的苦澀感。不管尹熙謙和我做愛的理由是什麼，我都無所謂。對我來說，自己是最重要的，我也不會去在意別人的理由。因為和尹熙謙的性愛很美好，他沒有拒絕而是答應的話，對我來說並沒有什麼壞處。

只是……像是在配合我的一切般溫柔多情的性愛，為我準備的早餐，還有為了招待我而端出的咖啡，和他……淺淺的微笑，那些東西在腦海裡混在了一起。

所以，我只是有點好奇而已。

＊＊＊

經過週五晚上、週六及週日的休息，拍攝從週一重新開始。我接到報告說尹導演對每個場面都非常的挑剔，追求完美，導致演員們的怨聲越來越高。看來他和楊絢智之間有很多矛盾，我曾警告過楊絢智，那個角色會讓她很難消化，無論如何，她的演技似乎真的都不盡人意，而尹導演應該也不會輕易放過她。

……是因為這樣，他才會瘦了嗎？

「……鄭理事？」

我陷入沉思，連司機幫我開了門都不知道。我被呼喊的聲音嚇了一跳，下了車。

大海的鹹味刺激著嗅覺。我還……真的來到東海了呢。

「還需要走一段路才能到拍攝場地，這邊請。」

我的隨行祕書在前面帶路。我無論怎麼想都無法理解自己到底為什麼會來這裡。

但要是非要辯解，那我會說是因為睡眠不足，導致判斷力下降了，應該……就是這樣的吧。

雖然和尹熙謙的性愛對失眠有幫助，但不是完美的治療方法。即使性愛之後能睡得很好，但到了下一個夜晚，失眠症又會困擾著我，即便如此也沒關係。他給予我的睡眠只能持續一晚，那隨之帶來的滿足感就已經足夠了。

「咦？鄭理事?!」

最先發現並注意到我的是製作人韓柱成。因為我偶爾會到電影製作現場拜訪，所以工作人員中也有幾個熟悉的人。不過看到我後紛紛站起來，和我打招呼的人們中，我知道名字的人其實沒有幾個。

「因為我有來拍攝現場看一下的習慣，所以就來了。」

「哎呀，居然還特地來東海一趟，真是太謝謝您了。」

「拍攝進行得還順利嗎？」

「啊……哈哈、是，當然了！」

不管怎麼聽都不像是在順利進行。尹導演似乎不知道我的到來，依然背對著我，而他面前站著楊絢智和其他演員。雖然不知道在說什麼，但楊絢智的臉色果然不太好看。除了他們之外，其他工作人員似乎正在準備便當，雖然因為我的登場而停了下來。

我看了尹熙謙一眼，對韓杜成問道。

「拍攝時間拉長的話，製作費不會出問題嗎？」

「啊、是。我們正在盡最大努力讓電影在預算內順利進行……連工作人員的便當錢都省著花呢！」

「哎呀，那也得好好吃飯啊，畢竟都是為了維持生計在工作的嘛。」

「啊，那、那個，非常謝謝您的關心，理事。」

可能是因為對我的第一印象是在酒吧裡鬧事，所以每當我說出正常的發言時，韓杜成都會嚇一跳，變得不知所措。

「那個，呃……我們正打算吃午餐，那個……這裡只有工作人員的便當，那個……啊，我去拿演員的便當過來好了，那個應該還算能吃。」

省下工作人員便當的錢，演員卻吃別的？自費嗎？不，我還記得我在合約裡看到過便當涵蓋在製作費內的條款。我瞥了被打開的便當一眼，真是可憐啊。淋滿美乃滋的蓋飯裡，小菜就只有泡菜和醃蘿蔔，這樣隨便吃一餐是沒什麼關係，但我不禁開始懷疑，只吃這種東西竟能工作一整天嗎。

「……載翰哥！」

楊絢智本來好像在跟導演說話，她可能是發現了我，喊了一聲就向我跑來。說話說到一半被無視的尹導演也跟著轉過身來。雖然距離不近，但我們的視線還是在楊絢智來到我眼前的幾秒鐘前對上了。

「載翰哥，你怎麼會來？你是來看我的嗎？」

「我本來就會來拍攝現場露個臉。」

「哎呦，幹嘛說的這麼直啊。如果你說是特地來看我，我會很開心的，這樣多好啊？」

她雖然在向我抱怨，但似乎已經一廂情願地以為我是來看她的了。我也沒打算糾正她，只是笑了笑。

「妳跟導演處得不好嗎？」

「嗯？啊，沒有啦，只是尹導演本來就比較一絲不苟嘛。」

「我不是早就跟妳說過，這角色對妳來說很困難嗎？」

撒著嬌的楊絢智一聽到我毫無顧忌的指責，瞬間就僵住了，暗暗注意著這邊的那些人周邊的氛圍也變得冰冷。雖然我不是故意的，但既然氣氛都變成這樣了，我就想再嚇唬她一下。

而實際上，我的心情確實也挺不好的，無法忍耐著溫柔對待她。

「妳也收了不少片酬，既然知道製作費不充裕的話，那就應該更努力啊。妳也得替辛苦的工作人員著想才行，對吧？」

「……是……」

就在這時，尹熙謙走到近處。他向我打著招呼，而我看到他的臉時，不禁咂了咂嘴。

「導演的臉色也太差了。」

楊絢智雖然面帶不悅，但臉色還是不錯的。楊絢智的臉漲得通紅，「我也很累的……！」一副就是想這樣抗議的表情。所以我當初說不行的時候，妳就應該聽進去啊。

「拍攝會持續到晚上嗎？」

我無視楊絢智，向尹熙謙問道。

「對，今天會一直拍到深夜。」

那今天就是不行了，這個想法從我的腦海中掠過，但我沒有表現出來。

我只是回頭看了看站在旁邊的隨行祕書。

「和韓代表商量一下，找一家不錯的業者，從今晚開始送餐車過來，一直送到拍攝結束為止。」

「理、理事！」

雖然大家都很驚訝，但韓柱成的反應比任何人都激烈，他帶著一副又笑又哭的奇怪面孔興奮不已。

「謝謝您！真的、真的非常感謝!!」

「你們吃飯吧，我就先告辭了。」

「不，您都大老遠跑來了，就一起吃頓飯吧！不要吃這種便當，對，去附近的餐廳也好！」

「今天的拍攝似乎不少，你們不用太在意我，我也很忙的。」

我完全沒有要和韓柱成單獨吃飯的理由，而且如果讓尹熙謙和楊絢智也一起吃的話，用餐時間肯定會變長，說不定會影響到下午的拍攝。我並不想表現出一副老頑固的樣子，要他們招待我吃飯。

「載翰哥……那個，還是一起吃頓飯吧。」

我明明已經明確拒絕了。當然了，雖然我國的美德是三次邀請、三次推辭，但是楊絢智糾纏不清的方式讓我難以忍受。煩躁的情緒瞬間湧上心頭，但還是漸漸平息了下來，畢竟她是個煙霧彈。

「加油，要好好聽導演的話。」

是啊，我需要煙霧彈。想到這裡，我忍住了，但楊絢智好像誤會了什麼，臉居然都紅了。「嗯，嗯！」地撒嬌的樣子一點都不可愛。

「那我就先告辭了。」

我轉過身後，全體工作人員都在我身後大聲地向我道別。對於想送我到停車場的楊絢智，我只對她說了句不要影響到拍攝，要好好演戲，便走向停車場。祕書因為餐車的問題留在那裡跟韓柱成討論，我便自己先回到車子旁。

「……理事。」

我獨自一人在車子旁邊抽了大概五分鐘的菸時，叫了我的不是祕書，而是尹熙謙。

「……你不吃飯，跑來幹嘛呢？」

我沒有要他跟過來，他明明也看到我拒絕了楊絢智，但是來到我面前的尹熙謙沒有回答我的問題。越過他的肩膀往後看去，祕書姍姍來遲。尹熙謙隨著我的視線也看了一眼，開口說道。

「等我回到首爾，我能連繫您嗎？」

他低沉的聲音輕輕響起。這是我完全沒有預料到的問題，所以有點驚訝。不知怎麼的，我的心臟開始緊繃……空著的胃開始翻騰。

「……隨便你。」

「我週末應該會回去，我……會再連繫您的。」

我不曉得他是不是因為知道我的電話號碼才這樣說的。我不知道該回答些什麼，也死都說不出「你知不知道我的號碼？我告訴你吧」之類的話，所以只是點了點頭。

那一瞬間，尹熙謙……

嘴角微微勾起，笑了。

咚，我聽到有什麼東西不知從哪裡掉落的聲音。

祕書正好到達，尹熙謙有禮地向我道別，轉過身去，臉上就像是從沒笑過似的，笑容完全消失了。咚、咚、咚，可我還是覺得好像有什麼東西在墜落，似乎聽到了那樣的聲音。

「請問您會熱嗎？要幫您開冷氣嗎？」

上了車，開了一小段路後，祕書問道。我沒有回答，只是搖了搖頭。我並不熱，可祕書卻沒有停止多管閒事。

「如果有什麼不舒服的地方請告訴我。」

哪裡有什麼不舒服的。

我不過是臉紅了罷了。

＊＊＊

好久沒回老家了，這是自上次因為楊善雄的邀約，沒能按照鄭會長的要求回老家之後，第一次回老家。管家和家管都出來迎接我，安賢珍則站在最前面微笑著。

「歡迎回家。」

「會長呢？」

「他在等你。」

聊著家常話，進了屋，鄭會長在客廳等待著。老虎就算老了也還是老虎，他的獠牙雖然健在，但病容還是無法被掩蓋。

他是一個乖僻的老人家，但看著我的臉上總是會流露出愛意。

「臭小子，怎麼都見不到你啊。」

「對不起，我太忙了。」

「不過你的臉色看起來還不錯，真是太好了。最近睡得還好嗎？」

「比以前好一些了，會長您的身體怎麼樣？」

「還是老樣子。」

這樣的對話和關於公司的談話一直持續到了用餐時間。安賢珍就像洋娃娃一樣笑得很漂亮，堅守著崗位，盡到了自己的職責，不過鄭會長一次都沒有把視線投向自己的孫媳婦。總之，他就是個乖僻的老人。

果不其然，在吃完飯後，只有我們兩人進到鄭會長的書房時，正式的談話開始了。

「聽說你跟楊源一的女兒走得很近？」

「是因為楊善雄太煩人了。」

「你什麼時候開始關心他們了？她不也是個沒什麼優點的丫頭嗎？就算她是楊會長的女兒，但她父親畢竟也是個私生子，我不喜歡她。」

楊源一社長並不是楊會長妻子所生的兒子，而是楊會長的眾多私生子之一。雖說他是楊會長的孩子，但並未得到家裡人的認可。楊會長的子女中，繼承子公司、經營集團的就只有原配的子女。楊源一社長雖然在楊會長的幫助下經營著投資公司，但事實上，他已經不被放在眼裡很久了。

楊善雄的父親是楊會長和原配夫人所生的兒子，而不知為何，楊善雄非常疼愛自己的堂妹楊絢智，但楊絢智並不是個被楊會長所喜歡的孫女，因此鄭會長是不可能會中意楊絢智作為我的伴侶的。

「我也沒有想讓她成為我的另一半。」

「當然了。」

「我只是插手了楊絢智在拍攝的電影罷了，而且我也不打算跟賢珍離婚。她對我來說是很理想的妻子，也能很好地扮演自己的角色，您都把她帶在身邊一起生活了，還是覺得不滿意嗎？」

「我只要一想到她那個父親，就會氣得牙癢癢的！可惡的傢伙……一想到那種從不三不四的家庭出生的人被寫進了我們家的族譜裡，還因為是你老婆就要讓她住進家裡，我就快氣死了。她作為你的另一半太不夠格了，甚至還生不出個孩子來。」

「我們正在努力，再麻煩您多擔待了。」

而且，沒有孩子有很高的機率幾乎全是我的問題，畢竟我喝酒嗑藥這麼久了，如果精子還完好無損的話，我才更覺得神奇。當然，也有很多既嗑藥、又喝酒的人能順利懷孕，但我隱約覺得是不是我的性功能有問題。即便如此，我也從沒想過要去檢查，反正我也不急。

「我真的很討厭她。」

面對執拗的老頑固，我只能苦笑，但我也知道鄭會長不會再強求了。鄭會長最近經常會說「雖然做媒體方面的工作也很好，但你也該慢慢開始嘗試電子和通訊方面的工作了吧」，而我正好也是這樣想。雖然沒意思，但即便以後要把子公司交給堂兄弟們管理，這也是我必須掌握到最後的部分，所以我不能放手。

說完這些話後，最終又回到關於健康的話題。鄭會長比起他本人和其他年長的子女，更關心我的健康。

「聽泰運說你沒在嗑藥了。」

但是，即使是臉皮厚的我，在被問到關於藥物的問題時還是會有點尷尬。不過我就是這麼厚顏無恥，我偶爾出現戒斷症狀時，他會幫我去找主治醫生開各種藥物，所以即使消息不是來自金泰運，也一定會被鄭會長知道。

「我現在覺得沒什麼意思了。」

「這樣想就對了，你也老大不小了，玩樂固然重要，但現在也該小心一點了。在楊絢智那丫頭和她老爸開始做白日夢之前，盡快收拾乾淨吧。」

「您不覺得放著他們不管很有趣嗎？」

「……是啊，你會這麼做，肯定也都有先想過吧。」

「這對我來說是近期最有趣的事情。」

對於我堅決表示「不需要他關心」的回答，鄭會長歪了歪頭。也是，畢竟在第三者眼裡，應該沒辦法理解哪裡有趣吧。我看著鄭會長詫異的眼神，笑了笑。

「因為覺得有趣，所以最近也睡得比較好，這比嗑藥還更有意思。」

「……是嗎？」

話雖是這樣說，但其實我也覺得沒什麼意思，這並不算是什麼樂趣，但之所以會提到樂趣，是因為我厭惡鄭會長的關心。

「是的，所以請您不要動尹熙謙，我會自己看著辦。」

聽到我說出的名字，鄭會長閉上了嘴，反正這很明顯才是他想說的事。

將金泰運的報告和我最近的行為結合在一起後，鄭會長應該馬上就會發現我關注的並不是楊絢智，而是尹熙謙。煙霧彈只對某些人有效，不了解我的人會以為我之所以會派人調查楊絢智，是因為在警惕尹熙謙，進而誤以為我關心的人是楊絢智，但鄭會長不會上當。我是鄭會長最愛的孫子，也是最像他的人，所以他很了解我。他知道我的意圖，而我也知道他的目的。在他提到楊絢智的時候，他真正想講的其實是尹熙謙，即使在我們的對話中，根本沒提到過他的名字。

即便如此，我還是說出了尹熙謙這三個字，因為我不喜歡鄭會長表現出來的關心，也是為了劃清界線，讓他明白這是我自己的問題。

「……別太責怪泰運了。」

鄭會長聽懂我的意思了。我微微一笑，可我絕不會給出他想要的答案。教我將金泰運變成只屬於我自己的人，把他留在我身邊的人是鄭會長，但讓這樣的人當雙面間諜的也是鄭會長。這是鄭會長給金泰運的考驗，而金泰運輕易就背叛了我。我雖然知道這是什麼情況，但我被背叛也是事實，所以從現在開始，就是鄭會長對我的考驗和教育了。

「您休息吧，我先離開了。」

行了個禮後，我便離開了鄭會長的書房，走上與安賢珍共同使用的二樓，坐在二樓客廳的沙發上，指示管家把金泰運帶來。

然後，金泰運來的時候。

我搧了他一巴掌。

「啪!!」嫩肉在手掌上發出像是要裂開般的撕裂聲，他的頭也轉了過去。

金泰運沒有躲開我的手，我又搧了他一巴掌。他用像熊一樣高大的身體，承受了我三次粗魯的巴掌，雖然身體有些搖晃，但他沒有倒下，轉過去的頭也馬上轉了回來，到了這個地步，感覺動手的人才是白痴。

因為不想再打下去了，我便甩著手看著那傢伙，他也默默地回望著我，那雙毫無動搖的眼睛中，沒有一絲對我的憤怒或委屈。

「我能理解。」

我的聲音很平靜。他看起來似乎很吃驚，但我其實並不生氣。正如我所說的，我能理解他的情況。

「你爸確實是會長的人。」

「……」

「可是，你。」

我用手指戳了一下他的胸口，他高大的身體稍微被推動了一點，又回到原位。

「你要去會長手下工作嗎？你要在他手下當監視我的角色嗎？啊，還是說你已經是那個角色了？我還以為你是我的人呢？」

「……不是的。」

「話說得真好聽，不過你的視線怎麼還這麼高？」

金泰運的肩膀抖了一下，但看著我的眼睛仍沒有動搖。

他理所應當似的跪在了我的面前，雖然這是我第一次要求他做出這樣的姿態，但他還是做得非常自然。雖然視線已經低了很多，但還不夠，金泰運便低下了頭。跪下磕頭大概就是這種感覺吧。

「……對不起，是我太輕率了。」

「你很會說好聽話嘛？」

「啪!!」我再次用手背打了他的臉，這次可能是嘴唇裂開了，血飛濺在空中。

臉轉開的幅度很大，但是金泰運再次端正地回到原本的姿勢，這副模樣還真是忠誠啊。

「不准再插手尹熙謙的事，反正我叫你不准讓他出現在我眼前，你也完全失敗了。」

「……理事。」

金泰運似乎對我和尹熙謙糾纏在一起感到很不滿意。我不認為他會把我的事情都一一告訴鄭會長，可這樣的他向鄭會長提及了尹熙謙的事情，就意味著他對這件事特別重視，甚至就算是藉由鄭會長的手，也要讓尹熙謙離開我。

他確實是越權了，因為這並不是我所期望的情況。我本來一點都不生氣的，現在慢慢開始覺得不爽了。狗不聽從主人的命令乖乖搖尾巴就算了，居然還把自己當成人，想要頂嘴。

「你現在是想扮演我哥的角色嗎？」

「……」

「如果你不知道自己現在是什麼樣子的話，那還真是令人震驚呢，難道我就這麼沒有看人的眼光嗎？」

「……理事，您已經因為那件麻煩事跟尹熙謙有過一段孽緣了。」

「聽說你幫他處理成緩刑了，尹熙謙還以為是我做的，跟我道謝呢。啊，我忘記要幫他向你道謝了。」

「雖然尹熙謙不知道，但實際上發生的事情不止這些。」

「……」

這次換我啞口無言了。發生過的事情不止這些，除了讓尹熙謙得到緩刑之外，事實上在那之前還有別的事情。但是，對於他如此傲慢地把之前的事全都說出來的態度，我感到非常不爽和憤怒。

「怎麼？從尹熙謙家裡搜出來的搖頭丸和大麻上有寫我的名字嗎？」

「……」

「難不成上面寫著我的名字，說這是鄭載翰抽剩下的，為了弄尹熙謙才放在那裡的嗎？還是當時收買的經紀人去哪裡爆料了？不是說把他送到菲律賓了嗎？他回來韓國了？」

金泰運默默搖了搖頭。

「是啊，只要你有把工作做好就沒問題了。」

我的聲音一直很冰冷。先不說對鄭會長通風報信，還有想要扮演我哥的角色有多荒唐，如果連工作都做不好的話，那就真的太令人失望了。至少我所認識的金泰運在工作上是完美的，就算他不是我的人而是鄭會長的人，就算知道他在監視我，我也會把他留在身邊使喚，因為他比我父親更擅長為我擦屁股。

「金泰運，別讓我失望，你一直以來不是都做得挺好的嗎？」

「……」

「我可能會因為尹熙謙而完蛋，這我知道，我也知道我很奇怪。但是他媽的，我戒了藥，也不喝酒了，最近也睡得很好。」

我不知道自己為什麼得用這些話說服他，但一說話，金泰運的眼神就動搖了。如果在那之前，他是無論如何都想說服、勸阻我的話，那麼現在他動搖了。不管是扮演我哥還是對我忠誠，他最終都是為了我，這就是金泰運的本性。我知道他不是鄭會長的人，而是我的人，所以我才打個幾巴掌就算了。

「我會自己看著辦，你就別管尹熙謙的事了。」

反正他也只能聽我的，因為他感情用事，害得連我也開始感情用事，這傢伙真的很讓人不快。他明明也清楚除了按照我說的去做以外，別無他法。

「……我明白了，但是請不要把我……請不要把我排除在外，我是最能將事情處理好的人。」

……忠誠到可怕的傢伙，他的忠誠度實在令人嘖嘖稱奇。鄭會長用錢、或權力，又或是領袖魅力將人洗腦到這種程度的手段，真的是我在鄭會長死前必須向他學習的東西，為此，不僅是我身邊的人，連我自己都得參加鄭會長提出的考驗。

「那就要看你以後的表現了。」

回答完，我從他身邊經過，走出客廳。本來打算睡一覺再走的，但是我現在只想找個藉口跑出去。先和安賢珍打個招呼，再向鄭會長說我有工作，以此為由離開吧。我制定了這樣的計劃，來到走廊時。

「……！」

安賢珍站在走廊上。

「……搞什麼。」

任誰看，都會覺得她是在偷聽我和金泰運的對話。

不，也有可能只是路過又或是來找我的，但我的手已經抓住了她的脖子，把她推到牆上。眼睛頓時瞪圓的安賢珍在被推到牆上的瞬間，臉色也變得煞白。

「幹嘛像隻老鼠一樣在這邊偷聽？」

「啊，不是的，不是那樣——咳——!!」

她雖然不停否認，但她覺得我會相信嗎？不管是那個傢伙還是這個女人都在小看我，果然老虎不發威就會被當作病貓。區區一個跟在我身後、幫我擦屁股的傢伙，只因為大我一歲，就敢表現出不知分寸的擔心，還想扮演哥哥的角色；而這個只因為我沒有拋棄她，才能占著妻子的位置享受榮華富貴的人，還以為自己對我來說很重要嗎——

當臉色蒼白的女人臉漲得通紅，發出「咯咯」聲音的那一剎那，我勒住她脖子的手放鬆下來。因為我在使勁之前就停下了，女人雖然有點喘不過氣，但沒有太過難受。她的臉上充斥著困惑與憤怒，並流下了淚水。

雖說女人的眼淚是武器，但我的心情已盪到谷底，所以那武器無法刺痛我的良心。當然，不管心情如何，我本來就是個不會對別人的淚水感到內疚的混蛋，不帶有力量和金錢的眼淚是沒有任何價值的。

「如果妳想守住現在的位置，就小心妳的嘴。」

「……」

「如果妳敢去哪裡亂說，妳就真的死定了。」

這不是威脅，只是要讓她牢記事實而已。

我放開她的脖子，向鄭會長以「我有事情要處理，得先走了」為由告辭後，離開了老家。我沒有叫司機，而是握住方向盤親自開車，開的就是尹熙謙說很難在他社區裡看到的那輛進口車。

五年前，我見到了尹熙謙，當時我的腦子被刻下一個強力命令，麻痺了理性，變得感情用事，要我去踐踏那小子。每次見到他，我的心臟都會被緊緊掐住，讓人感到非常不快，所以我決定不讓他再次出現在我面前。

為了製造覬覦國務總理位置的國會議員崔炳燮的醜聞，以讓其兒子崔星泰被送進監獄為目的而舉行的派對，這再適合不過了。鄭會長已經為拉下崔炳燮做足了安排，想再加上一個尹熙謙也是易如反掌。因為本來就有許多人希望尹熙謙能參加派對，為了讓尹熙謙不敢拒絕，我向他的所屬公司施壓，再加上一點甜言蜜語，尹熙謙就不敢不來了。就算我不親自動手，尹熙謙也只能來參加那場派對。

但是這充其量只是毒品犯罪，而且初犯的量刑太輕，再加上有崔炳燮的兒子崔星泰這個大人物，事情很有可能會不了了之。於是我為了能好好踐踏尹熙謙而出了手，因為我覺得自己……不能再見到尹熙謙。

「……媽的!!」

謾罵傾瀉而出。尹熙謙搞錯了，我幫他處理緩刑是個誤會。

那是金泰運幹的好事，而我其實對他另有計畫。

那就是要將他推入深淵。

事實上，我的目標是讓他被判刑，於是收買了他的經紀人，把我手上的搖頭丸和大麻交給他，把那全都放到了尹熙謙家裡。為了讓記者們對警察說「聽說尹熙謙家裡也有毒品」，我還製造了謠言。就這樣在住宅搜查中，真的發現了毒品。雖然尹熙謙不知道是怎麼回事，即便他否認，也因為證據確鑿，沒有一個人願意相信他。

只是我當時因為身體不舒服，讓金泰運去處理，金泰運卻對尹熙謙起了惻隱之心，破壞了我的計畫。我原本的計畫是要徹底毀掉他的人生，直到最近都是如此的，我卻忘記了，還一點都不在乎。當我知道計畫失敗的時候，我也曾憤怒地斥責了金泰運。

但是現在，我真的能說……金泰運他做錯了嗎？

尹熙謙真的……什麼都不知道嗎？他只是誤會是我幫他處理了緩刑，心存感激？還是想知道自己家裡為什麼會被搜出並非自己購買的毒品，所以在追查呢？他會不會其實早就知道一切，想在背後捅我一刀？

我很清楚接近我的傢伙們的企圖，而我也知道在床上徹底按照要求，為我服務的尹熙謙心裡肯定也不會沒有別的打算。一想到這些，心情就會變得糟糕，所以我停止了這種想法，只忠實於自己的需求。

對電影獻上烈焰般的熱情，只要能夠拍電影就會感到無比幸福的尹熙謙，究竟是為了什麼和我做愛？我不是不知道他配合我的所有行為……都不是為了鄭載翰，而是獻給TY鄭理事的招待。招待……是啊，就是該死的招待，被我打成那樣還幫我口交的傢伙是在招待我，我是知道的。

但是，不僅如此……如果說他其實已經知道了所有事實，正在想著要在背後捅我一刀……那些是為了掩蓋這些事情的煙霧彈的話……

我還是不為自己的行為感到後悔。即使是現在，我也不後悔。

但是我的腦子很混亂。尹熙謙……他到底知道多少？他到底在想什麼？

我知道他無法報復我，明白他不管做什麼，對我的影響力都微乎其微。所以他的理由、想法之類的對我來說都並不重要，我也不該在意的。

「……哈。」

但是我為什麼、為什麼會這麼在意他？腦子會一團亂？因為沒辦法繼續開車，我把車停在路邊，把額頭靠在方向盤上，不停、不停地嘆氣，感覺腦袋就要爆炸了，心臟……緊緊收縮。

我不知道為什麼會變成這樣，最近不知為何只要想到尹熙謙，就會呼吸困難。身體深處好像在刺痛著。

第4章

尹熙謙連繫我時已經是星期日下午了，那是我星期六回老家，正要出門打模擬高爾夫的時候，我還想著他也太晚才連絡我了吧。

因為有聽到尹熙謙星期六要暫停拍攝、休息的報告，所以我早就知道他已經回到首爾了，他究竟會不會連繫我呢？我一直在等著他。不，我不是在等，只是好奇罷了。先不提我想跟他做愛這件事，我必須了解他到底知道了多少，以什麼意圖接近我。出於這樣的心理，所以我才會一直等他連繫。

我算是比較沒有耐心的那種人，如果不是因為星期六回了老家，我可能會在那天晚上就直接去找他。但是之所以沒有那麼做，是因為我的腦子裡很亂。我想要立刻去找他，問他到底想做什麼，又想看看他連繫我時會說什麼。又覺得不對啊，不管尹熙謙怎麼做，我都沒必要在意，反正我只要根據自己的想法去做就好。這些想法全都混雜在了一起。

我原本以為只要誠實面對自己的欲望，決定跟尹熙謙做愛，心情就會變得輕鬆，可思緒卻像這樣持續運轉，在和金泰運的對話之後，甚至又變得更加複雜了。尹熙謙他知道多少呢？如果連繫了我，是知道呢，還是不知道呢？難道他沒有其他打算嗎？如果毫無計畫地連繫的話，這小子到底是在想些什麼呢……這些想法充斥在腦海中。

但這些都是無用的思緒。

『鄭理事，我是尹熙謙。』

看到螢幕上顯示的陌生號碼，我的心都沉了下來。

『……您今天有時間嗎？』

隔了這麼久才連絡我其實也無所謂，他光是有打給我，我就異常地滿足了。

我告訴他要去的飯店位置，但我並不打算馬上過去，距離我開始打高爾夫球還不到半小時，我也是有自己行程安排、有工作的人，所以沒有要馬上過去的理由。不對，應該是說其實高爾夫球並不重要，只是如果我接到電話就馬上飛奔過去，我的樣子會變得有點可笑。

再打個一小時吧，我抱著這樣的想法，向後揮桿。

「啪！」在碰到球的瞬間，我就知道這桿會歪，從揮桿開始就糟糕透頂了。果不其然，螢幕中的球向左大幅度地彎曲飛起，明明沒有一絲風，球卻像是被狂風捲起一般，這是揮桿失誤。任誰看到這球都會為我感到丟臉吧。

心跳會加速是因為心臟，與我的意圖無關。明明就算我晚點到，尹熙謙也不會跑到哪裡去，我卻腳尖發癢，苦惱著要不要現在就趕過去，不知不覺間開始焦慮起來。

在這種焦慮的心情下，高爾夫球自然是打不好的。呼。深呼吸，再次向後揮桿，右膝蓋的力量非常到位，上半身的扭轉和肩膀、手臂的肌肉拉緊的感覺非常正確。我的視線集中在白球上。

「……」

……每次都約在飯店見面好像不太好，來找找看住商大樓套房或是公寓好了。尹熙謙如果在我定下的範圍內生活的話，我只要想去就隨時都可以去，而且如果是我名下的房子，我先進去等應該也不會很奇怪……

由於思緒的介入，我這次就連嘗試揮桿都沒能做到。

我把球桿扔了出去，其實我不知道是扔掉了，還是放進了包包裡，又或是放在椅子上。我的腿已經在移動，手套也被脫下來了。

為了洗淨被汗水浸溼的身體，我走進三溫暖的腳步非常倉促。

當我走進飯店房間的時候，尹熙謙並不在，不，是我以為他不在，他在床上睡著了，連我進來了都不知道。即使他沒聽到大概是被地毯淹沒了的腳步聲，但還是有門開關的聲音響起，他的呼吸聲卻有條不紊地持續著。

是太累了嗎？聽說電影的拍攝不分晝夜，看來即便再怎麼喜歡電影，尹熙謙也還是會累的。他看上去並沒有變瘦，但臉色看起來不太好。

即使閉著眼睛，還是能看到他的黑眼圈，他不知怎的非常憔悴。鼻梁和下巴線條看起來似乎變得更鋒利了些，可能是因為他演員時期比較瘦，所以現在瘦了一些的臉更接近演員時期的臉。

從老家酒窖裡拿出來的紅酒，看起來是要自己一個人喝了。

在我拔出軟木塞，倒了一杯自己喝下的期間，尹熙謙也沒有醒來。

倒第二杯的時候，我在想要不要抽菸。在晚上自己一個人喝紅酒，又懶得去拿乳酪出來時，我有乾脆把香菸當作下酒菜的習慣。尹熙謙還在睡覺，我打算要去陽臺抽，便把香菸拿了出來，但最後又放回了桌上，因為好像也沒有必要出去抽。

老實說，尹熙謙的睡臉就足以當作下酒菜了。我沒有走去陽臺，而是不知不覺地坐到了他睡著的床上，看著他的臉當下酒菜。

還……真是張帥氣的臉啊，帥到我不由自主地伸出手撫摸。被太陽晒黑的皮膚依舊無暇好看，我用手背掠過他瘀青的眼周和顴骨，搔癢般地用手指揉了一下臉頰，皮膚比我預想的還要粗糙。曾經瘀血結痂的嘴唇雖然已經痊癒，卻還是很乾燥，角質翹起而裂開。是不是該擦點保溼的東西啊？是沒有錢買保養品嗎？雖然觸碰到嘴唇的手指上有粗糙的感覺，還是溫暖而柔軟。

他的鼻梁很高，如果鼻梁中間沒有細微的凸出，我可能會懷疑是借助醫美的力量整出來的。手指從濃密的眉毛之間向著鼻尖輕輕滑過，尹熙謙微微皺了皺眉。可能是覺得癢，鼻尖一顫一顫的。

這是一件很神奇的事情。當尹熙謙不在眼前的時候，我總會不停想起尹熙謙，各種推測錯綜複雜地交織在一起……現在腦子裡卻一片空白，只有……一種心揪在一起的感覺，胃裡一陣翻騰。我只不過喝了一杯又一兩口，醉意卻迅速湧上了心頭，「希望他睜開眼睛」和「希望他就這樣睡下去」的想法混在一起，因為這樣的話……我就不必去思考他不知道什麼、又知道些什麼了。

我用左手輕輕撫著他的右臉頰，手掌下的皮膚很溫暖，但是閉著的眼睛、睫毛下面都是黑的，會不會是因為這樣，他才會看起來臉色更差、更憔悴？

不知怎的，心裡覺得有點不滿意，就用大拇指輕輕揉了揉他的眼周和眼睛下方。

「……嗯……」

他的臉在我手掌上蹭了蹭，不知不覺間，他的手已經覆在了我手上。

尹熙謙慢慢抬起眼皮，迷茫的視線相合，尹熙謙愣愣地看著我。

「……你看起來很累。」

率先打破沉默的人是我，他望著我的模糊視線逐漸聚焦，變得清晰。雖然沒有預想中的尷尬，但因為他一直盯著我看，不知怎的心裡一沉，話就從嘴裡蹦了出來。

「……是有點。」

他喃喃自語的聲音很低沉，沙啞的聲音不知為何搞得我耳朵都發麻了。因此，當尹熙謙的手伸到我耳邊時，我更是嚇了一大跳。他似乎也是意識到了我因他而發僵，便伸出手摟住我的後頸揉了揉。

在夢境和現實的邊界中看著我的你，在想些什麼呢？我突然產生了這樣的疑問，同時呼吸也變得困難。

尹熙謙被捲入毒品事件，失去了作為演員的一切。不對，從他現在的生活狀況來看，不只是身為演員的一切，他可以說是失去了人生的所有，留給他的只有債務和像臭水溝一般的現實。所以，如果他知道策劃那件事的人是我，那麼對尹熙謙來說，我恐怕會是噩夢般的存在；如果他知道我只是單純因為不喜歡他，就把他推入深淵；如果他知道我只是因為這對我來說是件非常容易的事，所以我就做了的話……

隱隱摸著我後頸的手使了點力，讓我低下頭。乾澀的嘴唇碰到了我的嘴唇，舌頭在下唇上輕輕掃了一下，發出「啾」的一聲又離開。短暫的親吻後，尹熙謙倒向床鋪，把拉過我後頸的手移開，轉而輕輕扶著我的肩膀，看著我。

「……」

那是一張……什麼都不知道的臉。

「紅酒？」

當他這樣問我的時候，在我心裡傳開的是安心感嗎？我什麼都答不上來，只是點了點頭。

不過只是短暫地吻了一下，嘴唇似乎就沾染上了香味和味道。我帶的是木桐酒莊的高級紅酒，尹熙謙會知道這是什麼酒嗎？我曾在金泰運給的資料中看到過，尹熙謙在演員時期接受的採訪時，曾說過自己很喜歡喝紅酒。

「……車上剛好有一瓶。」

其實是從老家帶來的，但我不好意思說自己特地回了趟老家，所以含糊帶過。連高爾夫球都沒能好好打，在猶豫要不要早點來這裡的時候，我突然想起了尹熙謙喜歡葡萄酒，所以就回了老家一趟。可這些都是尹熙謙不需要知道的事情。

「起來喝一杯吧。」

當我抬起幾乎靠在他身上的身體時，而尹熙謙也跟著坐了起來。我正打算把放在桌子上的葡萄酒拿過來，尹熙謙卻從我手裡拿走了紅酒杯，放到床頭櫃上。

「……！」

他的手臂纏上我的腰，整個世界都翻了過去。不知不覺間，我已經背靠著他剛才躺著的地方，尹熙謙在我上方俯視著我。在我呆呆地看著他的時候，尹熙謙拿起放在床頭櫃上的酒杯，把我喝到一半的葡萄酒一口灌下，視線始終停留在我身上，杯子裡的紅色液體隨著他喉結的移動消失了。

尹熙謙把空杯放在床頭櫃上，俯身靠向我，他的鼻尖擦過脖子，我的頭反射性地轉向一邊。尹熙謙的鼻尖沿著我的脖子滑過，呼出溫暖的氣息，再次吸氣。

「好香的味道。」

我以為他指的是紅酒。

「好香的味道……」

他的另一隻手鑽進我的衣服裡。

「鄭理事的身體好香。」

「……」

鼻尖搔癢著皮膚，「啾」地嘴唇落下，指尖和腳尖都動彈不得。尹熙謙該不會只喝了半杯葡萄酒就醉了吧？腦子裡只有這種愚蠢的想法，臉不知為何熱了起來，胸口刺痛得不得了，身體也動彈不得。

正親吻著我的脖子的尹熙謙俯視著我，那雙看著我的眼睛和剛才不同，看起來並不疲憊。直視著我的眼裡沒有疲憊感，而是充滿了熱情。

熱氣轉移的瞬間，身體頓時熱了起來，我只能伸手抱住他。我聞到了紅酒的味道，含住我的嘴唇，從縫隙間鑽進來的舌頭很甜。

洗得乾乾淨淨的身體被汗水打溼了，身體熱得讓人懷疑皮膚上的汗水會不會就這樣蒸發。熱氣嗆得我喘不過氣，緊貼著我的尹熙謙身體卻比我還熱。他握緊我的手腕時，滾燙的手心甚至讓人懷疑會被他燙傷。

「哈……」

手被尹熙謙帶著來到他的私處，本來還心想下面都擴張好了，不插進來是在做什麼，原來是要我撫摸他的陰莖，他那雙望著我的眼睛因欲望而沸騰著。

被保險套包住的性器因為沾上了潤滑液而變得又黏又滑，只要稍微用點力，手指就能直接滑過整根肉柱。我好像從來沒有像這樣摸過別人的老二，我為什麼要這麼做？實在無法抹去這樣的想法。

「啊……」

發出呻吟聲的尹熙謙輕輕咬了咬下唇，他的臉色情得驚人，那是一張性感到嚇人的臉龐。我的手不由自主地動了起來，把纏在性器上的手指又收緊了一點，從下往上蹭到龜頭。這時，尹熙謙微微皺起眉頭，咬著下唇，視線投向了自己的性器。隨著他的視線，我也往他的下半身望去。

「……」

那是我第一次看到尹熙謙的性器，它第一次映入我的眼簾。握在我手裡滑上滑下的性器……

好大。尹熙謙的性器，和近在眼前的我的性器比起來要大得多。我從沒想過自己的尺寸會輸給誰，可是他的確實比我的大。緊接著就是一陣衝擊，他媽的，這麼大的東西居然插進了我的身體……？人體的奧妙就在這裡，突然間就覺得自己很了不起，好像也理解了為什麼每次做的時候，尹熙謙都會花多到令人難受的時間擴張下面。

「啾。」尹熙謙的嘴唇落到了太陽穴附近。他將握在我手裡的性器抽走，用前端在我下面磨蹭。啊，靠，等一下。還不知道它真實大小的時候，只是覺得不太舒服而已，現在背上卻突然直冒冷汗。

「啊，等等——呃!!」

我忍不住喊出「等一下」，可尹熙謙沒有停下動作，粗大的前端撐開下面的感覺非常鮮明。

「啊，幹……！」

性器順著黏稠的潤滑液在體內進出，從被性器擠壓的內壁開始，刺痛的快感讓全身熱了起來。每當拔出的陰莖再次插進體內，眼前就像閃電落下般發白。瘋狂的快樂降臨了。

在尹熙謙的身下，我達到了高潮。

就連在高潮後如暴風般襲來的疲倦感也令人滿意。之前我總是會沉浸在這種倦怠和無力感中入睡，這次卻怎麼也睡不著。因為現在才晚上六點多，距離睡覺的時間還太早了。

好想抽菸。

「……香菸。」

在衣服裡嗎？我把手伸到地上，在衣服裡翻找時，尹熙謙從床上站了起來。原以為他會撿起褲子，穿到光裸的身子上，他卻向我走近，把香菸遞給了我。回想起來，當初進到房間看到熟睡的他，我把本想抽的菸放在桌子上，他好像是把那個拿來了。

我一接過菸，他就把菸灰缸放到了床上。

「我先去洗澡。」

我呆呆地拿出一根菸叼在嘴裡。他說完，隨後走向浴室，浴室那邊很快便傳出了水聲。

你的身上……有好香的味道。

不知為何，我想起了那個聲音……火點不起來，我於是把嘴裡叼著的東西折斷，扔在了地上。不然喝點紅酒吧。但是紅酒放在遙遠的桌子上，床頭櫃上只有空杯子。因為不想起身去拿，就直接趴在床上躺了一會兒。

沒過多久，尹熙謙便只披著浴袍，甩著頭髮走出浴室。突然發覺這個情況對我來說有點奇怪，我記不太清楚以往的性愛，就是撇除與尹熙謙的性愛，在那之前的性愛。在做完之後，去洗澡也好，回家也罷，率先站起來的人都是我。當然，小時候談戀愛時是不一樣的。做完愛後，有時會在飯店打滾，有時會叫客房服務來吃，有時會去泳池又或是再出去……但那都是很久之前的事，已經記不清了。

……那時候好像沒有這麼尷尬，現在的我卻快尷尬死了。啊，媽的，難道是因為我是被上的那個嗎？真不知道該怎麼面對尹熙謙。

「理事。」

所以我內心希望尹熙謙可以就此離開，但是與此同時，如果他真的說要先走的話，那我的心情好像真的會變得很糟糕，這種矛盾的心情真是令人摸不著頭緒。自從與尹熙謙糾纏在一起之後，我總是會這樣，就連我都搞不懂自己了。

這時，床的一邊往下凹陷，叫了我還不夠，還跑來坐在我旁邊，因為實在是躲避不了，我只好轉頭看著他。

「您不餓嗎？」

這麼一看，確實是到吃飯的時間了。我們是可以面對面吃飯的關係……嗎？雖然他為我準備過早餐，但我沒想到他會提起餓不餓的事情，讓我有點措手不及。我不知道該怎麼回答，說不出話來。問我餓不餓嗎？不，我自己也不太清楚──

「……啊。」

突然，他的手撫上我的後頸，撓著我趴在床上看著他的後腦杓，緩慢地摸向背部裸露的肌膚。撫摸著肌膚的手動作很輕，非常溫柔。

「一起吃晚餐吧。」

傳到耳邊的聲音就像耳語一樣低沉。

這是誘惑。我不知道他在耍什麼花招，但他肯定是在誘惑我。託他的福，我更加混亂了，尹熙謙為什麼要誘惑我呢？不，他也有可能只是單純想一起吃頓飯而已。心臟莫名有種被揪住的感覺，難道是我有什麼會感到心虛的地方嗎？

生活中誘惑我的人很多，但尹熙謙的誘惑帶給我的混亂卻不小。

「……你想吃什麼？」

腦海中短暫出現了疑惑，但最終還是不了了之。

被他誘惑的我再次進行了自我合理化，是啊，這也不是什麼難事啊，既然都做過愛了，吃頓飯有什麼難的嗎？還有，不管尹熙謙葫蘆裡賣的是什麼藥，應該也不至於對我造成影響吧。

「我什麼都吃。」

意思就是吃我想吃的。

……好吧，正好我也不滿意尹熙謙瘦了這麼多，吃頓飯沒什麼難的，趁吃飯的時候試探他一下，看他在想什麼也不錯。

我動了動身體想要起身，尹熙謙就把手放開了。我挺起痠痛的腰，從床上起來，對尹熙謙說道。

「我先去洗個澡，你想想看要吃什麼吧。」

「好。」

尹熙謙回答。

啾。

同時伴隨著令人心癢的吻。

等我洗完澡，大概把頭髮吹乾後，我們一起離開了房間。那時候大概是晚上七點左右，尹熙謙只說他不太想吃西餐，所以要吃什麼就只能交由我來決定了。我心中有幾個選項，所以就先帶著尹熙謙出來，坐上了電梯。

「有一家河豚料理店還不錯。」

「河豚嗎？」

「套餐也還可以，有生魚片、炸物和燒烤之類的，可以嗎？」

「可以。」

「我們走路過去吧，大概十分鐘的路程。」

那家店不僅衛生，味道也挺不錯的。雖然我不太喜歡酸甜的口味，但我記得那家的涼拌魚皮很好吃。雖然日式的河豚料理也不錯，但比起火鍋，我更喜歡清湯。早知道就在房間裡提前預約了。在我正想連繫金泰運，叫他幫我預約餐廳的時候。

河豚也是魚，比起吃魚，吃肉會不會比較好？我突然產生了這樣的想法，感覺肉的熱量應該也會比較高。尹熙謙看起來瘦了一些，再加上拍攝電影非常辛苦，所以還是吃熱量高一點的食物會比較好吧。於是，即便我已經把手機從口袋裡翻出來了，卻沒能打出電話或傳出訊息。

除了西餐和海鮮料理之外，還有什麼呢？

「不然這裡的中餐廳也不錯。」

因為很油膩，所以熱量也會很高，再加上在中華料理中，這家飯店的中餐廳味道不會讓人感到負擔，之前好像聽說這裡的韓牛之類的其他肉類料理很受歡迎。

「喜歡哪個？」

鄭理事喜歡的，或者我什麼都可以，我一邊希望不是這樣的回答，一邊問道。如果說我已經幫他在無數的選項中選出兩個了，但他還是選不出來的話，那對我來說就不是貼心了，反而會讓我很煩躁。

幸好尹熙謙沒有猶豫，就在兩者間給出了答案。

「那就吃中國料理吧，其實比起魚……」

果然。這是一個讓人心滿意足的瞬間，一方面也為自己的判斷力感嘆。

「你不喜歡魚嗎？」

「不，我是喜歡吃的……只是河豚感覺有點……」

「河豚怎麼了？」

河豚的皮很有嚼勁，不管是做成生魚片還是炸來吃、汆燙來吃也好，因為口感跟其他魚肉不一樣，也不會腥，所以我覺得很好吃。反正是由有河豚料理執照的人來做的，也很安全……

「因為有毒嗎？」

尹熙謙沒有回答，但是他微微皺起了眉頭，甚至還避開了我的視線。

「啊，你會怕是嗎？」

他還是沒有回答。我噗嗤一笑，哈，雖然河豚的毒素很危險，但是原來真的有人會因為害怕而不吃啊。也不是小孩子了，是因為心理上的排斥感嗎？

「……我還是會吃的。」

當尹熙謙遲了一步，用低沉的聲音這樣補充時，我一時沒忍住，「噗哈」一聲笑了出來，因為實在是太可愛了。尹熙謙看了這樣的我一眼，似乎是自己也覺得有點不好意思，跟著微微勾起嘴角笑了，讓我覺得形狀很好看的嘴唇勾勒出了一道微小的弧線。

「……」

那微笑瞬間讓我的心又怦怦跳了起來，心臟好像有點癢，又有點被緊揪地蕩漾著。尹熙謙的笑容讓我體驗到一種很奇怪的感覺。

「鄭理事您呢？」

「我什麼？」

我回答的聲音不知為何聽起來特別陌生。咳咳，看來我得清一清喉嚨了。

「您有什麼不吃的東西嗎？」

「我也是什麼都會吃。」

雖然沒有特別挑食，但是如果硬要挑的話，也可以非常挑剔。如果是我本來就認為不太好吃的食材，我就會挑出來不吃，像是豆子、胡蘿蔔什麼的。但是非要深究的話，我確實是有喜歡和不喜歡的東西，像是喜歡生洋蔥或是煮得熟透的洋蔥，但如果是半生不熟的洋蔥我就不太喜歡，還有我喜歡切成片的大蒜，可是不喜歡整個大蒜等，我有很多這種自己也無法解釋的挑食標準。不管怎麼說，如果我想找碴的話，那不管怎樣都可以挑出刺來，所以最終重要的還是我當下的心情如何。

「那您喜歡吃什麼？」

這是一個很難回答的問題，好像只要是好吃又有價值的食物，我就都喜歡。我似乎從來沒有吃過一個能讓我覺得「這真的好好吃啊」，會讓我一直想吃的食物。如果一定要選的話，應該是剛煮好的白飯，加上精緻的小菜和辣辣的熱湯吧？

「好像沒有什麼特別喜歡的，尹導演呢？」

電梯到了餐廳所在的地下一樓，雖然從電梯裡走出來了，我的視線卻還一直停留在他身上，並問道。「我……」當尹熙謙正要回答的瞬間。

「熙謙先生？」

叫著他的聲音突然傳來。尹熙謙的視線朝向前方，我也把頭轉向聲音的來源。

「喔，鄭理事也在啊？」

站在視線所及之處的人是李景遠。

「……你怎麼在這？」

尹熙謙和我兩人中，首先對李景遠做出反應的人是我。我瞥了尹熙謙一眼，他的臉上依然浮現讓人難以捉摸的表情。

「我是來喝杯咖啡的，我才想問你們為什麼會在這裡咧？」

問著問題的李景遠將目光投向我。雖然有吹過，但部分的頭髮還沒乾透，不難看出我才剛洗過澡，他注視著我頭髮的眼神不知怎的在動搖。儘管覺得那視線有些好笑，但心情卻還是變得消沉，承認自己被尹熙謙壓在身下和被第三者知道，是完全不同層次的問題。

「我找他來討論作品。」

「啊啊，是你找他來的啊？順便一起吃飯？這裡的中菜餐廳確實很好吃，要不要吃魚翅？」

……要不要吃？這傢伙詢問的這句話中已經包含了同行的意思。李景遠總是這麼傲慢，但我總會默默許可他的行為。

「我還沒吃晚餐耶，我請客，一起吃吧，嗯？自從熙謙先生的電影開始拍攝後，我們就沒見過面了。」

熙謙先生、熙謙先生……叫得可真親切啊。噗嗤，我笑了出來。現在這個狀況到底是怎樣，鄭載翰、尹熙謙、李景遠，這三人絕對不是適合一起見面的好組合。先不提李景遠對尹熙謙的熱烈愛情，對於尹熙謙來說，李景遠算是什麼呢？兩人是什麼關係？不，應該說是發展到什麼程度了？

「……我之後再另外連繫您吧。」

開口拒絕的人是尹熙謙。我是他的什麼人呢？贊助者嗎？如果用贊助者來稱呼我的話，未免也太誇大了，畢竟我並沒有給予他任何實質性的幫助啊。但是要是他稱呼我為贊助者，那在我之前為尹熙謙提供贊助的人，不就是李景遠嗎？即使李景遠之前一直想要幫助尹熙謙，尹熙謙都拒絕了，但真正的事實又是如何呢？實際上，為我介紹尹熙謙的人也是李景遠，即使不是接受贊助的關係，也不能說沒有肉體上的關係啊，而現在的我和尹熙謙的關係也是如此。

「熙謙先生，你們是有很重要的事情嗎？不用啦，我也想為那天的事跟載翰道個歉，我看你們的誤會似乎都解開了，就一起吃頓飯吧。」

「今天有點……」

尹熙謙似乎不喜歡和李景遠同席。為什麼？他們是什麼關係？覺得我們三個人一起吃飯很尷尬嗎？

腦子裡開始發涼，情緒越低落，頭腦和胸口中的寒氣就越濃。

「那就一起吃吧。」

我看著尹熙謙，勾起嘴角露出了微笑。

「喔？可以嗎？熙謙先生，載翰都說要一起吃了。」

「就是啊，尹導演。」

聽到我肯定的話，尹熙謙的濃眉微微動了一下。

「啊，還是你不想跟我一起吃？」

不知道尹熙謙是怎麼解讀我這句話的，他望著我的臉在那一瞬間明顯變了。

「……不是的。」

在房間、走廊，還有電梯裡的表情彷彿假象一般，他臉上的表情消失了，僵硬的臉上呈現出完美的面無表情。

本來是想說套餐料理不錯才決定要來這家餐廳的，結果真正來了之後，點的卻都是單點料理。即使我上次吃過的套餐需要事先預訂，一般的套餐也是不錯的，但尹熙謙還是說點套餐太超過了，以僵硬的表情拒絕了。

最終是由李景遠來決定餐點的。還是我們吃乾烹雞？我記得熙謙先生好像滿喜歡的，鄭理事可以吧？熙謙先生，你吃看看蟹肉炒飯吧，這裡炒得挺好吃的。

尹熙謙的回答非常簡短，「好」。他一邊簡短地回答，一邊瞥了一眼戴在手腕上的手錶，一副好像很忙的樣子，在這之前完全不會看到他這樣。

「絢智怎麼樣？她會不會讓你很辛苦啊？」

李景遠並不在意尹熙謙這個樣子，反而熱情地關注他，在用餐前就問起他的近況，開始用餐後也像是忘了我的存在一樣，只看著尹熙謙詢問電影拍攝的情況。沉默寡言的尹熙謙幾乎以簡短的「沒關係」、「可以」等回答了所有問題，這些話在我聽來毫無誠意可言，可李景遠還是像個向日葵般，眼裡只有尹熙謙，傻乎乎地笑了起來，而尹熙謙則是默默地專注於吃飯上。

「熙謙先生能拍電影，我真的很開心。」

真希望他能適可而止。李景遠好像這才想起來我也在場似的，突然把頭轉過來對我說道。

「啊，載翰，真的很謝謝你。」

……那為什麼是你該感謝的事情？我把差點下意識蹦出來的話壓在舌頭上。就像是留在嘴裡的乾烹雞醬酸溜溜的味道一樣，讓人反感無比。但我還是耐住性子，因為我想要聽聽李景遠會不會再說些什麼。準確來說，我很想知道尹熙謙對李景遠這樣嘰嘰喳喳地說話會有什麼反應，我在想如果李景遠就這樣一直嘰嘰喳喳下去，尹熙謙總會有做出反應的時候吧。

「我有做什麼嗎？我只不過是因為作品優秀，所以加入其中罷了。」

「哎呀，熙謙先生多辛苦啊。總之，你們兩個的誤會確實解開了吧？不過是什麼誤會啊？熙謙先生是做了什麼事需要向你道歉？」

這是一個單純的提問。看李景遠的態度，他似乎完全不知道我跟尹熙謙之間的關係，他反而是警戒著我，在炫耀他和尹熙謙交情的同時，還暗暗提及尹熙謙因為我而受了苦，他似乎是無法忍受我和尹熙謙之間有他不知道的事。

「別太超過了，李景遠。」

我用冷冰冰的語調打斷了他的話。雖然我有想從他身上聽到的事，但沒有必要提起關於我的話題，這是他不需要知道，也不應該知道的事。了解我個性的李景遠馬上就閉上了嘴巴。因為他嘰嘰喳喳地說個不停，幾乎沒吃到什麼東西，不過至少他在把盤子裡剩下的乾烹雞塞進嘴裡咀嚼的時候是安靜的。這種安靜只持續到李景遠吃完兩口為止，他眼珠子滴溜溜地轉著，一下看向我，一下又看向尹熙謙，再次狡黠地笑了。

「不過我們在這邊這樣巧遇真的滿好笑的。」

「是啊。」

「真的好久沒見到熙謙先生了，居然這樣遇到。我今天本來真的是不想來這裡的，這就是大家說的塞翁失馬，焉知非福嗎？」

這時，我已經完全沒有食欲了，便放下筷子，用餐巾擦了擦嘴角。這醬汁不符合我的喜好，我雖然會吃油膩的東西，而那種為了掩蓋油膩的酸醋味，對某些人來說可能會覺得清爽，但並不是我喜歡的味道。

「我今天去相親了。」

明明沒有人問，李景遠還是嘆了一口氣，自顧自的開始發牢騷。

「我們家老頭又開始提到結婚的事情了。我都說過我是單身主義了，現在又鬧得不可開交，真是快煩死了。這種時候我就很羨慕你哎。」

總覺得他的語氣多少有些誇張和戲劇化，是我太敏感了嗎？

「人夫至少都不用再去相親了。賢珍過得還好嗎？」

不，我確信不是我太敏感。

李景遠話音剛落的瞬間，我看著李景遠，但我能感受到尹熙謙的視線投向了我的側臉。因為沒有看向他，所以我不知道那是什麼樣的視線，但不知為何，心臟「咯噔」一聲，心裡的一角像是被穿透，吹過了一陣涼風。

「……她過得很好。」

我突然有了連舌尖滑動的動作都不像是我自己的，而是別人的，這種奇怪的心情。

「你們怎麼還沒有生小孩的消息啊？不管傳聞如何，你們兩個其實挺恩愛的不是嗎？」

在我們的策略婚姻中，安賢珍什麼時候被拋棄都不奇怪，不，應該說這本該被拋棄的關係已經名存實亡，外界早已傳著我像結婚前一樣玩得很瘋的傳聞了。但與之相反的是，我們維持著婚姻生活，且給外界看到的樣子是非常親密的。認識我們倆的人都要我們快點離婚，何必要繼續跟彼此一起生活，可李景遠卻說我們很恩愛。

我把端起來的茶杯貼在嘴邊，喝著涼掉的茶時，也能感覺到尹熙謙的視線。

「……鄭理事已經結婚了嗎？」

我一放下茶杯，尹熙謙便丟出了這個問題。這時我才把頭轉過去，確認了他看向我的視線。他原本沒有表情的臉，現在……卻顯得十分微妙，那表情似乎是被嚇到了，不，除此之外還有其他微妙的情緒。

「結了。」

「他算是比較早結婚的，大概結婚兩、三年了吧。」

雖然在搜尋引擎上搜尋我的名字不至於會出現照片，但一定會有資料。曾有一段時間，關於我的資訊欄上還有寫著配偶是安賢珍，不過那也只存在於安賢珍的父親還在那個位子上的時候。在他沒落時的各種報導中，他的女兒和作為他女婿的我也有被提及，當時只要搜尋安英俊，我就會一起出現。即使讓網站動手刪除相關關鍵詞，最終鄭載翰這三個字還是會一起出現。

但在那次事件發生半年後，不僅在任何網站上都找不到提及我的報導了，甚至連個人文章都沒有。無論是搜尋安英俊還是安賢珍，我都不會一起出現，而就算直接搜尋我的名字也不會出現相關事件，我的資訊欄裡也沒有關於配偶的資料。現在無論如何搜尋，都不會查到我是有婦之夫、妻子是安賢珍的資料。鄭會長想讓我和安賢珍的婚姻成為從未發生過的事情，而他的金錢和權力使這一切成為了現實。

「他突然就結婚了，大家都嚇了一跳，鄭載翰居然會結婚。」

李景遠笑著，說現在想起來也覺得好笑。

這時剩下的菜正好上來了，平時都覺得成都湯麵裡有嚼勁的麵條很不錯，今天卻覺得難以下嚥。

「那個味道不錯吧？」

「是的。」

面對依舊毫無誠意的回答，我微微笑了起來，尹熙謙才只吃一口耶。李景遠似乎也對尹熙謙的簡單回答感到尷尬，閉上嘴開始專心吃飯。尹熙謙也默默吃著，但他的表情絕對不是覺得東西好吃。

突然覺得嘴裡發苦，又想抽菸了。麵條只吃了一半，但我已經不想動筷了。

「嗯？你不吃了嗎？」

李景遠問道。我放下筷子，用餐巾紙擦了擦嘴。聽到這句話，尹熙謙也看向我。感覺到他的視線，一轉頭眼睛就對上了，但只有一瞬間。因為帶著僵硬……不，應該說帶著冷冰冰表情的尹熙謙把眼神移開了，躲我也躲得太明顯了吧？

「嗯。」

我這樣回答，假裝放下紙巾。

然後把碗打翻了。

「嗚啊！」

又紅又濁的湯浸溼了白色的桌子，嘩嘩地流出。由於流速很快，李景遠沒有時間躲開，流向李景遠方向的湯汁稍微沾溼了他的袖子，隨後滴到大腿上。李景遠慘叫著猛地起身躲開，但他的褲子已經溼了。

「啊，抱歉。」

「喂，媽的，你這傢伙！」

「我手滑了一下。」

李景遠一臉荒唐地看著我，我微微皺起眉頭，露出了歉疚的表情。湯汁絲毫沒有向著尹熙謙的方向流去，只往李景遠那邊流，這怎麼可能不感到抱歉呢？

「……我去一下廁所。」

「喔，抱歉啊。」

對於我雖不敷衍，但毫無誠意的道歉，李景遠掩飾不住不快的表情，走出了房間。

滴答，滴答，滴答，只有液體滴到地上的聲音打破了尷尬的沉默。我看向尹熙謙的時候，尹熙謙也在看著我，但是他的表情依然僵硬。

「……看來得叫人來清了。」

我把視線從他臉上移開，站了起來。

「你先吃吧，我去叫人來。」

在包廂裡明明也能叫人，但我還是留下尹熙謙一人，離開了包廂。我向後關上門，指示在走廊上遇到的服務生收拾餐桌後，我並沒有回到包廂，而是走向了廁所。

「……可惡……」

李景遠一邊嘟囔著，一邊在鏡子前的洗手檯洗著袖子。黑漆漆的牆壁，只有燈光顯得明亮的廁所裡，除了李景遠以外沒有其他人。一進到裡面，李景遠似乎是感覺到了動靜，回過頭來。我們一對到眼，李景遠就皺起了眉頭。

「你跟熙謙先生談完了嗎？」

李景遠問道。我心想他是在說什麼。

「你想單獨跟他談的話，直接叫我離開不就行了嗎？這樣很不舒服耶。」

我這才理解了李景遠的話。他似乎是以為我有話要跟尹導演說，為了趕走他才打翻湯碗的。

噗嗤，我笑了出來。

「蠢貨。」

「什麼？」

當李景遠用「是我聽錯了嗎？」的表情反問我的時候。

我的拳頭朝著那傢伙的臉飛去，然後在他搖搖晃晃的身體倒下之前，用皮鞋踹了他的胯間一腳。

「!!」

李景遠甚至叫不出來。

他雙腿併攏，腰不知不覺彎了下去，弓著身體發出了「呃啊啊」的痛苦呻吟聲。我抓著那傢伙的頭髮，進入一個有馬桶的隔間，正好馬桶蓋是掀開的。

「咳呃——呃！」

我毫不猶豫地把他的腦袋塞進馬桶裡。因為怕水濺到手，於是把那傢伙的頭往馬桶的方向一推，用皮鞋壓住他的後腦杓，馬桶裡的水淹過了他的臉。

「你真的很蠢哎，沒想到我私下想見的人是你嗎？」

腳下的李景遠開始掙扎。腳一放鬆，他就掙扎著抬起頭。「噗哈！」在聽到換氣聲後，我再次踩了他的頭。他掙扎壓抑的慘叫聲真是有夠難聽。

「給我把耳朵洗乾淨，聽清楚了，李景遠。」

雖然有點懷疑他真的聽得到嗎，但我還是把整個體重壓在瘋狂掙扎的傢伙身上，接著說道。

「既然是來道歉的，就該好好道歉啊，你算哪根蔥，竟然敢問候我老婆？」

賢珍小姐，賢珍小姐，混蛋，別人聽了還以為你們是好朋友呢。竟敢不知好歹地亂說話，說我是有婦之夫所以很羨慕？問我有沒有小孩的消息？媽的，誰要你多管閒事了？

還有什麼？熙謙先生？這個稱呼一直刺痛我的神經。熙謙先生？既然你尊重他的導演身分，那就應該叫導演啊，媽的，居然敢叫熙謙先生？你怎麼敢？

再加上隨意提到我結了婚的話題，讓尹熙謙的表情變得如此僵硬，這是最重要的一點。

「喂，混蛋。」

我鬆開踩著他的腳說道。當我雙腳踩回地面，整理著凌亂的衣服時，從水裡抬起頭來的李景遠抓著馬桶，噁心地吐了起來。因為李景遠的掙扎，馬桶周圍濺滿了水，因此壓在他腦袋上的我的褲管也被弄溼了。雖然知道是乾淨的水，但還是馬桶裡的水，所以感到非常不舒服。

不，實際上另有其他讓我的心情糟了幾倍、無法與之比較的原因。因為李景遠而讓褲管濺到了水，這都不算什麼。

裝作一副認識許久的樣子，假裝記得他的飲食習慣，假裝以前經常見面，假裝擔心，假裝自己很重要的樣子，在他問候安賢珍，揭露我是有婦之夫之前，我就已經感到非常反感了。

「李景遠。」

李景遠甚至不敢回頭看我。我的心情似乎因他那副控制不住顫抖的樣子而有所好轉，但還沒有達到可以掩蓋過厭惡感的程度。不過因為他是認識的傢伙，我想親切地對待他一次，所以現在……

「不准覬覦我的東西。」

這只是警告而已。

我的警告讓他瑟瑟發抖，還不停抓著馬桶嘔吐，但是他沒有回頭看我。可能是因為胯下很痛，他擺出了雙腿併攏的可笑姿勢。我在那個傢伙身後淡淡說道。

「既然是單身主義，那你也不需要老二吧。」

反正又不用生小孩。那傢伙的肩膀抖了一下。

「我下次可就直接把你閹了喔。」

希望你不會以為我做不到。所以說啊，李景遠，就連問候都別問。

我放著李景遠不管，最後洗了一次手，離開了廁所。一開始就該這樣了，應該兩個人吃飯就好，不該帶上李景遠的，這樣的話，尹熙謙的表情就不會變得那麼僵硬，也不會知道我結婚的事了。

在回到尹熙謙所在包廂的過程中，我開始對不到一個小時前做出的決定感到後悔。這是我這個幾乎不太後悔的人，時隔許久感到的後悔。

回到包廂時，被我打翻的碗已經被大概清理過了，但是白色的桌布上還是留下了髒亂的痕跡，整個包廂內充滿著綠豆湯的味道。儘管我已經盡快處理完回來了，但我還是覺得讓尹熙謙自己一人待太久了。孤獨總是會讓人胡思亂想，我不知道尹熙謙一個人在想什麼，但當我走進包廂，和望著我的他視線相合的瞬間，不知為何我的心怦怦直跳，胸腔緊繃的感覺隨之而來。

「我們走吧。」

「……李景遠先生呢？」

「他說突然有急事，就先離開了。走吧。」

我沒聽他的回答，便轉身走出了包廂。正當我打算出去結帳時，聽見了腳步聲，所以我知道尹熙謙跟了過來。當我從店員那邊接過信用卡時，尹熙謙的手抓住了我的手腕。

「幹什……」

我甚至連話都沒說完，就在他抓著我的手腕，被他拉著走的情況下，帶回了我們原本待的包廂。我在想他幹嘛突然這樣，但回到包廂後的尹熙謙還是抓著我的手腕不放，反而還舉起了我的手，視線投向我的手背，打了李景遠一拳的關節變得紅腫。看著我的傷口的視線不知怎的，讓我心裡涼颼颼的。難道他是有什麼話要說，所以才回到包廂的嗎？也許是因為他第一次用這種方式拉著我，感覺怪怪的。這種奇怪的感覺和緊張與不安感很相似。

「……沒事……吧？」

他的視線仍停在我開始紅腫的手背關節上，

「李景遠先生……」

開口就是在問李景遠的安危。

那一瞬間，我聽見「喀嚓」一聲，有什麼東西被踐踏或是斷裂的聲音，眼前閃爍，理性變得遙遠又回來的感覺緊隨其後。

「……你現在是在問我李景遠的事嗎？」

我抽出被他握在手中的手腕，反問的語氣非常尖銳。看著我的尹熙謙眉毛挑了一下。啊，媽的，我還以為剛才李景遠已經讓我的心情墜落谷底，心情已經糟糕到那種程度了。可尹熙謙現在卻親切地告訴我，那種程度還不算是谷底。感覺腳下被染成了一片黑。

「哈。」

說要三個人一起吃飯的時候，尹熙謙是在擔心會發生這種事嗎？難道是怕我對李景遠下手，為了保護他才會繃著臉不讓他一起吃飯嗎？媽的，是這樣嗎？

「看來李景遠對你很好啊，你這麼擔心他。」

但是他媽的，你在我面前這樣……

「你這樣對我太失禮了吧？」

這不是能在我面前表現出來的態度。我不由自主地用力握緊了拳頭，揍過李景遠臉的拳頭刺痛著，那也是尹熙謙剛剛緊緊抓著，盯著看的地方。疼痛讓快要沸騰的腦海勉強保留著最後一絲理性。

「……那鄭理事呢？」

尹熙謙的臉變得陰沉，他冰冷的臉上，連眉頭也皺了起來。

「難道您不該告訴我您已經結婚了嗎？」

這句話一下子讓我變得啞口無言。要害被擊中了，我反射性地張開嘴想說些什麼，卻無話可說，所以我只能咬緊無辜的嘴唇。雖然心裡罵著媽的，李景遠是混蛋、狗東西，但真正的問題卻不是李景遠。對我來說，內心感到驚慌和內疚是非常陌生的情況。

儘管李景遠如果不開口，尹熙謙就無法得知，但我也沒有騙他，只是那是沒有必要知道的事情，所以我才沒說罷了。不只是尹熙謙，我沒有必要讓任何人知道我結婚的事實，而且他也沒問過我，如果他有問，我肯定會跟他說的。

然而尹熙謙的反應，為什麼會讓我覺得自己好像在他背後捅了他一刀呢？

「我有沒有結婚重要嗎？尹熙謙先生你有問過我嗎？」

我對這樣的情緒感到陌生，如果要說有什麼連我小時候都不懂的情緒，那就是罪惡感。當著對方的面說一些厚顏無恥的謊言，讓對方吃盡苦頭，即使對方對我抓狂，我也不會有任何感觸，反而還會因為事情按計畫發展而開心。但是，看著尹熙謙僵硬而扭曲的表情，即便我沒有欺騙他，也不是故意的，也還是有種騙了他的感覺。原本無論做什麼事都理直氣壯的我，在他面前卻理直氣壯不起來，就連我都覺得不體面的自己很陌生。

我的回答讓尹熙謙露出彷彿挨了一記拳頭的表情，感到不可理喻的臉上立刻又添上了一絲冰冷、憤怒和被背叛感，我看得出這些情感。

「您對配偶就沒有一點尊重和忠誠嗎？」

尹熙謙在指責我。

在對配偶的忠誠這部分，我不得不再次感到心虛。你不是同性戀嗎？我會產生這樣的想法，也許是因為我對同性戀這一群體抱有偏見，所以我從未想過會從尹熙謙那裡聽到這種話，所以更加驚慌失措。他難道是覺得一次只能跟一個人交往的那種人嗎？我突然想起尹熙謙對李景遠非常冷淡、任誰看了都會覺得毫無誠意的樣子。

「不，那我呢？您至少應該告訴我吧。禮貌？鄭理事所說的禮貌不就是這樣嗎？」

尹熙謙現在真的生氣了，並非無視或迴避，我如實感受到了他的憤怒。一種混雜著背叛感的憤怒再次激起了我陌生的情感，那些陌生的情緒反而緩和了我的憤怒和煩躁，就連聲音也軟了下來。

「我不是說了嗎？我結過婚這件事一點都不重要。」

辯解的言語對我來說真的很陌生，難以說出口。儘管如此，努力說出類似辯解的話，對尹熙謙來說是行不通。尹熙謙「唉」地簡短吐出了不知是嘆息還是什麼的氣息。

「如果我事先知道的話，就不會和您做那種事了。」

這句充滿後悔之情的話，足以觸動我的神經。

「……那種事？」

我重複了他最後一句話，但尹熙謙沒有繼續說下去，轉過了頭。充滿混亂的眼睛望著虛空，抹了抹自己的臉。他沒有明說，但我覺得即使不聽後話，我也能懂，我是不可能聽不懂的。

如果事先知道，就不會和我做愛，也不會和我見面了。

尹熙謙說出的話分明就是在拒絕我，如果早知道我是有婦之夫，那就連開始都不會開始，這樣的拒絕。

「……哈。」

腦子裡一片茫然，腳下好像就要塌了，墜落到了某個黑暗又醜陋的地方。不是臭水溝，而是比臭水溝更狠毒、難受……讓我變得更加痛苦的地方，就連這分痛苦都是我沒有經歷過的。這種感覺可能與我第一次在螢幕上看到尹熙謙時的刺痛感很相像，但疼痛的程度卻無法與之相提並論。

我從來沒有放任過任何會讓我心情變糟的事情發生，不管是什麼情況，什麼人和事情，我都必須踐踏，心情才會變好。但是現在感受到的這種痛苦太陌生了，我不知道該如何應對。

這種陌生的感覺啟動了我內心的防禦機制。

「事先知道的話，又會有什麼不同？」

我的聲音已經不再尖銳，因為說的是平語，顯得充滿了從容，而且比平時更加慵懶，就連散發出的氛圍也發生了變化。由於我的變化，尹熙謙終於回過頭看向我，他的眼睛仍然充滿了混亂，它不斷地刺激著我內心的某個東西。受他人刺激的影響太大，我總覺得自己在動搖，於是在這之中築起了更厚的牆。

「尹熙謙先生還有什麼選擇嗎？」

「……」

「……啊啊，李景遠？」

難道他是覺得可惜了？所以才會看到我的拳頭腫起來，卻問我李景遠是否安好？因為跟有婦之夫約會良心不安，所以想再換回李景遠？他媽的，我是他的備胎嗎？還是李景遠才是他的備胎？

「你難道不知道李景遠遠比不上我嗎？你不知道如果想拍你那部寶貝得要死的電影，就該站在誰那邊嗎？」

「……所以，真的是鄭理事……」

「是真的又怎樣？」

「……」

「那又會有什麼改變？那也不重要啊。」

尹熙謙動搖的眼神在我心中掀起了波濤巨浪。傳言是錯誤的，尹熙謙不能拍電影不是我的指示，不，我沒有下達指示讓金泰運妨礙他，所以確實不是我做的，但這件事似乎也成了我一手策劃的事情，我背叛了他，這種既陌生又生疏的感情湧上心頭，胸口發緊發悶。我越是感覺陌生和痛苦，就越會築起高牆。

「如果我現在叫你跪下來幫我含，以尹熙謙先生的立場，你不是就應該照做嗎？」

其實沒必要說這種話，我雖然知道，卻還是無法閉上嘴巴。尹熙謙的眼神變了，好像被我的話嚇到了似的，又或者是……

「您到底……把人當成什麼了……」

他好像是受傷了，就連聲音都在顫抖，但很快，他就用堅決的語氣說道。

「李景遠先生說要幫助我的時候，我一次也沒有接受過。無論是當演員的時候，還是現在，我都沒有想要借助誰的力量去拍電影。」

尹熙謙的聲音十分急切，甚至有點像在控訴，讓人無法不去知道他在說些什麼。

「哪怕只有一次，我有請鄭理事幫助我拍電影過嗎？」

沒有，只有一切都配合我，無比鄭重的性愛而已，而這幾次性愛可能不是希望能得到回報的性愛。尹熙謙雖然失去了一切，還是有這樣的自尊心，他有多熱愛電影，有多麼想拍電影，他也就想多光明磊落。如果他對電影懷有完美主義，那麼他的光明磊落也會是其中之一。正如他所說，他從未向我尋求過幫助。

「是因為鄭理事的關係讓我沒辦法拍電影，所以您才投資的嗎？楊社長也是因為這個條件才簽約的？其實您沒必要那樣的，我也從沒要求過您這麼做——」

「嫖資。」

沒有盡頭的墮落，不知何處是盡頭地墜進了深淵裡。心情糟糕透頂，所以我打斷了他的話。他的自尊心、對我表現出的正直性情，讓我感到極度不舒服，甚至不舒服地直犯噁心。我是個個性扭曲而極端的人，因此在這一瞬間，我再也忍受不了尹熙謙了。

「你不知道什麼是嫖資嗎？媽的。」

我說的話會對他造成傷害。他的眼神動搖得厲害，話好像堵住了似的，再也沒辦法說出話來。

我並不是不知道他所標榜的自尊心是什麼，我也知道他對電影懷有那種純潔的熱情，但是和我做愛，對於他拍不拍電影也不會有影響。

「別樹立無謂的自尊心了，尹熙謙先生。」

我不能相信，也無法承認他不是為了我的錢才和我做愛的這些話。

因為如果我承認這一點，接受了他的正直……那麼我就會再次陷入陌生的感情之中。我會有罪惡感，因為我故意阻擋了尹熙謙的前途，假裝未婚，把他對電影的熱情當作人質，要求他和我做愛，我會被這些罪惡感吞噬的。但我對他的所作所為並不只這些，就連踐踏並摧毀尹熙謙演員生涯的人也是我。儘管如此，我還是不能容忍他拒絕我，在我想要他的情況下，他拒絕我是絕對不能被容忍的事。

胸口的刺痛感不停折磨著我，腦子裡究竟是冷還是熱，我也搞不清楚了。只覺得眩暈又迷茫，我無法思考也沒辦法做出判斷。罪惡感和痛苦對我來說都是前所未有的，這種感覺本身就讓我感到混亂，如果是這種感覺的話，那我並不想感受。

我想要和他做愛，尹熙謙滿足了我的欲望，自己也拍成了電影。尹熙謙誘惑了我。雖然他嘴上否認，但他行為的意圖不是很明顯嗎？如果不是知道過去的事情，想對我設下陷阱，那麼就只可能是為了自己的電影而誘惑我的。在這段關係中，我是否已婚並不是問題，對於尹熙謙為了維護自尊心而提出的質問，我沒有必要感到內疚。

我必須要在這裡結束這段關係。雖然他應該已經受到了夠多的傷害，但看著尹熙謙因受到打擊和傷害而變得僵硬的臉，就讓我變得毒舌。

「出來賣了還自命清高，還真是難看啊。」

第5章

私生活是私生活，公司是公司。不管我的日常生活是怎麼過的，在工作上我也從不鬆懈。反正在持續的不眠之夜裡，最近我也沒什麼心思玩，還不如工作。

當然，在這期間不斷湧現的思緒始終困擾著我。

在一整天連一、兩個小時都睡不好的日子到了第十天左右時，我流鼻血了。當時正在開會，員工們都驚訝地看著我，而金泰運則是急忙用衛生紙摀住我的鼻子，把我扶了起來。因為突然站起來，身體有些搖晃，好像還聽到了嘈雜的聲音。

當我清醒過來的時候，人已經躺在醫院裡了。我並沒有昏厥，從公司到醫院的路上我都還有意識，可是因為精神恍惚，所以什麼也記不起來，只有零星的意識碎片在腦海中漂浮著，嘟囔著什麼的金泰運、變得蒼白的臉、醫生的白袍、護士的聲音……這些都一閃而過。在這種情況下，我的手臂好像有點刺痛。

身體像被水浸溼的棉花一樣，一下子變得軟綿綿的，眼皮沉得眼睛都睜不開了。

黑暗似乎溫暖地擁抱著我，那片黑暗明明總是讓我感到很不舒服的。

眼前變得模糊，就連意識都要消失的瞬間，我的腦海中浮現出一張臉。

『出來賣了還自命清高，還真是難看啊。』

雖然語調很輕鬆，但我像刀刃一樣尖銳、殘忍的聲音，讓他的嘴唇緊緊閉上了。原本訴說著迫切的心情，不停顫抖、動搖的眼神中失去了光芒，表情在他冰冷而扭曲的臉上消失，就像是再也不會笑了一般。

那張臉是在過去十天以來，讓我就連一小時都睡不了的，尹熙謙最後的模樣。

睜開眼睛時，房間裡一片漆黑。該怎麼描述這種感覺呢？雖然沒有死過，但感覺就像死而復生，在棺材裡睜開眼睛一樣，肉體和精神似乎都完全被重置了，感覺非常輕鬆。

「……哈啊。」

嘴巴有點乾，但並不是很渴。我動了動手臂，感覺到一陣刺痛，好像是在吊點滴。

「理事？」

是金泰運的聲音。水，我簡短地喊了一聲，他打開燈走過來將我扶起。雖然有點肌肉痠痛，但整體的身體狀態是有所好轉的。因為神清氣爽的關係，身體也感覺更輕鬆了。

「請慢用。」

我接過他遞來的杯子喝起水。我並沒有非常渴，只需要潤潤口腔就行了。

「會議呢？」

「您還記得是什麼會議嗎？」

對於他的提問，我只能閉上嘴。我印象中好像是定期報告，又好像是策略會議，又或者是和某個海外發行公司就獨家合約問題而舉行的會議。因為根本沒睡覺，頭腦完全轉不過來，腦子最終似乎是在睜著眼睛的狀態下停止運作了。

金泰運忍不住嘆了口氣，從我手裡接過了水杯。我很想抽菸，但此時的氣氛似乎不容許我拿出香菸。我因為失眠而精神恍惚不是一天兩天的事了，當然，我失眠到要暈倒這件事也很久沒發生過了。以前我經常借助酒精和藥物的力量入睡⋯⋯啊啊，最近完全睡不著是因為我連藥都沒吃吧。

「楊絢智有打過一通電話給您。」

金泰運從口袋裡拿出手機，並遞給我。即使是微弱的光線或是手機震動程度的噪音都能把我吵醒，所以在這種情況下，手機通常會由金泰運來管理。

「她說了什麼？」

「她邀請您去參加三天後的生日派對。」

開什麼生日派對啊，拍攝怎麼辦？一點亮螢幕我就看到了文字，其中有幾條是楊絢智的訊息，除了有生日派對的位置和場所，還有「哥哥該不會是睡不好覺暈倒了吧？」這樣詢問的訊息。因為長時間沒有得到我的回覆，再加上連電話都是金泰運接的，所以她才會做出這樣的推論吧。

「等您吃完飯我再去幫您叫醫生，既然都住院了，乾脆就再打一針安眠藥睡一下吧。」

從時間上來看，我暈倒的時間是在上午，所以即使打了安眠藥睡一覺，應該也只能睡個五、六個小時左右。

我邊確認訊息邊點了點頭，金泰運開始為我準備飯菜，沙沙作響，不過也只是把裝在保溫桶裡的粥和小菜拿出來而已。老家的管家做的粥散發出香噴噴的味道，應該會很好吃，但我還是沒什麼食欲。我確認完了累積未回的訊息，但……心裡還是不是很舒服。尹熙謙十天前的週末傳來的訊息，那是他第一次傳訊息給我，也是最後一次。

醒來之後請連繫我。安賢珍傳來了一封這樣的訊息。

「……金室長。」

但是我並沒有回覆，只是直接把手機交給了在床上擺好餐桌，並放上托盤的金泰運。在金泰運接過手機之後，我便拿起湯匙，攪拌著粥說道。

「幫我準備離婚手續。」

「……」

金泰運驚訝地看著我，但我並沒有繼續說下去，過了一會兒，便聽到他「好的」的回答，對此我非常滿意。反正大家不是都期望我離婚嗎？所以要是尹熙謙感到反感，那我自然是願意離婚的，因為這真的不是什麼大不了的事。

我想，離婚應該可以向他證明我的婚姻是毫無意義的。

＊＊＊

楊絢智的生日派對在週六晚上舉行，其實不管她是再打電話過來，還是傳簡訊發牢騷，我都沒有打算要去。不只是因為不好玩，也是因為我正準備和安賢珍離婚，如果跟楊絢智見面，可能會引起不必要的非議，而且感覺也會讓楊絢智產生幻想。

但最終，我還是來到了楊絢智舉辦生日派對的夜店。

聽說她還邀請了電影工作人員，聚在這裡的都是像花一樣華麗的人，大部分都是在電視或大螢幕上看過的演員和歌手，其中還有一些在這個圈子裡跟楊絢智有交情的人，這在我眼裡顯得相當可笑。一群長得好看的人們為了得到好處，圍繞在被金錢和權勢裝飾得很有魅力的人周圍。雖然時間還不算太晚，但配合著音樂節奏，互相貼著身體磨蹭、跳舞的樣子，在清醒的狀態下實在是看不太下去。

「載翰哥，派對不好玩嗎？」

楊絢智滿臉通紅地問道。我最近一次見到她的時候是在拍攝場地，那時在東方古裝的背景下，她的妝容不是很濃，而是接近素顏的樸素樣子，濃妝豔抹的樣子確實與眾不同。可她那件強調胸部曲線，同時因為長度太短而露出大腿的連衣裙，不管怎麼看都顯得很膚淺。

「載翰哥，你看，你沒看到那些想被你摘去的花嗎？」

我掏出一根菸咬著，噗嗤一笑。雖然說著那樣的話，但她依然炫耀似的挽著我的手臂，貼向我的行為實在是太可笑了，而且正如她所說，那些「想被我摘走的花兒們」的視線相當露骨。

華麗的面孔們向我投來的視線中散發著費洛蒙，我沒有遲鈍到看不出他們的眼神代表什麼，也沒有笨到不知道自己現在的處境。作為左右巨大投資發行公司的集團繼承人，再加上年紀輕輕，鄭載翰在人們眼裡自然是很誘人的獵物。大多數人都以為我未婚，或者是覺得我是有婦之夫也無所謂。人們看向我的眼睛裡總是充滿著欲望，還有那些帶著某種居心接近我的人，我沒有理由要回應這些人的期待。以前我就算知道，也會為了滿足自己的欲望而和他們混在一起，但我今天沒有那種心情。這就是今天只要有人靠近我，我就會將冰冷的眼神投去，甚至不理會問候的理由。

楊絢智也是如此，雖然我們很久以前就認識了，中間還夾著一個楊善雄，所以我會適當地跟她以哥哥和妹妹的身分相處，但我從沒回應過她想要的東西。那些想被摘的花裡也包括了她自己，她是出於什麼意圖才說出那種話的，實在是太明顯了。要是我真的選擇了別人，她就會開始發神經，所以才會悄悄試探我，確認我沒有要選擇別人的想法，還故意讓別人看到。不管怎麼說，這女人的妄想很嚴重，還誤以為我不選擇別人的理由就是對她有意思。除了金泰運之外，誰都不知道我正在準備離婚的事，但如果離婚的事實被公開，她肯定就會表現得像我妻子一樣，所以我才不想接受這次邀請。

「載翰哥，我們一起喝一杯吧。啊，我這裡還有葡萄酒呢。」

說是邀請了工作人員，也邀請了其他投資人，還說這裡是我來也不會奇怪的場合。但這裡沒有一個人看上去像是工作人員。即使見到了年輕的工作人員我也不會認得，但就算是這樣……

尹熙謙不在這裡。

我偷偷地轉頭看了看昏暗的室內，可是沒有一個人的輪廓與他相似。一方面慶幸他沒有來這種的場合，可另一方面又覺得心裡不自在、沉甸甸的。兩週了，離我把因氣氛險惡而變得僵直的他拋下，直接離開的那時，已經過去了兩週。

「要喝葡萄酒嗎？還是洋酒？」

楊絢智還在我身邊徘徊。我瞥了她一眼，她就眨著眼睛笑了起來，把葡萄酒倒進杯子裡，那是顏色清澈的白葡萄酒。本以為她會舉起酒杯，沒想到她又將身體貼近。

「這是我很喜歡的酒，載翰哥應該也會喜歡的，喝喝看吧。」

在她濃濃的香水味中，一股酸甜的葡萄酒香氣撲鼻而來。我沒有很享受於喝葡萄酒，與其說是作為教養中的一環而享受，不如說是學到的。這是夏布利白葡萄酒，而且還是很高級的那種，但依舊不符合我的喜好。比起白葡萄酒，我更喜歡紅葡萄酒，無論是老家還是自己家，酒窖裡放的大多都是波爾多葡萄酒。我為了讓尹熙謙嘗味道而帶去的木桐酒莊的酒，那種算是我比較喜歡的葡萄酒。

……那瓶葡萄酒，我總共就喝了兩杯，其中半杯還是尹熙謙喝掉的。想說飯後會再次回到房間，就把它留在飯店房間裡了。

今天連酒都不想喝了。來到這種場合的時候，我通常會跟隨眾人一起喧鬧、做些瘋狂的事情，笑著玩耍，但我連那種想法都沒有。就在我心情低落，正想拒絕喝酒的那一剎那。

「絢智，原來妳在這裡啊。」

從楊絢智來到我身邊開始，像鬣狗般在我周圍虎視眈眈地伺機而動的人圍了過來。他們一邊說著生日快樂，一邊和楊絢智擁抱，看起來好像是和楊絢智關係很好的演員同事。雖然我很高興這些人把幾乎靠在我懷裡的楊絢智拉走，但他們和她對話的同時，朝這邊偷瞄著我的視線讓我不太開心。

「載翰哥哥，這幾位是我的演員同事，他們都是和我關係很好的朋友。」

楊絢智在我沒有問的情況下，擅自為我介紹了起來。兩位女演員和兩位男演員，和楊絢智一樣都是不入流的藝人，稱不上頂尖，但都是滿有知名度的演員。

「不是說也有邀請尹導演嗎？」

其中一個男演員向絢智問道。雖然他幫我問了我想問的問題，可說是搔到了我的癢處，但同時也觸犯到了我的神經。無論從哪裡來看都是比尹熙謙年輕得多的混蛋，居然沒在尹導演後面加上尊稱，真的是非常、非常傲慢無禮。

「他應該會來吧？我有跟他說就算遲到也一定要來。」

「啊，我很久沒見到尹熙星了哎。」

尹熙星。他那張明明看起來年紀就比較小，卻直呼尹熙謙三個字的臉，實在是很醜陋。從他的語氣中感受到的感情與其說是肯定，不如說是否定的，我可以感覺到他在計畫著什麼。

不知為何嘴裡開始發澀，所以我翻了翻懷裡，掏出了菸。我拿出一根菸叼在嘴上的時候，喊過「尹導演」的男人拿出打火機，幫我點火。我吸著菸看了他一眼，男人的臉上露出一絲微笑。文秀仁，我記得他是以這個名字被介紹給我的。

「我一直很想見您一面。」

「……？」

「柳華啊，我聽說您給了他一點教訓。雖然知道那件事之後我也感到很害怕，但也很好奇您是個怎麼樣的人。」

柳華是誰啊？腦子裡沒有哪個人特別浮現出來。雖然用「教訓」一詞來包裝，但其實意思就是我對他動過手。被我教訓過的藝人何止一、兩個啊，我甚至不知道那是女人的名字還是男人的名字。

「沒想到您這麼年輕帥氣，讓我嚇了一跳呢。」

氣氛變得很奇怪，即使不看，我也能感覺到緊貼在我身邊的楊絢智，她的眼睛銳利地瞪著四周。不知道他自己曉不曉得，文秀仁這是在為慶祝楊絢智生日而舉行的派對上，在她面前赤裸裸地討好我呢。

「我有聽說大哥最近都很忙，幾乎不太來參加派對呢。」

大哥？這個稱呼讓我「噗嗤」一聲笑了出來。最近很少有這樣的人，但為了和我變得親近而接近我的人當中，也不乏有像他這樣厚臉皮地說著玩笑話的人。如果現在是喝了酒、心情不錯的情況下，我可能不會討厭像他這種類型的人，但是現在……

比我大兩歲的尹熙謙稱呼我為鄭理事，對我使用敬語。但是這傢伙，我們什麼時候見過面了，叫我大哥？甚至還隨便直呼比我年紀更大的尹熙謙的名字。

「載翰哥，喝一杯嘛。」

就在這時，楊絢智又把葡萄酒遞給了我。右邊是楊絢智，左邊是文秀仁，除此之外，還有眼睛閃閃發著光，伺機而動的人們。

幻滅的感覺在我心中蔓延，身體的溫度似乎也隨之降低了。啊，要按照他們想要的那樣喝得爛醉，幹點瘋狂的事嗎？但我還是完全沒有想喝酒的心情，在清醒的情況下都會對別人惡言相向的我……哪怕只是萬一，萬一我在喝醉的時候遇到尹熙謙的話……

「我開車過來的。」

我說過的話再次在我的腦海裡迴盪，為了擺脫掉它們，我搖了搖頭，把楊絢智推開了。然而，楊絢智反而表現出「你在說些什麼啊」的樣子，瞪著兔子眼說道。

「我的天啊，載翰哥哥居然會說這種話！」

「就是說啊，哎呀，我還以為今天能坐一次鄭理事的藍寶堅尼呢！」

到底把人當成什麼了……不過我確實是有過前科。那是我還在開藍寶堅尼的時候，已經是好幾年前的事情了。那段時間我非常喜歡開車兜風，當時我喝醉了酒，把車開到了高速公路上，想說反正是凌晨，就在沒有車的高速公路上使勁踩著油門，將車速開到了兩百五十公里，一旁還總是載著像首飾一樣華麗的戀人們。儘管我的舉動就跟自殺沒兩樣，想搭上我的副駕駛座、搖著屁股的人卻還是很多。

而這種瘋狂的飆車行為最終也被鄭會長發現，車鑰匙被拿走，不得不放棄飆車。那半年裡，因為車鑰匙被沒收了，所以除非帶著金泰運或是司機，否則我根本就出不了門。在一般情況下，鄭會長都不會干涉我，但這件事有可能會害我受重傷甚至是死亡，所以他對此非常敏感，而在那之後我就再也沒有酒駕過了。當然，只喝了一、兩杯葡萄酒並不能說是酒駕。

「大哥，就喝一杯放鬆一下嘛，要是您醉了，我會送您回家的。」

文秀仁用像是男公關，不，應該說更接近服務生的語調和動作纏著我。四處都有纏人的東西，真的很讓人心煩。聽不懂人話啊，一定要我直接說出「我不想喝酒」才能懂嗎？還是乾脆直接把酒潑在那張臉上算了？

當我這樣想的時候。

「來了、來了！」

一名女演員喊道。不需要說主語，她指的就是尹熙謙。

因為那大驚小怪的反應，那張桌子旁的人目光一致轉向了一邊，我也不可避免地用視線追著他。在昏暗的室內，尹熙謙在綠色和藍色的燈照耀下走了進來。

「太好了，我去把他請過來。」

文秀仁興高采烈地站了起來，看著他擺動雙腿接近尹熙謙的背影，感覺我心裡有什麼黑壓壓的東西正在凝聚，如血壓升高般，後腦杓變得緊繃，胸口發悶。

更讓人不快的是，包括楊絢智在內的所有人都露出了一副高興得要命的表情，楊絢智甚至看起來非常幸福。

「絢智妳也太壞了。」

坐在楊絢智旁邊的演員說道。

「當然，尹導演還是演員的時候，確實是很討人厭沒錯，但他現在不是還挺可憐的嘛？」

「哎呀，我哪有？」

楊絢智用掩飾不住笑容的臉抵賴著，眼睛瞪得圓圓的。直到這時我才大概了解了聚在這裡的人們，他們雖然和楊絢智關係很好，但都不喜歡尹熙謙。在拍攝電影時發生各種矛盾的情況下，楊絢智似乎是想透過侮辱尹熙謙、讓他丟臉，來改變權力結構。

「聽說尹熙星當紅的時候大頭症超嚴重的。總是全身都穿著名牌，喜歡裝模作樣。」

她們對於尹熙謙的評價對我來說非常陌生。我知道他身為演員、獲得超高人氣的時候在藝人同事之間的風評並不好。導演組出身的他雖然對工作人員很親切，卻會對想要作威作福的節目負責人明目張膽地唱反調，還經常無視其他的藝人。

但是「藝人病」和「滿身名牌」的尹熙謙是我難以想像的。我眼中的他總是穿著舊舊的針織衫，即使穿得端莊，也總會讓人覺得有點散漫，我甚至以為他根本不在意自己的穿著打扮。因為他長得好看，就算讓他穿上破布也肯定不會難看的，但現在的尹熙謙完全不是個會耍帥的人。

「那些喜歡他、向他告白的女人該有多可笑啊？小靜姐現在提到尹熙星，都還是會氣得咬牙切齒呢。」

那是因為尹熙謙是同性戀啊。不知為何，我想替他解釋，話都在舌尖上打轉了。

「哎呀，秀仁去打頭陣了。」

聽到這句話，我看向站在人群中的那兩人。從我的位置上看不到文秀仁的臉，但是尹熙謙的臉在黑暗中隱約可見。雖然不知道文秀仁在說什麼，但尹熙謙似乎偶爾會開口回應他一下，他的表情僵硬且毫無表情。突然，文秀仁摸了一下他西裝外套，「嗖」的一聲，他用手掌摸到了衣領，很快又像是摸到不能摸的東西一樣，把手拿開了。

「噗，我就知道秀仁會拿衣服的事做文章。」

「怎麼了？他以前不是只穿亞曼尼的衣服嗎？」

女人們淺薄地大笑出聲，嘲笑著尹熙謙。雖然不知道文秀仁說了什麼，但顯然他和這些女人沒什麼兩樣。然而，我可以很清楚地看到尹熙謙的眉毛在抽動著，帶著某種感情地皺起了眉頭。

「我先走了。」

我不知道自己是先把話說了出來，還是先從座位上站起來。「載翰哥！」楊絢智喊著，似乎有些焦急，但我忽略了她的呼喊，徑直從人群中走過。通過走廊時，我與尹熙謙和文秀仁擦肩而過，雖然因為音樂太吵而聽不太清楚，但我分明聽到了文秀仁對尹熙謙冷嘲熱諷的聲音。「你戒毒了？」裝出一副擔心的樣子，嘻嘻笑著。

我沒看他們一眼就從他們身邊通過，一到一樓就打了電話給金泰運。

『您好——』

「打電話給吳敏周，跟她說我現在過去。」

『……現在這個時間嗎？』

「我十五分鐘後到。」

我掛斷電話，然後在手機上查了上次的通話紀錄。不知不覺已經是兩週前了，只有一個號碼留下了接通紀錄。

找到那個號碼後，雖然猶豫了一會兒，但我很快便按下撥號鍵。切換到撥出電話的畫面，把手機放到耳邊的瞬間，撥號音馬上就響了。聽著那些聲音……不知為何感到口乾舌燥。有人打電話給你，就該馬上接起來啊，可撥號音響了半天，對方都還是不接電話。每當這時，我的心就會像被緊緊揪住般，心裡好像有一個洞，正在越變越大。

『……喂。』

低沉、乾燥的聲音在耳邊響起，也許是因為在夜店，所以還夾雜著「咚咚」的音樂聲。

『……鄭理事？』

是尹熙謙的聲音。

「出來。」

『……什麼？』

「我現在在夜店門口，出來。」

這時，我的車開到了我面前停下。夜店的保鑣看到我從裡面出來，便連繫我，從停車場把我的車開了過來。男人從駕駛座上下來，抓著車門站著，我便坐了上去。

「出來之後，坐上門口的車。」

我沒聽他回答就把電話掛斷了。從錢包裡掏出幾張鈔票，塞到剛才幫我把車開過來的人懷裡，獨自留在原地等了一段時間。

副駕駛座的門打開了，尹熙謙坐上了車。我聽到「砰」的一聲，確認門已經關上，就直接踩了油門，在夜幕降臨、被橘黃色路燈染上顏色的公路上行駛著。

「……請問您要去哪裡？」

尹熙謙問道。我瞥了他一眼，發現他正看著我。時隔兩週再次見到他，不知為何看起來比之前更顯疲憊，難道是因為他的表情僵硬又冰冷的關係嗎？雖然他在我面前也不太愛笑，但是我現在才明白，他之前的表情雖然有點緊張，但已經算是放鬆的了，而如今他的表情是這麼得冷漠，以前不是這樣的。一想到這裡，我就感覺腳底下裂開了一個洞，像是從懸崖上跌了下來。

尹熙謙希望我回答，喚了我一聲，但我並沒有回答他，因為我不知道該說什麼。

「理事。」

身旁很快傳來尹熙謙嘆氣的聲音。

在一片沉默中，我只專注於開車。因為已經晚上十點多了，路上的車並不多，很快就到達了目的地，也是私人採購員吳敏周的店所在的地方。

我把車隨便停在店前，店門就開了，吳敏周跑了出來。因為代客泊車的人員似乎不在，我便大致把車停在了門口。

「下車吧。」

我簡短地說了一聲就下車了。吳敏周以稱不上漂亮的樣子站在我面前，雖然衣著整齊，但頭髮明顯沒有打理好，嘴唇上也沒有任何顏色，就連表情也做不好，努力微笑的樣子很不像她，顯得不太自然。

「鄭理事，好久不見。」

她是我來到韓國後，一直跟在我身邊的造型師。平時通常都是她自己會準備好便服拿來給我，有時則是我提前連繫，告訴她我需要什麼樣的衣服，等她為我準備，試穿後再挑選。偶爾甚至會為了忙碌的我，把衣服帶到我家裡。但在她能力中我最中意的，就是即便像現在這樣突然連繫她，她也能給出非常令人滿意的結果這一點。

「是要為尹熙星先生準備衣服沒錯吧？因為尹先生是個衣架子，所以穿什麼應該都會很好看……」

吳敏周的視線打量著從車上下來，正朝這邊走來的尹熙謙。尹熙星果然是個很有名的演員，吳敏周至今仍記得他演員時期的藝名。吳敏周看著尹熙謙的臉，臉上泛起紅暈，這對我來說是不太愉快的場面。

「因為店裡的商品不夠齊全，我有點擔心呢。」

她邊說邊眨了眨眼睛，向尹熙謙投去撒嬌的目光，那一定是觸動到了我的心緒。我冷冷地俯視著她，受到我高壓目光的她嚇得瑟瑟發抖。

「我是為了聽吳敏周小姐的辯解才來到這裡的嗎？」

「……非、非常抱歉。」

「嘖。」

她的臉瞬間變得蒼白，低下頭來，我看著她「嘖」了一聲。我沒有進到店裡，而是轉過頭看著尹熙謙，他依然板著臉，僵硬地站在那裡。看著他那張臉，不知為何覺得有點火大……我向後退了一步，沒有進門。

「進去吧。」

「……」

「在幹嘛呢？還不帶尹熙謙進去嗎？」

我語音剛落，低著頭的吳敏周便顫抖著身體，抓住了尹熙謙的手臂。

尹熙謙直勾勾地望著我，但我沒有向他解釋，他像是放棄了似的，被吳敏周拉進了店裡。他們進去以後，我始終沒有跟著進去，而是關上了玻璃門。

太想抽菸了，我翻著胸前口袋，拿出一根菸叼在嘴裡，點火吸了一口，再次打給了金泰運。金泰運馬上就接了起來。

『是，理事。』

「有個叫文秀仁的傢伙，好像是演員。」

呼，填滿肺部的煙灰濛濛地從嘴唇間散開，刺鼻的氣味刺激著鼻尖。

『……是。』

「那傢伙要是有接到TY的廣告，就全都給我撤掉，如果有同個經紀公司的所屬藝人，那也一起毀掉。媽的，乾脆把那混蛋的臉劃了。」

說著說著更覺得火冒三丈，最終，咆哮般的聲音從喉嚨裡蹦了出來。媽的，尹導演？尹熙星？不是同歲也沒有比他年長，甚至比我還小的兔崽子講話這麼沒有禮貌，叫我大哥也很讓我反感。

『……我知道了。』

楊絢智和其他站在旁觀者立場卻嘲諷他的混蛋也都無比傲慢。我感覺自己的心情糟糕透頂，媽的，我自己說了難聽的話傷害了他，都讓我的心情這麼糟糕了，別人對尹熙謙的嘲諷更是令我無法忍受。如果剛才文秀仁是在我面前對尹熙謙如此放肆，那恐怕當場就會出事了。

感受著內心洶湧的情感風暴，我放棄了思考，我決定按照感情的驅使行動。還有什麼？小靜姐？如果我沒猜錯，那指的應該是被譽為頂尖女演員之一的姜小靜。

「你知道姜小靜吧？」

『是。』

從金泰運也知道的程度來看，她可以說是非常有名氣的演員了。不，也有可能是因為我才知道的，我和她見過一、兩次面。當然，是在床上見到的。

「去爆一點那婊子的猛料，讓她從我眼前消失。」

『……』

金泰運沉默了一會兒。

『發生什麼事了嗎？』

他最後還是忍不住好奇地問道。與其說是出於好奇，不如說是職業病吧，因為他是個必須知道關於我一切，心裡才會舒服的傢伙。

「只是覺得他們很礙眼而已，怎麼？不行嗎？」

『……不是的。我馬上處理。』

「還有明天去找間住商大樓的小套房，不……找間公寓吧。」

『是，我知道了。』

從金泰運那裡得到令我滿意的回答後，我的心情依舊很鬱悶，雖然抽菸時而做的深呼吸有讓之稍微緩解了一些，但糟糕透頂的心情絲毫沒有好轉。直到尹熙謙出來為止，我靠在車旁連續抽了很多根菸。

「理事。」

聽到呼喚我的聲音，我轉過頭去，有點驚訝。

因為修身版型的炭灰色西裝褲，以及雙排釦西裝畫出的線條太過性感了。光從材質來看就很有高級感的西裝之下，是寬闊的肩膀、結實的胸膛、與女性擁有不同韻味的美麗腰部線條，以及被完美襯托的優雅長腿，連那緊緊繫在奶油色禮服襯衫上的深綠色領帶，也讓人口乾舌燥。彷彿被他迷住了似的，我看了他好一會兒後，我才發現吳敏周站在他身旁，臉上洋溢著驕傲的表情。

「……辛苦了，我明天再讓金室長過來一趟。」

我低聲回覆的聲音沙啞了，我想是因為抽了太多的菸。

我從她手裡接過放著尹熙謙之前穿的衣服和鞋子的袋子，放到車子後座上，但是尹熙謙並沒有上車，只是站在原地，用冰冷的視線看著我。

送行的吳敏周也用驚訝的眼神看向他，然後再看向我，我揮了揮手示意她進去，吳敏周就匆匆走進了店裡。

「……上車。」

尹熙謙只是看著我。

「我送你回家。」

但他依然沒有動作。寂靜降臨在空無一人的夜晚街道上。那沉默彷彿掐住了我的喉嚨，胸口某處一陣刺痛，感覺腳下的土地也跟著塌陷，這是與疼痛極其相似的不安感，也是在過去兩週裡，每當我想起尹熙謙時，讓我無法入睡的感情之一。

「這也是……」

終於，尹熙謙的聲音響起，他的聲音冰冷無比。

「嫖資嗎？」

他的話比沉默更可怕。

媽的……我咬緊嘴唇，強忍住下意識罵出髒話的欲望。類似憤怒的情緒湧上心頭，我的臉和眼角都熱了起來，後腦杓緊繃繃的，頭頂好像就快爆炸了。

「尹熙謙先生……你真有惹惱別人的本事呢。」

瞬間，強烈的憤怒向我襲來，但我忍住了，甚至連衝上去狠狠揍他一頓的念頭都沒有，我覺得是因為我太生氣了，覺得敢跟我頂嘴的尹熙謙既荒唐又可笑。

「趁我好聲好氣說話的時候，快點閉嘴上車。」

混濁的聲音像嘶吼一樣爆發出來。不管尹熙謙上不上車，我直接打開駕駛座的門上了車，「砰！」的一聲，我關上車門發動引擎。這時副駕駛座的門打開了，是尹熙謙，在他上車後，我壓抑著自己的憤怒將車駛出。

車裡非常安靜，因為看到他打扮後的樣子而暫時好轉的心情，被他口中的「嫖資」和這片尷尬又可怕的寂靜打擊到一落千丈。媽的，嫖資？雖說他只是把我曾對他說過的話原封不動地還回來而已，但是有一種可怕的情緒在我的腦海中迴盪。不僅僅是嫖資，我還說過他是個出來賣的。

「……哈。」

嘴裡短短地嘆出一口氣，尹熙謙沒有看向我，而我也不去看尹熙謙，不對……是我無法看向他。

憤怒和煩躁來得快去得也快，不，當初無法對尹熙謙表達的情感，也許並不是憤怒或煩躁，那是一種心情沉重、煩悶的感覺……甚至到了疼痛的程度。我原以為這是罪惡感，但這種感情也不能說全是罪惡感，我認為自己沒有做過對不起他的事情，也不覺得抱歉，所以那並不是罪惡感。但是，不管這是不是罪惡感，我現在的糟糕心情都沒有改變。

僵硬的表情、冰冷的視線、極度的沉默讓我感到憤怒、厭煩，但同時也讓我感到痛苦。就是因為痛苦才會產生憤怒和煩躁，從我理解這點的那一刻起，他的沉默便令我更加痛苦了。

在一片沉默中，汽車來到那棟破舊的房屋前。

「……尹熙謙先生。」

尹熙謙沒有回答我，但也沒有下車，他將視線固定在前方，也不看我。

心裡煩悶，彷彿喘不過氣來的心情令人無比不快，但是我並沒有生氣。

「……我的婚姻並不像普通的婚姻一樣有意義。」

生氣、惡言相向和壓制對方是無法解決問題的……我在兩週前就充分意識到了這點。雖然我的人品很差，但我小時候也是有讀過《北風與太陽》這個童話的。

「我的婚姻是人們常說的策略婚姻，而且還是作秀用的夫妻關係，現在就連周圍的人都在勸我離婚，你明白了嗎？我只是覺得……反正離婚的話，肯定又得去相親，也會被更多人纏上，所以才維持這段關係的。」

「……」

尹熙謙沒有回答，他的目光始終向著前方。雖然我無法直視他，但還是把身體轉向他那邊。他穿著我買給他的漂亮西裝的模樣，我不想只看一下就讓他離開。

「我的意思是，這是我連要不要說都沒考慮過的事情，我……並沒有刻意假裝自己單身來欺騙你，你懂了嗎？」

我溫柔地問道，小心翼翼地向他伸出了手。我的手觸碰到他的肩膀，他穿著我買給他的西裝，布料十分柔軟，果然，貴就是有貴的道理，誰也不能嘲笑穿著這種衣服的尹熙謙。我聽說你只穿亞曼尼的衣服，那是真的嗎？我想這樣問他。那種等級的衣服，我完全可以買給他穿。

想著這些，我一點一點地伸出手，用食指輕輕掃過他的下巴。我的手指稍微用力，他的頭便隨著我的手指慢慢轉向我。

「……還有……尹熙謙先生。」

即使轉過頭來也不與我對視的尹熙謙，此時終於抬起了視線。在我們目光對視的瞬間，我的心臟刺痛地縮了一下，這與以往胸口刺痛、喘不過氣的感覺不一樣。

「那天……是我……說得太過分了。」

「……」

尹熙謙看起來有些驚訝，那個表情讓我稍稍鬆了一口氣。因為那是讓我感受不到情感、面無表情的臉破碎的瞬間，他冰冷的眼神中恢復了一點光芒。

沒有回答的尹熙謙舉起手，抓住了我撫摸著他下巴的手。他抓著我碰到他下巴的手抓了好一會兒，但是很快便把我的手從下巴上移開。我本以為他會馬上放開，沒想到他反而緊握住了我的手。

「唉……」

他漂亮的唇間吐出深深的嘆息，因為不知道這個嘆息代表著什麼意思，我的心再次鬱悶了起來。

尹熙謙放開了我的手，取而代之握住的是車門的把手。「喀嚓」一聲，車門開了。

「謝謝您送我回來。」

這就是尹熙謙最後對我說的全部的話。

啊。我試圖向正要下車的他伸出手，但他已經下車了。「砰」，門關上了，尹熙謙頭也不回地走進那破舊的房屋裡，我買給他的衣服好像在閃閃發光，而他進去的地方感覺就像是個不搭調的陰暗洞穴。

「……唉……」

身體靠上椅背的瞬間，就像是要傳達到尹熙謙身上一樣，我深深嘆了一口氣。他竟敢不回應我的話，我只是沒有說對不起罷了，道歉，這是在我人生中沒有過幾次的道歉，他卻頭也不回地走了。

即便如此，我也沒有生氣，只是覺得胸口鬱悶……

而且很痛。

有好一陣子，我的車停在那棟建築物前一動也不動，嘆著氣，一根接著一根地抽著無辜的菸，菸頭就這樣一個、兩個……被丟到車外。也許我正在等著，等著尹熙謙就像我第一次來他家的時候那樣，穿著破舊的衣服從那棟破爛的房子裡走出來吧。

但直到我把僅剩半包的菸全部抽完，不，甚至是在我抽完之後。

尹熙謙都沒有出來。

一個小時……不，好像睡了兩個小時，當我拿起放在床頭櫃上的手機，確認時間的時候，大概是六點左右。雖然好像沒辦法再入睡了，但也並不清醒的腦子裡，一如往常像是起了霧般灰濛濛的。我不想起床，感覺身體很沉重，頭也在痛。

反正今天是星期日。即使躺得再久也睡不著覺，最終還是會爬起來，但即便如此，我還是想再多躺一會兒。

我不知道這麼呆呆地躺了多久，隨著「喀嚓」一聲輕響，房門打開了。能做出這種事的只有一個人。

「進來吧。」

「……是我吵醒你了嗎？」

被我罵過一次後，就再也沒對我用過非敬語的金泰運雖然聲音有點怯懦，但還是用平語問道。「不，」聽到我小聲回答後，他走進房間打開了燈。

「頭痛。」

於是他熟練地翻起床頭櫃，拿出了止痛藥。我躺在床上，等金泰運拿來了水，便掙扎著坐起身，吃了兩片止痛藥。我重新躺回床上，金泰運祐用充滿擔憂的眼神，看著等待頭痛消退的我。星期日，難得的休息日，他卻主動放棄了，這一大清早就趕來這裡的忠誠心，究竟該說是值得嘉獎呢，還是該說是讓人煩躁呢，令人摸不著頭腦。

「楊絢智的派對上發生什麼事了嗎？」

終究還是問了。我讓他做的每件事他都想要追究，我前段時間到底是怎麼忍下來的？心情雖然不至於不快，可冷嘲熱諷的話還是蹦了出來。

「怎麼？你要向會長通風報信嗎？」

「……」

緊閉著嘴的金泰運的臉變得凶惡又僵硬，看著那張臉，我的嘴角勾起了淺淺的笑容。他憤怒的樣子很可笑，所以我笑了，但我笑出來的這個事實更讓我覺得好笑。我就是這樣的傢伙，若無其事地說出傷人的話，看到人們為我說的話而流血，我就會覺得很愉快，我就是這種個性扭曲的傢伙。

……只有一個人，

只有尹熙謙受傷的臉並不會讓我覺得好笑。

「……唉……」

我想起了雖然臉上的表情稍微變得柔和，最終卻沒有被我抓住，頭也不回地走了的尹熙謙。一想起那個背影，我的頭似乎就更痛了，胸悶、心臟被揪住的疼痛也隨之變得更嚴重了。因此，我只能吐出長長的嘆息。

「……因為我最近真的完全搞不懂你在想什麼。」

金泰運喃喃自語道。我實在無話可說，也覺得自己很難懂，就連我都不知道自己在想什麼，也不知道自己為什麼會這樣，又怎麼可能向別人解釋呢。我原本就是個感情起伏很大，上一秒像個瘋子一樣咯咯笑著，下一秒又會因為一個小小的契機而板起臉來，開始變得刁蠻，翻臉像翻書一樣快的人，從表面上來看，雖然我認為我現在的樣子並沒有什麼不同，但金泰運卻說我改變了。

「要不要請金博士來？」

「算了吧。」

不僅僅是安眠藥，連抗焦慮等精神科藥物我都不是沒吃過，但我討厭在既沒有醒來也沒有睡著的朦朧狀態下躺在床上，視野已經模糊不清了，卻依然無法入睡是件非常痛苦的事。在我吃了藥、表現出排斥反應後，就馬上換了醫生，換成了以諮商治療為主的醫生，但諮商治療是不可能有幫助的。就這樣輾轉於多名醫生之間，遇到的金博士是一名精神科醫生，他在藥物和諮商之間很好地抓住了重心，他的諮商也能讓我覺得舒服一些。

金泰運很喜歡他，因為金泰運的妻子在接受金博士的治療後好了很多。在經歷了愛情長跑後終於結婚的金泰運為了處理我的事情，不得不忽略自己的妻子，這對他的妻子來說是一件難以忍受的事情，甚至因此患上了產後憂鬱症。即使如此，接受了金博士的治療後，她現在已經恢復穩定，不過他們也分居快兩年了。

「你出去吧。」

「這是什麼？」

我叫他出去，金泰運卻把手伸到我身邊。我用視線追著他的手，看著他拿起了床上的某個東西，它散落在我躺下的位置上，只要轉過頭就能觸及的地方，是黑色的……

「外套？」

西裝外套。這種東西為什麼會在我床上？因為驚訝，我伸手抓住了金泰運手上的外套。在床上被弄得皺巴巴的衣服摸起來很粗糙，質感並不好。

「這該送洗了，還是我直接丟了？」

當金泰運這樣問起的時候，我抓緊手中的衣服，從金泰運的手上搶了過來。看向地板，果不其然有個倒了的紙袋，裡面裝在防塵袋裡的鞋掉出來一半，褲子和襯衫也都在裡面。

「你出去吧，我自己看著辦。」

金泰運用驚訝的眼神看著我，很快便離開了房間。「喀嚓」一聲，等門關上後，我再次躺回床上，手上還拿著那件西裝外套。

「……哈啊。」

我以前是個這麼愛唉聲嘆氣的人嗎？我不知道，但總是想嘆氣。因為深深嘆了一口氣，吸氣也變得更大力了。由於大口呼吸，一種陌生又有點熟悉的味道掠過鼻尖，我可以肯定自己並不討厭這個味道。最後我把那件衣服往上拉，把臉埋進柔軟的內襯裡，鼻尖在內襯上摩蹭，再次深吸一口氣，吐出氣，滲入衣服的體味充斥著鼻腔。

穿著我買給他的衣服的尹熙謙、朝我看來的烏黑眼眸、最終還是進了屋子的背影。

一想起這些，我的頭就變得更痛了。即使吃了止痛藥，頭痛也絲毫沒有減輕的跡象。

＊＊＊

日常生活就這樣過去了，不，回想起來，時間過得非常快。對於幾乎睡不著覺的我來說，一天雖然漫長到殘酷的地步，但在繁忙中度過之時，不知不覺間天氣就已經回暖了。當我從美國出差回來時，接觸到皮膚的空氣似乎沒有以前那麼冰涼了。長時間的飛行助長了我的疲倦感，身體沉重，眼睛也很痛，今天能睡好嗎？在出差之前，我定期會去醫院打安眠藥，好讓我能入睡，也能順便調整身體狀態，但在美國的十天幾乎都無法入睡。

金泰運要我馬上去醫院先睡一覺，但到達的時候是大白天，我不想靠藥物入睡，於是去公司上班了。到了公司後，祕書向我匯報了我不在的期間發生的事和找我的電話，如果真有什麼急事的話，應該就會馬上連繫我吧，所以這些是關於那些沒什麼必要性、優先程度不高事情的報告。

「還有，韓謙影視的韓柱成代表打電話來說想見您。」

「……韓柱成？」

「是的，似乎是有關於電影《洪天起》的事想跟您討論，要幫您安排時間嗎？」

《洪天起》，這是尹熙謙編劇、執導，現在正在拍攝的電影的暫定名稱。

「妳不知道是什麼事嗎？」

「根據我的調查，好像是在拍攝電影結尾前，和演員有了意見衝突，我想是楊演員……」

「啊啊。」

祕書話說得含糊不清，但我能理解情況，甚至還覺得有點可笑。因為看過我那樣作威作福的模樣，所以在那之後每次見到我都因為害怕而瑟瑟發抖。到底有多麼迫切，才會跑來連絡我呢？韓柱成當時的心情，應該是哪怕是根腐爛的稻草都想抓住吧。

「打給韓代表……」

什麼時候見比較好呢？我苦惱了一會兒，但迷茫呆滯的頭腦中根本不可能進行什麼合理的思考，從明天開始的行程都已經是滿的了，要是不能抽空見個面或是在深夜見面……啊，正好有空閒的時間啊。

「告訴他今天晚上一起吃頓飯，地點就由李祕書來決定吧。」

「理事……」

雖然金泰運試圖阻止我，但我還是舉起手讓他閉上嘴。如果要找空閒時間去見他，那恐怕要等到很久之後了，但是我也並不想為了見韓柱成而取消或延後其他行程。

「打電話給金博士，跟他說我會晚點到。」

我說的話讓金泰運閉上了嘴，雖然他臉上露出非常不滿意的神情，但即使從傍晚開始睡覺，凌晨醒來也會很痛苦啊，我並不是說不去，只是會晚點去罷了。最終，金泰運也無法違背我的意思。

從祕書那裡聽到與韓柱成約好了的消息後，我把身體深深埋進了椅子裡，其實我的後頸很緊繃，肩膀也很沉重。也許金泰運是因為知道我的情況，所以即便不睡覺，也希望我能躺著休息，但……我不想再等了。

一個月了。距離我最後一次見到尹熙謙，已經過了一個月。

雖然在美國生活並不意味著吃不到韓式料理，但祕書預約的餐廳還是一間韓式料理餐廳。當我推開門進去後，提前到達的韓柱成明顯十分緊張地坐在裡頭，然後猛然站了起來，一副非常緊張、害怕我的樣子。

「喔，好久不見，鄭理事。」

「是的，好久不見。請坐吧。」

「好、好的。」

直到我坐下為止，韓柱成都很不知所措，等我坐下後，他便坐到了我對面。點的餐點馬上就上來了，韓柱成一直是臉色發白、全身僵硬的樣子，而我則是一副毫不在意的態度，拿起溫暖的溼毛巾擦了擦手，並喝了口水。

「開動吧。」

「啊，好的。」

寂靜中只聽得見動筷的聲音，儘管如此，韓柱成還是一直在看我的臉色，沒能好好吃飯。您想見我是有什麼事嗎？他好像是很希望我能這樣問他，但現在還不是問的時候，至少要吃完半頓飯再提正事吧。再說，我已經猜到韓柱成會說些什麼了，所以我也沒什麼好奇的了。

如果他不是一個人來的，我也許會讓他輕鬆一些，但是當我拉開拉門，看到他自己一個人在等我時，我的心情就變得不太好了。

「這間是我祕書挑的餐廳，不合您口味嗎？」

韓柱成非常緊張地觀察我的臉色，當我故意指責他的態度時，他明顯嚇到了，顫抖著大力搖了搖頭。

「不、不是的！真的很好吃，非常好吃。」

他拿起勺子大口大口地吃了起來，正當我心想「這樣吃應該會噎到吧」的時候，不出所料，他突然開始像要噴出飯粒般，咳嗽著別過頭去。似乎是喘不過氣來，他邊咳邊拿起水來喝，這又讓他嗆到，繼續咳了起來，真是讓人無法不皺起眉頭，放下手中的筷子。本來嘴裡就跟吃了一把沙子一樣乾巴巴的，喝了茶也沒有胃口，但一看到他那個樣子，我就感覺再也吃不下去了。

「對、對不起……」

韓柱成滿臉通紅，眼裡含淚地低下了頭，又輕輕咳了幾聲，一副只要我再多說一句，他就會立刻跪在我面前的樣子。其實我並沒有直接對韓柱成下過手，所以我不知道他到底為什麼會這麼怕我。啊，可能是因為他在這個圈子裡工作久了，因此聽說了很多關於我的事情，才會如此害怕吧。

「喝酒會不會比較好？」

「什、什麼？」

「我的意思是吃不下飯的話，那喝酒會好一點嗎？要不我幫你點一杯吧？」

「不、不用了……」

他又瑟瑟發抖地說道。

「那個！如果鄭理事您想喝，不，我來招待您……咳!!咳咳、咳咳!!」

說著說著又被嗆到咳嗽的樣子，看了不可能讓人覺得心情好。

「我搞不懂你現在到底是想跟我做什麼。」

冰冷的話蹦了出來。雖然想努力忍住咳嗽，但最終還是忍不住咳起來的韓柱成忙著看我的臉色，這樣的人跟尹熙謙的關係好到能一起成立製作公司，甚至還能一起拍電影，如果關係真有這麼好，那不就該一起出席嗎？一個大男人在我的面前不知所措地卑躬屈膝的作態讓我十分煩躁，啊，其實在我面前表現出這種卑微姿態的人並不少，但我之所以會對他這麼反感，也許是因為沒睡好覺，神經緊繃的關係吧。

我暫時停下，等著韓柱成停止咳嗽，平靜下來。幾分鐘後，終於冷靜下來的韓柱成偷偷看了看我的臉色，滿是皺紋的額頭上滲出了汗水。

「說吧，怎麼了？」

我親切地問道。繼續跟他在這裡大眼大小眼沒有意義，我只想快點聽完正事離開。

「……那個……鄭理事……」

我都幫他鋪好路了，還是不開口的韓柱成分明是在考驗我耐心的極限。要不把桌子翻了，直接離開吧？可能是發現我的眼神變得凶狠，他緊閉眼睛，然後深呼吸，終於開口。

「請、請幫幫我吧。」

「幫什麼？」

我難道會不知道他來找我的理由是希望我幫他嗎？重點是要說是什麼情況，希望我怎麼幫啊。韓柱成似乎是下定了決心，即便聲音顫抖著，也沒有再支支吾吾，繼續說道。

「楊演員的父親……就是那位投資我們電影的楊源一社長，要求我們更改劇本。」

這件事從我聽到是有關電影結局的事情時，我就已經猜到了。

「……那部電影真是……鄭理事，您不也看過目前的劇本嗎？尹導演寫的劇本本身就是藝術品，只要能好好把感情線刻劃出來，就會是一部非常優秀的作品，就連普通的觀眾都無法不被打動的吧，只是……」

只是必須刻劃出這樣感情線的，最重要的主角楊絢智的演技力有未逮。即使不聽下去，也能知道韓柱成不忍說出的話是什麼。因為嘴裡有些發澀，於是我掏出菸來。韓柱成似乎是不知道該不該幫我點火，手和肩膀顫抖著，但我沒等他動作，便自己拿出了打火機點火，嗆人的煙霧瀰漫在整個空間裡。

「無論如何，其他問題尹導演都能自己解決，他有那樣的熱情，也有執導能力，雖然演員們會比較辛苦，但尹導演是能把演員最潛在的能力全都挖掘出來的人，他現在也是如此。」

呼。我沒有回應他的話，只是吐出了一口很長的煙。我已經從報告裡聽說過，尹導演在指導演員投入作品中，而楊絢智因為反覆進行的拍攝疲憊不堪，與尹導演的爭吵也變得越發頻繁。在我訪問之後，楊絢智似乎有暫時變得聽尹熙謙的話，但自從我去了美國後，就又開始變得目中無人，拍攝的速度也因此大幅減慢。

這就給了楊社長一個藉口。若是按照尹導演的拍攝風格進行拍攝，演員們會很辛苦，也會因此推遲拍攝進度，進而導致製作費出現問題。

「……但是只因為演員覺得辛苦，就要插手作品本身，這也太不像話了，不是嗎？如果理事您有看過的話應該就會知道，電影的完成度在於它的結尾。」

迫切吐露心聲的韓柱成動了動，調整坐姿，誠懇地拜託。

「那部電影對尹導演來說，真的是如他的命一樣。鄭理事，拜託您了，拜託……

請您務必幫幫我們。」

他跪在了我的面前，我並沒有要求他這麼做，但我也很清楚這不是尹熙謙指使的。他為了尹熙謙的電影，低頭跪在了比他年紀小很多的我的面前。

尹熙謙是這樣的人，是那樣的人。說得好像非常了解他一樣，為了他連自己的自尊心都可以捨棄。聽說兩個人同甘共苦很久了，讓尹熙謙開始演員生涯的是韓柱成。尹熙謙失去演員身分後，做著各種工作的同時，重新回到導演組，抽空進行電影工作的五年間，幫助照顧著他的也是韓柱成。

「求求您……」

但我為什麼會對這種情況感到不爽呢？

在我面前低聲下氣的韓柱成，讓我不禁感到無比不快。

「可是我明明聽尹導演說他並不想靠別人拍電影啊。」

我掐滅菸頭的心情非常糟糕，但說話的語氣卻輕浮如常，反而還露出了笑容。

「……那是……」

「難不成是尹導演在人前這麼說，在人後指使韓代表做這些事的嗎？要你來我面前下跪，求我幫幫你們的嗎？因為他本人自尊心的關係，所以他自己辦不到是嗎？」

「不是的！尹導演絕對不是那樣的人！絕對不是這樣的，理事。如果尹導演知道我今天要來見理事您，他是絕對不會讓我來的。老實說，就算是委婉跟他提到，他都會很生氣。但是，理事，我太了解楊社長這種蠻不講理的人了，我們會無法貫徹自己想法的，這樣的話電影就會完蛋的，會完蛋的呀。」

『據說她是朝鮮時代唯一的女性圖畫署畫員，是一位絕世美人。相傳她曾擔任過七品畫師，但沒有畫作留存至今。』

這是一部想像著僅留下少許紀錄的朝鮮前期女畫家——洪天起的人生而描繪出的電影。她對於繪畫的熱情為主要內容，雖然政治形態、不平等的法律和男女差異等形成了外在的矛盾，但實際上電影所展現的是洪天起這個人的成長。結局絕對不能說是圓滿，但是主角在經歷悲歡離合後，流下盈滿滿足感的淚水作為結束的最後一幕，將會是震撼人心的結局。可以說是多元化的作品，但也是無論是誰都會被感動，能引出觀眾感情的大眾取向電影。

但我不是一開始就說過了嗎？這對楊絢智來說，太勉強了。

「鄭理事您不也是……投資了不少錢嗎？」

韓柱成用低沉的聲音喃喃補充道。如果結局失去概然性，以圓滿結局不了了之的話，最終電影將會失去票房和藝術性。就算藝術性與我無關，但如果失去票房，別說是利潤了，就連投資金都拿不回來，韓柱成是指出了這一點，慫恿我出面。

「我投資的占比不多，你不是也知道嗎？」

並不是說投資的資金少，所以可以浪費，而是我很難介入。

楊社長之所以可以改掉結局，是因為楊社長和他那邊的人投資的股份超過了百分之五十。這樣的立場，不僅能對製作公司施壓，甚至可以隨意指使導演。如果尹熙謙不按照他們意願行事的話，甚至能將他趕下導演的位置，如此一來，尹熙謙可能就會失去對作品的所有權力。

「即便如此……鄭理事您在業界……很有影響力不是嗎？」

韓柱成用迫切的表情看著我。

「請您幫幫尹導演吧，不，請救救我們的電影吧。拜託您了，理事，拜託您和楊社長說句話吧，請您跟他說，希望能按照您看到的劇本那樣拍攝就好，我懇求您幫幫我們了。」

我只是看著他，沒有回答他。韓柱成低下了頭。而我只是再次掏出一根菸，咬在嘴裡點了火。

「尹導演現在每天都受到楊社長的折磨……他在拍攝中途被叫回首爾，導致這週幾乎沒辦法拍攝，甚至現在也被他纏著。」

「……尹導演……現在在首爾嗎？」

面對我的提問，韓柱成陰鬱地點了點頭。我強忍著不嘆出氣，能想像到楊社長會如何逼迫他，強迫他改結局。他恐怕今晚就會想要得出結論，因為他知道我今天會從國外的出差中回國。

韓柱成的手機剛好響了起來。從懷裡拿出手機確認來電者的韓柱成臉色發白，連握著手機的手都在瑟瑟發抖。

「是、是楊社長打來的……」

韓柱成幾乎都要哭了。

＊＊＊

演員尹熙星，作為電影導演尹熙謙華麗回歸。

從標題開始就被吸引住視線的人應該不只我一個人。用手機打開瀏覽器後，我無法將視線從網站首頁新聞欄上的標題移開。我點進新聞裡閱讀文章，內容是在說因毒品派對引發社會爭議的演員尹熙星，將以本名尹熙謙、電影導演的身分東山再起，同時還對電影《洪天起》（暫定名稱）進行了簡要的介紹，提及了登場的演員，是一篇簡短的報導。尹熙謙、尹熙星、《洪天起》這幾個並列在關聯關鍵字中，不管搜尋哪個，都會有關於演員尹熙星作為導演出道的報導出現，下面則是有關他過去是什麼樣的演員、出演過怎樣作品的新聞，也有關於毒品派對的報導。過去五年了，被大眾遺忘的事情再次浮出水面，報導上的留言不容小覷，網路上的爭鬥更是骯髒不堪。故意排除對對方的理解，假裝有邏輯地提出的主張最終還是強詞奪理，無論是袒護尹熙謙的一方，還是辱罵、嘲弄尹熙謙的一方，最終判斷正確與否的依據都只是感情，而不是理性。

他們不知道「事實」，也不想知道。

就這樣，我一邊抽著菸一邊讀著報導時，有電話打來了。原本只想抽一根菸的，但好像得繼續再抽一根了，扔掉菸頭，用皮鞋踩了一下後，我接起電話。

『理事，向您報告，今天的拍攝結束了，楊演員回到了首爾。』

打來的是向我報告楊絢智一舉一動的男人。尹導演呢？我正在點著嘴上叼著的煙，所以發音有點模糊，但因為這是我總會問到的問題，男人聽懂了便回答：

『他也回到首爾了。』

回首爾了。是回家了還是去哪裡了？當我因為男人毫無意義的回答，神經質指數悄悄升高的時候。

「哎呀，載翰。」

有人叫了我的名字，因為是熟悉的聲音，我轉過頭吐煙的瞬間便和對方對視了。是安賢珍。

「你也在這裡有約嗎？」

睜圓眼睛詢問的她身後，打扮得花枝招展的女人們聚在一起，偷看著這邊。年齡看起來與安賢珍相仿又或是更大一些，我記得這些臉龐都是被介紹為是某位的妻子。

「……是有聚會嗎？」

「對，我們是一起參加志工活動的人。」

女人們笑著向我打招呼，我也略略點了點頭。這麼說來，我把離婚問題交給金泰運處理後，太忙碌就沒去在意這件事了。出差前，金泰運提起了這件事，並提議先告知鄭會長後再辦理手續，但我還沒有說。和安賢珍的婚姻也只不過這樣而已，一忙起來連自己已經結婚的事實都會忘記。而離婚起來也非常輕鬆，我甚至是直到見到了安賢珍才想起來還有這麼一件事。

「你今天幾點回來？」

這麼一想，我已經有一個多月沒有回老家了。因為還要提離婚的事情，所以得回去一趟。

理事？

直到聽到耳邊響起的微弱聲音，我才意識到自己仍以接電話的姿勢站著和安賢珍說話。我先掛了，我簡單說了一聲，這才掛斷了電話。

「我今天就不回去了。」

「啊……好吧，工作之餘也要記得休息一下，別傷到身體了。」

她帶著深情的目光，笑容中流露出對我的擔心和愛意。這個女人是不是也該去演戲呢？如果是平時，我會刻意跟她有小小的肢體接觸，讓她能在那些愛閒言碎語的女人之間更有氣勢一點的，但我現在並沒有這麼做，因為沒必要去照顧那些早晚會被處理掉的人。

「那個，鄭理事。」

那群女人中的其中一人突然冒出來向我搭話。從安賢珍變得銳利的眼神來看，她應該是在聚會中與安賢珍關係不好的女人，好像是某個房地產財閥的妻子吧。是全身散發著暴發戶的味道，一副趾高氣昂的樣子，所以讓我不太喜歡的男人的妻子。

「聽說尹熙星的電影是TY負責發行的？我還聽說理事您也參與了投資。」

「是的，是這樣沒錯。」

「您有親眼見過尹熙星嗎？我先生說你們兩位還會一起吃飯呢。」

她到底是想說什麼？看到我沒有回答，只是直直地盯著自己，女人帶著卑微的笑容繼續說道。

「呵呵，您能邀請他來我們的聚會一次嗎？我從以前開始就是他的粉絲了。」

「粉絲？」

「是的，您不覺得尹熙星很帥嗎？他現在還像以前一樣那麼帥嗎？我從以前就很想見他本人一面了，但實在是沒有辦法。」

無論怎麼看，她都是個年過四十的女人，如果會保養，又做了很多醫美，還是看起來有四十歲的話，那真的難以想像她實際的年齡到底是幾歲。啊，當然了，既然是藝人，有粉絲或許是值得感謝的事情，也許他會很感激自己沒有被遺忘。

但現在尹熙謙算是藝人嗎？

不是尹熙星，而是尹熙謙，現在的他以電影導演的身分生活著。想去看電影不是因為被電影感動了，而是因為導演長得帥？既然五年前長得很帥，現在應該也還是很帥，那過去的五年間他也會是帥的吧。如果想見他一面，那麼在過去五年間他還默默無聞的時候，反而會比較容易見上一面。妳卻對墜落谷底的尹熙謙一點都不關心，現在等他再次成為人們的話題，就想見他一面了？妳不會對自己只追求名氣的膚淺感到羞恥嗎？從我對她感到反感開始，不快的情緒一發不可收拾。連感到羞恥都不知道，就想要把他叫來一次？媽的，尹熙謙是什麼應召女郎嗎？叫他來，他就得來？還有，我就這麼可笑嗎？竟敢向我提出這種請求。

「如果尹演員很忙的話，今天短暫見一下也不錯，呵呵。他在首爾嗎？正好今天我們都聚在一起了。」

從依然嬉皮笑臉撒嬌的女人眼神中，我讀出了她對尹熙謙淫蕩的欲望。

「搞什麼啊，這賤女人。」

「……!!」

「……什、什麼，什麼，你說什麼？？？！！！」

連安賢珍都被我嚇了一跳，被我毫無顧忌做出評價的女人嚇得大叫，看上去就快要倒下了。我沒有看她一眼，只看著安賢珍對她說道，流瀉而出的聲音冷冰冰的。

「別跟不是人的東西說話，會掉價的。」

安賢珍和女人的臉都瞬間變得蒼白。我背對著那些女人們回到裡面，心情非常糟糕。

問我尹熙謙現在在首爾嗎？是啊，據說他是在首爾沒錯。就是她在我聽報告的途中跑來跟我裝熟，害我沒能要對方幫我打聽他在哪裡，所以搞得我現在也不知道尹熙謙到底在哪裡了。

我拿出手機找到了他的電話。要打電話給他嗎？要不要就說「聽說你回首爾了」

假裝若無其事地打給他？還是傳個簡訊給他吧？

我沒有走進房間，只是呆呆地站著，視線停留在手機螢幕上。

「因為演員演技不好就要更動劇本，您覺得這像話嗎？」

在散發著難聞氣味的建築中，像雞窩一樣只有一間房間的狹窄辦公室裡，從沒有進行隔音處理的門那邊傳來的激昂聲音，是尹熙謙的聲音。尹熙謙正在發火，這和我說「嫖資」之前，他對我發火的情況又不一樣了。直到這時我才隱隱察覺，他當時可能不是在對我發怒，而是到了會讓我以為他在生氣的程度，尹熙謙的聲音裡充滿了火熱的深厚感情。

楊社長的聲音，想要圓場的韓柱成的聲音，還有充滿憤怒、顫抖著的尹熙謙的聲音交織在一起，讓我的耳膜非常難受，我不得不體驗到了透過耳膜，就連大腦也受到了拷問的感覺。隨著楊社長的「不然就把導演換掉!!」的喊聲，這種噪音漸漸平息了下來。

幾天後，變更後的劇本被送到了我這邊，拍攝也重新開始了。

而我並沒有介入這一連串的事件中。

第6章

尹熙謙作為導演拍攝電影的報導對電影宣傳很有幫助，因此這應該是行銷部作為宣傳手段而發布的報導，但消息來源並不是TY娛樂宣傳部提供的，看來楊社長似乎是很想讓電影大賣，這也難怪，畢竟包括他和他的熟人們在內，投資金額已經超過了三十億韓元。尹熙謙、《洪天起》等關鍵字已經在各大搜尋網站的熱門搜索詞中上了榜，且持續幾個小時都沒有掉下來的跡象。而尹熙謙拍攝的獨立電影也隨之成為了大眾好奇的對象，從先前的女人態度就可以看出來，尹熙謙的復出得到的反應是相當正面的。

雖然之前有可能因為忙於拍攝而不曉得，但我想尹熙謙現在應該也知道自己的名字成為了的熱門話題。他會有什麼感覺呢?又會有什麼樣的想法呢?

看著破舊的房屋，我無法停止這樣的想法。推測應該是他家的房間窗戶上沒有透出一絲光亮，我望著那扇窗戶，甚至連車都沒下。憤怒的聲音、無力的聲音……這些都像幻聽一樣在我腦海中交織，今天讀過的報導從我的腦海中一閃而過。

不知道是在家裡睡著了，還是出門了。如果出門了，也不知道他在哪裡、什麼時候會回來，腦海中思緒紛亂，就連胃裡都一陣翻騰。心中鬱悶而緊繃的不快心情，現在感覺就像是從我出生以來就擁有的缺陷一般。

我仰起頭靠在汽車座椅上，長嘆了一口氣。他媽的，我現在到底是來這裡做什麼的，明明打通電話就可以了，明明是這麼簡單的事，明明可以直接回去的，可我為何如此好奇尹熙謙現在是什麼樣子的呢……？

咚。

這時，有什麼東西碰撞到窗戶的聲音響起。我獨自陷入沉思，聽到聲音嚇了一跳，回頭一看，看到了擋住窗外橙色路燈燈光的某個黑色東西，那個看起來圓圓的是……人的腦袋。那個腦袋稍微動了一下，瀏海下的眼珠轉向我時，我就知道那是誰的腦袋了。不，會對我的車子這樣做的人也只有他一個了。

現在在窗外將頭稍微抬遠一些，看著我的人是尹熙謙。

「……」

透過窗戶，我能看到他的嘴唇動著，好像是想要說些什麼，卻沒有發出聲音，嘴唇就閉上了。我看著他打開了車窗，嗡嗡，隨著這樣的聲音，玻璃窗滑動著降下，隱沒在窗框中。

當外面的寒風吹進車裡時，我嚇了一跳，可我並不是被風的寒氣嚇到，而是吹來的風中夾雜著濃烈的酒精味，讓我嚇到了。

「……你喝了酒？」

尹熙謙沒有回答，而是抬起了手。在他手裡的黑色塑膠袋中，綠色的瓶子堆在了一起。他的眼睛只睜開了一半，這絕不是我的錯覺。

「您要進來嗎？」

尹熙謙問道，並直起為了從窗戶間看向我而彎下的腰。我沒有回答，而身體已經搶先打開車門出去了。

我上一次來的時候，尹熙謙乾淨整潔的家裡髒亂的地方只有客廳的桌子，可今天就連餐桌也亂七八糟的，不知道是不是他一個人喝的，餐桌上已經有兩個空的燒酒瓶了，還有一包被打開的點心。他似乎是只點著餐桌上的一盞燈在喝著酒的，家裡也瀰漫著燒酒特有的酒精味。

在我坐下之後，尹熙謙拿出一個不能被稱作是燒酒杯的玻璃杯，就連他自己用的都是馬克杯。他打開一瓶燒酒，往我的杯子裡倒了半杯，然後把自己的杯子倒滿，連乾杯都不做，直接就像喝水一樣灌了下去。

「……這樣太傷胃了。」

酒杯空了，他又接著「咕咚咕咚」地斟滿了燒酒，最後我不得不阻止他。我用手握住酒瓶，搶了過來，只往他的杯子裡倒滿三分之一。在我動作的期間，尹熙謙的視線都投向我，也許是因為酒勁消散，所以他的眼神沒有之前那樣冰冷、鋒利。

但他的眼神中流露出悲傷。

「是因為電影結局才這樣的嗎？」

「……鄭理事也……收到新劇本了啊。」

痛苦終於降臨在他醉意朦朧的臉上，低垂著扭曲臉龐的尹熙謙用手掌摀著臉，長嘆了一口氣。呼。呼出的氣息中瀰漫著酒精的氣味。

「……對不起。」

「……？」

那一瞬間，我真的慌了。因為那是我從未預料到會從他口中聽到的話，什麼對不起？我真的不知道在這個時候他為什麼要向我道歉。我沒有碰一滴酒的頭腦已經僵硬到無法思考的地步了，不，光是聞著尹熙謙呼吸中的酒味，我似乎就已經醉了。

「……電影，會完蛋的。」

尹熙謙嘆了口氣，不斷揉著自己的臉。在痛苦之下，他慢慢搖了搖頭，搓揉額頭。

「別說是投資金了，可能連製作費都賺不回來了。」

他直到最後都還是無法直視我的眼睛。

我這才明白他向我道歉的理由。原來他是因為造成我金錢上的損失，所以才為此向我道歉的。

看到修改後劇本的瞬間，我不禁嗤之以鼻。因為最終變成了新派的幼稚愛情故事，成為了沒有畫畫也沒有自我反省，就只是個毫無顧忌地為愛情拚命，被男人救贖的灰姑娘故事。無視一直延續到中間的感情和緊張感，氣氛完全變了，甚至改變了電影本身的類型。就連我也能預料到電影票房的慘況，如果他無法預想到這點才奇怪吧。

「……尹導演還是擔心自己的職業生涯吧。」

我的語氣有點尖銳。因為，雖然預想到了他拍攝的電影會失敗，但我從未想過會從尹熙謙口中聽到道歉。

「我本來就沒什麼職業生涯可言，但鄭理事您不是從沒有在電影投資上失敗過嗎？我……真的很抱歉。」

不，因為我不認為這是他應該道歉的事。

尹熙謙用一隻手揉著臉，低下頭的樣子深深烙印在我心中。酒都還沒喝一口，肚子就開始翻騰起來，隨之而來的是一種揪心的鬱悶感。

不，這種感覺似乎與刺痛更為相似。

亂糟糟的黑髮，晒得比以前更黑了一點的皮膚。他額頭上加深的皺紋代表著他的痛苦，緊閉的雙眼上睫毛微微顫抖著。不會是哭了吧？我被嚇得心驚膽顫，穿過餐桌把手伸向他，拉開他正揉著臉的手，用手指和手背揉了揉他的臉頰。從顴骨揉到臉頰，再輕輕抬起他的下巴，尹熙謙毫不抵抗地抬起頭來，他的視線這才第一次與我對上。

他那雙飽含著痛苦和陰鬱的烏黑眼眸猶如泥潭一般。一股毛骨悚然的感覺從我後脊襲來，如同跌入泥濘一樣，又或是說，心情宛如逐漸陷入沼澤般。無論我怎麼掙扎，都會有好像被某種黏稠、沉重，而且潮溼的東西吸進去的感覺。我心煩意亂，胸口刺痛，第一次在螢幕上看到演員尹熙星臉上的燦爛笑容時也有這種感覺。男人在笑，臉上散發著光芒，而我卻痛苦得喘不過氣來。他讓我呼吸困難，就好像是擁有了什麼不該有的東西。因為感受到了威脅，所以我才想，那就去踐踏他吧。

再次相見時，我也感受到了同樣的痛苦……又或者是恐懼。在尹熙謙直視我的目光中，我的心一下子就掉到了地上，被摔得粉碎，而那個空位上只留下了沉悶的感覺。

「……對不起。」

尹熙謙一邊嘆著氣一邊道歉，同時握住了我的手，開始依次親吻我的手背、手指，然後將我的手掌貼在了臉頰上磨蹭。

他根本不知道，這是一雙把自己推向地獄兩次的手。

面對仇人，卻像是在舉行什麼神聖的儀式般，愚蠢的存在。我是一個會在內心嘲笑這種存在的人，如果是在過去的話，我還會很享受欺騙的事實被揭發的那一刻。看到在我面前被踐踏，只剩下一口氣，像蟲子一樣瑟瑟發抖著的人們，我就會覺得很快樂。因為我有這樣的力量，而且這在我的世界裡是理所當然的。我從未體驗過絕望，卻很享受於見到他人陷入絕望。

也就是說，其實現在的情況從一開始就在我的意料之中了。

從楊絢智被選中出演這部電影的那一刻起，尹熙謙會因為無法按照自己的想法拍電影而絕望，票房的慘敗，還有作為導演的人生也會因此毀掉的事，我早就都知道了。楊源一社長認為吸引人們去電影院的不是作品的內容，而是大眾性和行銷手段，所以很明顯，他肯定會虎視眈眈地盯著更改劇本的機會。我甚至根本就不期待這種人能理解尹熙謙所製作的電影之細膩。

就連投資也是一種權力遊戲，因為誰都不想虧錢，所以很多人都想以自己出了錢為由，想要插手作品。投資比例越高，就越會想要介入，而且也更容易介入。甚至也有一些人會為了想要擺布一切而投資更多的錢，就像那個楊社長一樣。

那天，在又小又髒的辦公室裡談論投資提案的時候，楊社長觀察著我的臉色。他所期望的當然是我也一起投資，我認為我的行為足以證明我並沒有與尹導演結仇，反而還很看好他的電影。無論是多是少，我投資的比例不重要，如果我投入了大量資金，那就代表我對這部電影的票房十分看好，這對楊社長來說沒有損失。但楊社長卻希望我投資很少的錢，取而代之的是把自己的熟人也拉來投資，把他們的投資占比拉到全部投資金額的一半以上，最終的目的是創造他可以隨心所欲地掌控電影的情況，原因就是這是他女兒楊絢智主演的電影。當然，這其中也包含了對我這個年輕人的不信任和厭惡。

我很清楚這種情況，所以我也曾考慮過要花多少錢。

只是在這當中，並沒有要拍出一部好電影的苦惱。反正我本來就打算讓電影完蛋，只是差在要讓楊社長搞砸，還是用我的錢親手毀了電影。

當時，我選擇的是不親自動手。

不僅如此，雖然簽訂了發行合約，但我其實連讓它在電影院內好好上映的想法都沒有，因為我知道拍出來的肯定會是一部爛片。如果是為了這個，我可以隨隨便便花掉幾億韓元，而且我也有信心能以這些錢作為藉口，讓尹熙謙無法東山再起。我想這會成為我的快樂……我曾經是這樣想的。

「我的事情我自己會看著辦。」

「……」

「尹熙謙先生……」

正如他所知，我很有挑選作品的眼光，而且即使我向現場施壓，讓他們拍出我想要的作品，最終的結果也會是好的。因此，甚至有人用「邁達斯之手」這個幼稚的名字來稱呼我。

但是，我不認為因尹熙謙的作品而讓我的履歷沾上汙點會代表失敗。永遠只製作出賣座電影是不可能的，無論何時，我都有可能會經歷失誤或失敗，而我認為讓尹熙謙的電影作為這個開始，並不是一件壞事。因為我想要成為就連失敗也由我自己掌控的那種人。

還有，尹熙謙擔心我連投資金都賺不回來……那幾億韓元對我來說，不過是筆小錢罷了，而且那還是我鄭載翰個人持有的投資公司的資金，對我的事業並不會產生影響。發行合約也是沒有損失的買賣，最終虧錢的只是我鄭載翰個人，如果想賺回這筆錢，那完全賺得回來。

我沒有介入任何事情，卻像施恩似的給了他一個拍電影的小小機會，而最終的結果在我的意料之中，也是我所希望的結果。

我想踐踏他，所以踐踏了。

「你希望我去找楊社長嗎？」

我的嘴逕自動了起來，看著不求助於我的他，我的心一陣刺痛，像是被什麼堵住了似的，心裡很悶。沒有如願以償的滿足感，只有不快感。

我以為這會為我帶來快樂，我才開始這件事的，結果卻一點都不快樂。

然而，聽到我的話，尹熙謙的眼神變得有些銳利，心情看起來變得很糟。我並沒有諷刺他，也沒有嘲弄他，為了讓我自己聽起來不像在不高興，我用不像我的溫柔語調跟他說話。

「雖然那邊投資的比例比我多，我的權力不如楊社長大，但如果我向他開口，他是沒辦法拒絕的。你也知道，他一直想讓我離婚，跟楊絢智結婚。」

在我說話的過程中，尹熙謙握著我的手逐漸用力，甚至到了讓我覺得有點痛的地步，我皺著眉想把手抽回來，但尹熙謙沒有放手。

「請問……」

握著我的手的力道減弱了，尹熙謙把握住的手放在餐桌上。雖然陰鬱和痛苦有所緩解，但取而代之的是憤怒的視線緊盯著我。

「您是來安慰我的，還是來嘲笑我的？」

我一時間答不上來。

鄭載翰本來不是個不知道怎麼安慰人的人嗎？我是來見證他因被踐踏、崩潰而痛苦的樣子的，這次來到尹熙謙的家門口，也是想確認他這個樣子。不，我是想要這麼認為的。

「……我是來……安慰你的。」

但我無法嘲笑尹熙謙。

在我回答的瞬間，尹熙謙的眼睛在微微顫抖，是我的錯覺嗎？我不知道。在我說出是來安慰他的那一刻，不知為何，我心裡的不快少了一些。不，應該是在我問出要不要出手幫忙，看到尹熙謙變得銳利的眼神時，鬱悶感就有些消失了。因為我在心裡隱隱約約地想，他是不是也想從我身上得到什麼好處，才來巴結我的。

尹熙謙站起身來，手保持牽著的狀態彎下身來。彎著腰靠過來的他迫不及待地咬住我的嘴唇。酒精味撲鼻而來，但我並不討厭。我的嘴唇被柔軟的唇瓣含住，溼熱的舌頭掃過唇齒縫隙，碰到了牙尖，然後擠進嘴裡。我欣然吸吮著他的舌頭，接吻溫柔到可說是甜蜜的，他的舌頭在我的嘴裡遊走，帶給人一種刺激感，而我也把舌頭伸入他的嘴裡，與他舌頭纏繞。不知道是誰在安慰誰，溫柔的親吻持續了很久。

當他的嘴唇隨著「啾」的一聲離開時，我為了繼續吻他，再次找到了他的嘴唇。尹熙謙的吻如羽毛一般「啾、啾」地輕輕落下，同時解開了我的領帶。

他和我中間隔著一張餐桌，可能是覺得礙事，他拉了拉我仍然緊握著的手，我被他牽著從座位上站了起來，帶到了臥室。他的手臂纏繞在我的腰上，胸膛相碰的瞬間，耳邊開始發熱，身體也變得滾燙。我沒有開始接吻的記憶，但我們正在接吻。明明喝醉的人是尹熙謙，可我覺得自己也醉了。腦海中錯綜複雜的想法去哪裡了？如今我的腦子裡只剩下性欲了。

「哈……」

當我的手鑽進襯衫下撫摸他的肌膚時，尹熙謙小小呻吟了一聲，吐出一口氣。手掌下面的肌膚又熱又結實。因為襯衫很礙眼，我伸手拉了一下他的衣襬，尹熙謙馬上就把襯衫脫了，接著開始解開我的襯衫釦子。在這期間，我解開了皮帶釦，鬆開鉤子，拉下褲子前的拉鍊。西裝褲管輕輕擦著腿，瞬間「啪」的一聲掉在了腳邊。尹熙謙仍然在和我的襯衫鈕釦搏鬥，我用手抓著襯衫，左右用力一扯，「啪噠」一聲，釦子被扯掉彈了出去。可能是因為我的行為有點過激，尹熙謙瞬間睜大了雙眼。

「……真是要瘋了。」

他好像在輕喃著什麼，但那句低喃小聲到傳不進我的耳裡。他將我身上的白襯衫褪下，嘴角掛著微笑，眼神也非同尋常，如喝醉了般笑著，但是眼神裡分明燃燒著某種欲望。

尹熙謙將我推倒在床上，把身上穿著的運動褲和內褲一起脫下，赤裸著身體爬上了床。他毫無顧忌的手搭在我的腰上，勾住我平角褲的上方，一把扯了下來，襪子也一起被扯掉了，被隨意地丟在了地上。

尹熙謙不再笑了。他著急地把嘴唇埋在我的皮膚上，就好像受不了了似的，而我也和他一樣著急。

「啊……！」

冰涼的潤滑液不由分說地被塗在了下身。尹熙謙分開我的雙腿，在兩腿之間固定好自己的位置，把沾滿潤滑液的手指直接往裡面送，指節撐開皺褶插進來了。在吸氣的瞬間，尹熙謙的嘴唇堵住了我的嘴，舌頭順著黏稠的唾液滑了進來。與一直以來溫柔多情的親吻不同，他吻得很粗暴，稱得上是侵犯口腔的粗魯親吻接踵而至。

「哈……呃……！」

每當嘴唇落下時，我都會無法控制地發出呻吟。尹熙謙遊走在下身的手讓我非常難為情，可每當深入裡面摳搔的手指觸碰到內壁某個地方時，眼前就會落下雷光。身體不停地顫抖，下腹反覆緊繃，皮膚下面癢得讓我想把皮剝掉，我已經勃起很久了。

當我快喘不過氣，轉過頭躲開他的嘴唇之時，尹熙謙從我身上離開了。

「……！」

然後他的嘴唇直接含住了我的性器，他吸吮到臉頰凹陷，性器消失在他的嘴裡。

「呃……!!」

他吸得彷彿是要吞下去一般，所以我不由得呻吟了起來。眼前一閃一閃的，即使睜開了眼睛也什麼都看不見。我不由自主地抬起腰，身體顫抖著。手指不停刺激著後面，比起擴張，他的手指更是在直接按壓我有感覺的地方，就像那天在飯店裡見面，我揍了他一頓之後，強迫他為我口交時那樣。

好像快被體內的熱氣吞噬了，不知道是在性器、下腹又或者是後穴，某個地方有熔岩般的東西正在沸騰，燃燒著整個身體，大腦好像要黏糊糊地融化了。既想把張開的腿闔起來，又想把腿張得更大，毫無頭緒地沉浸在快樂之中，腦袋發暈的快感讓我不知所措，身體顫抖著。下身緊咬戳進來的手指，在吸吮的嘴唇中等待即將迎來的高潮。在恍惚的境地來臨的瞬間，身體和頭似乎都要爆炸了，這種感覺甚至讓我產生我的頭說不定真的要爆炸了的想法。

「呃……呃……？」

但就在那之前。在水壩洩洪，好不容易就要讓數千噸的水像海嘯一樣傾瀉而下的那一剎那。尹熙謙一下子收回嘴唇和手指，興奮和快感的程度有所減弱，這使我非常驚慌。直到堅硬而炙熱的肉塊抵在我屁股上摩擦時，啊，才感受到另一種意義上的緊張。尹熙謙不停磨蹭著後穴，溼漉漉的性器像是要插進來似的，抵著潤滑液有些乾了的下身。

但是，尹熙謙就這樣暫時停住了動作。我詫異地看向他，他說：

「我家沒有保險套。」

那句話讓我不得不嘗到了陌生的滋味。第一個想法是「不行啊」，即使是我上別人的時候，無論對方是男是女，我都會使用保險套，如果不是真的醉了，就一定會用。安賢珍是唯一一個我有意識地在沒有保險套的情況下做愛的人。但是現在連我都沒有帶保險套……

「……！」

尹熙謙可能是讀懂了我的矛盾，用力地用性器磨蹭了我的下面。粗大的龜頭像是要穿透後庭似的摩擦著皺摺。我全身發癢，身體因期待感直顫抖起來。

「直接……」

我伸出手，摟上尹熙謙的脖子說道，低沉的聲音就像是耳語。

「直接做吧。」

媽的，誰會相信呢。這是我時隔一個月的性愛。不，上次和尹熙謙做愛是我最後一次做愛，所以已經超過一個月了。在沒見到他的期間，我連做愛的想法都沒有，有欲望的時候，也只會想起尹熙謙，覺得後面有些搔癢罷了。

從那以後，冷卻下來的氣氛現在終於緩解，我的身體變得滾燙，開始瘋狂地想做愛。許多想法在腦海中閃過後又消失。我什麼都不做，反而讓尹熙謙吃盡了苦頭、尹熙謙的痛苦、如果是我，很容易就能幫上忙，這些想法都被沸騰的欲望淹沒了。我到底想對尹熙謙做什麼呢？是想毀掉他，還是想讓他消失在我面前，還是……

關於尹熙謙的報導出來了，下面無論是辱罵還是友好的留言，我都不喜歡。我還是覺得他乾脆不要拍電影好了，但看到他陷入痛苦的臉，我一點都高興不起來。該怎麼辦才好？那些苦惱和矛盾，讓我的腦海真的是一片複雜。

啊啊，現在全都消失了。

尹熙謙也抱住了我，被他抱在懷裡觸碰到的皮膚滾燙。保險套什麼的我不管了，說不定直接進來感覺還比較好，在這樣想的一剎那。

「呃唔……！」

肉棒開始開拓體內，這和手指插進來的感覺完全不同，我一下子緊張到全身僵硬。抱著尹熙謙的手臂不得不開始用力，尹熙謙更加用力緊抱住我的身體，親吻了我。他的嘴唇落在臉上各處，臉頰蹭著我的臉頰。隨著內臟被擠壓的感覺，他的陰莖逐漸往裡面滑入，當他的肉棒深深地插入我雙腿之間的時候，我連呼吸都感到吃力，不得不大聲喘氣，下面熱得好像要融化了。

「呼，理事……」

低沉的聲音傾瀉於耳邊。耳際一陣酥麻，眼角發熱。

「呃呃……」

滾燙的生殖器撐開了下面，席捲全身的熱氣讓人難以忍受。我不自覺地搖著頭，扭著身體，試圖抽離插進體內的性器，尹熙謙緊抱著我的身體，活動著腰部。與過去一開始總是慢慢動著不同，他今天連腰的動作都顯得格外急躁。隨著拔出的陰莖深深插入，再次反覆拔出插入，眼前也變成白茫茫的一片，精神變得恍惚。下面緊咬住進出體內的性器，就連尹熙謙在我耳邊呼出的粗重呼吸聲都令我眩暈。

「呃，啊！唔呃！」

他的動作很激烈，就像是巨浪來襲一樣。他如漲潮和退潮般反覆進出我的身體，像拍打岩壁的波浪激情地摩蹭著內壁。每當他往上一撞，我的身體就會被往上一頂，尹熙謙緊緊地抱著被往上頂去的我，拉下我的身體，繼續動著腰部。

「哈啊……！」

尹熙謙非常執著地只往一個地方捅去。每當龜頭前端刺向內壁，肉棒摩蹭著搔過內側時，從體內到性器都會傳來一陣令人無法忍受的刺激，渾身就像雷流流過般麻酥酥的，感覺就要瘋了。即便如此，身體還是非常火熱，胸口熱得就像吞下火球一樣，下腹和骨盆內側都僵硬到疼痛的程度。讓頭腦沸騰的強烈快感持續著，到極限了，甚至連交合之處摩擦引起的疼痛和骨盆張開的痠痛，也讓我感受到無比的快樂。

「呃唔！呃！啊！」

性器不知疲倦地在裡面進進出出，時而快速，時而緩慢。一邊調節著速度一邊往裡面插去，我感覺就快瘋了。有時我即使想忍住呻吟，也只能無可奈何地叫出聲來。即使想咬緊牙關忍住，但腰還是會在尹熙謙的性器按壓內壁，刺激前列腺的時候，不由自主地彎曲，發出呻吟聲。眼前一片空白，好不容易才能吐出氣，胸口喘得感覺要爆炸了。

「……!!」

在看似沒有盡頭的抽插中，肉與肉完全相連。在尹熙謙的性器插到最深處的時候，我連氣都喘不過來，彎起了腰，尹熙謙抱著我身體的手臂也在用力，身體被勒緊。尹熙謙的身體一下子變得僵硬，我能感覺到火熱肌膚下的肌肉收縮得很厲害。

「哈……」

尹熙謙顫抖著吐出熱氣，這是他射精的瞬間。

我渾身滾燙，在暈頭轉向的狀態下眨著眼睛看著他的臉。尹熙謙喘著氣，咬住了下嘴唇，他的嘴唇因為持續的親吻而變得腫脹，顏色也比平時還要紅，被汗水打溼的皮膚看起來很甜美，但最好看的還是他那張沉浸在快樂中、帥氣到燦爛的臉龐。閉上眼睛的那張臉令人眩暈，他的表情實在是太色情了。

這時我才把手臂從尹熙謙的肩膀上放下，手臂從他那被汗水浸溼的皮膚上滑落到床上。

尹熙謙睜開眼睛面對著我，我更熟悉於他那冰冷嚴肅的眼神……但他現在那不帶寒氣的眼睛，不知為何讓我覺得心癢癢的。要不每天都灌他酒吧？還是乾脆讓他沉浸在酒精和藥物之中呢——

啾。

嘴唇落了下來，輕輕啄了一下我嘴唇的尹熙謙，接著又親吻了我泛起紅暈、熱呼呼的臉頰。臉頰、顴骨周圍、眼周、上眼皮、眉毛、額頭，他的吻落在臉上各處，就這樣吻了很久的他，最終落腳的地方是我的嘴唇。就像隔著餐桌接吻那次一樣，深情又溫柔的親吻持續了很長時間。

渾身的熱氣稍稍散去之後，取而代之的疲憊感。因為無力感，我連一根手指頭都不想動，只想在這分慵懶中入睡。他的吻讓我的心情很好，但是被性器填滿的下面感覺很不舒服……眼皮很重。

仍然滾燙的手掌搓揉著我的腹部，和他做愛的過程中，我射出來的精液散落在肚子上，尹熙謙把黏糊糊的精液塗抹在我腹部的皮膚上。

……性器仍然在我的體內。尹熙謙的後戲總是如此。

「……好癢……」

搓了搓下腹，又搓揉著上腹部的手沒有停下。雖然很累，但搔癢的感覺並不壞。尹熙謙繼續做著後戲，親吻順著脖頸往下，發出「啾、啾」的聲音。我感覺可以就這樣在後戲中入睡，雖然填滿下面的性器仍然讓我很不舒服——

「啊……」

他的舌頭舔到胸膛時，身體被超出搔癢的刺激嚇得一顫。雖然我不是沒有接受過這樣的愛撫，但男人貼在胸前發出黏糊糊的聲音，吸吮著乳頭，讓我感到非常陌生。即便陌生，也還是產生了一種令人發顫的快感，既不舒服又刺激。「啾」，有時會用吸的，有時還會用舌尖挑逗，就連尾骨也感覺到一陣刺激，身體開始顫抖。

無法入睡。吮吸胸部的嘴唇很微妙，搓揉著腹部以及變得軟趴趴的性器的手也讓人感覺很奇妙。而其中最微妙的是，尹熙謙的性器仍然埋在我體內。

「現在差不多……」

也許是因為忍著呻吟，吐出了粗重的喘息，我的聲音變得沙啞而含糊不清。當我以不舒服的表情發出聲音時，尹熙謙從我的胸口上抬起頭來，再次面對我，直勾勾地盯著我看。這種視線讓我感覺不太自在，本已冷卻的臉頰再次開始發熱。

「……該拔出來了吧。」

「您不喜歡嗎？」

尹熙謙詢問的聲音帶著笑意。隨著我變得無力，尹熙謙的臉也慢慢放鬆下來。再加上酒勁，他的嘴角甚至露出了淡淡的笑容。他是在逗我嗎？當我有這種想法的時候。

「鄭理事的裡面……既柔軟又溫暖。」

他低聲輕喃道。

「好舒服。」

「……」

我無話可說，臉上好像要燒起來了一樣。雖然不知道這是稱讚還是羞辱，但如果要為我所感受到的情感命名，那似乎是害羞。我不知道尹熙謙曉不曉得他讓我感到這麼難為情，他再次把嘴唇貼了上來，讓人心癢的親吻再次落下。

「今天請別睡著了。」

啾，溫柔的吻落在了眼角上。與難為情無關，我逐漸變得朦朧的腦海並沒有真正理解這句話。

「我不會讓您太早睡的。」

「……什麼……」

「鄭理事您只要做完一次就會睡著，我常常會覺得困擾。」

嘴唇再次相疊，舌頭也伸進了嘴裡。對發出黏糊糊聲音糾纏著的舌頭做出反應的同時，我在模糊的腦海中反覆咀嚼了他的話。所以他的意思是……每次做愛後，不拔出性器到處親吻的行為，並不是後戲嗎？那麼，他現在也……

「……你的意思是要再做一次嗎？」

待嘴唇分離後，我問道。尹熙謙並沒有回答我，只是再次溫柔地吻我，握住我的性器。他把精液當作潤滑液，用手愛撫著我的性器。剛才已經完全軟下來的東西，在他的手中有了反應。哈啊，從嘴裡吐出的氣息變得越來越熱，尹熙謙手中握著我的陰莖，骨盆再次動了起來，不知不覺間，尹熙謙在內壁摩擦的性器硬了起來。

「等、一下……！呃——」

我驚慌失措地想把他推開，反而被堵住了嘴，尹熙謙的性器在裡面逐漸變大，身上熱氣騰騰。

這是漫漫長夜的開始。

身體就像是浸溼了的棉花一樣沉重，雖然我曾為了睡著而瘋狂增加過運動量，但效果不大，反而只會讓身體變得疲憊。由於射精射了太多，身子疲憊得就像是靈魂出竅一樣，完全束手無策。不讓這樣的我入睡的尹熙謙是個渾蛋。

就這樣睡著的話，明天會肚子痛的。

男人低聲細語著，纏著溼毛巾的手指不停在我身後撥弄。即使覺得腫脹敏感的內壁和肛門難受而想要躲避，男人的動作也沒有停止。他搔刮著內壁般動著手指，在裡面旋轉、搓揉，讓人無法入睡。我本來就很厭惡妨礙睡眠的異物感，但是他偶爾觸碰被性器折磨了半天的地方，就會再次感受到一陣令人酥麻的電流，所以更加討厭了。我已經射出不出東西了，也沒有抱持清醒的力氣，被強迫著的快樂反而是一種痛苦。

隨著一句撫慰的「好了」響起，手指離開體內之時，我就像是被黑暗吞噬一般睡著了。那是非常深沉的黑暗，也是溫暖的黑暗。

我就這樣睡了多久呢？

有什麼東西在撫摸著我的頭，柔軟的東西在頭髮之間揉著頭皮，癢癢的，我並不討厭，所以剛開始我隱約覺得這是一場夢，但是我很快就意識到我從來沒有做過這樣的夢。我不會做夢，昏昏欲睡的朦朧腦海只會產生一些思緒，連清醒夢都沒有做過。所以撫摸頭髮的感覺也不是夢，而是真實存在的感覺。雖然感覺不壞，但那雙手確實把我吵醒了。有人把我吵醒，這對我來說是非常不愉快的。

「……幹……」

也就是說，我會用沙啞得不得了的聲音罵出髒話也是理所當然的。媽的……當我嘟囔著髒話的時候，我感覺到撫摸著頭的手突然停住了。

「拿開……」

我不耐煩地嘟囔了一聲，手便離開了。眼皮很重，即便閉著也覺得刺痛，渾身一點力氣都沒有。在昏昏沉沉的狀態下，感覺整個世界都上下顛倒了，直到過了很久我才意識到自己是趴在床上的。我想繼續睡下去，即使睡不著，我也覺得必須閉上眼睛躺著，不然我感覺身體會罷工。撫摸我的手不見了，意識又開始朦朧起來。

被子從身上滑落的感覺有點不舒服，卻沒能阻止我入睡。我知道自己一旦醒來就會很難再次入睡，所以想無視這種感覺，繼續睡下去。我感覺到了寒意，也許是被子被拿走了，但我還是可以忽視。即便就這樣凍死了，我也要睡覺。

啾。

當癢癢的感覺觸碰到後頸時，我剛要入睡的意識有些動搖，但是我依然處於半睡半醒的狀態。在既沒有睡著也並非清醒的狀態持續的情況下，搔癢感逐漸順著後背往下走。從後頸開始沿著脊椎到腰部，再到尾椎……

「嗯……」

突然感覺內臟癢癢的。我還處於半睡半醒的狀態，腦袋裡一片灰濛濛的，沒有任何想法，只是覺得癢，可也不知道是哪裡在發癢。好像是比皮膚還要深，卻又比內臟還要淺的地方。腿間又麻又癢，感覺血液正湧向性器。與此同時，手掌和腳掌都癢得讓人想抓撓，沿著脊梁起了雞皮疙瘩。

「呃呃……」

嘴裡不由得發出一陣陣呻吟。可能是因為熱氣湧向了耳朵，所以就連耳朵都熱呼呼的。我為了躲避而移動了雙腿，但也只不過是無謂的掙扎而已，緊緊抓著我的人似乎並不想放手。這時我才意識到我的身體正被一雙又熱又結實的手抓著，花了一段時間才意識到那隻手抓著的地方是我的臀部，即使知道那雙手甚至在將我的屁股向兩側推開，我也分不清這到底是夢還是現實。

當我意識到那是舌頭舔著會陰發出的黏稠聲音時，雞皮疙瘩瞬間沿著脊梁而起，後穴也緊繃了起來。又熱又軟的東西伸向了緊閉的皺摺，不，它在洞口蹭來蹭去地舔舐著。

「啊、幹……」

搔癢感蔓延到大腦，讓我很想抓撓耳朵，不過，是更深處的地方在發癢。當舌頭穿過緊閉的皺摺侵入內側時，就連聲音都發不出來，只能緊咬嘴唇。即使我平時玩得這麼開，那裡也是從未被別人的舌頭和嘴唇碰過的地方。直接吸吮皺摺，用舌頭舔進內側的行為讓我非常羞恥，但這種羞恥感根本不算什麼。這是一種既不舒服，卻又莫名覺得很舒服，想逃跑卻又將身體托付給別人的快樂。

我的雙腿自始至終都彎曲著，身體一顫一顫地發抖。隨著淫亂而黏稠的聲音，我最終還是因為舔著下身的舌頭而崩潰了。我無法再使出更多力氣，只好放鬆了下身。舌頭往裡面更深入了一點，舔舐吸吮著肛門和周圍的皮膚，下面似乎就要融化了。因為快感無法輕易緩解，感覺整個人都要融化了。

「啊……！」

堅硬的牙齒咬住了靠近髖骨的嫩肉，伴隨著灼熱氣息的嘴唇緊接著吻上了尾椎末端，吸吮了起來。這種感覺奇怪到讓人起了雞皮疙瘩。

順著脊梁往下親著的嘴唇從尾骨開始逆行往上。「啾、啾」，搔癢又色情的聲音刺激著聽覺。接著，當嘴唇碰到後頸時，被舔遍的臀部之間有個滾燙又堅挺的東西頂了上來。

「哈……」

親吻落在脖頸和肩膀各處，有時還會把肉含在嘴裡舔拭、吸吮，有時又會激烈地愛撫，讓我像被火燒傷或是被蜜蜂蜇了一樣，恐怕是留下了紅色的痕跡，而舌頭又會舔向那個地方。在這期間，像柱子般的東西一直蹭著我的股溝，每次擦過後穴的時候，我的身體就會不由自主地一顫。我討厭那個東西，想避開它，手卻緊緊抓著我的身體。

「有點腫起來了。」

低沉的聲音在我耳邊輕喃。媽的……你居然捅到我後面都腫了？雖然清醒了過來，但身體的支配權還沒有恢復，如果我不是連眼睛都睜不開、動彈不得的狀態，我大概已經揍他了吧。不，在打人之前，我更想逃離一直摩擦著後面的東西，因為我現在已經知道那是狠狠勃起著的性器了。

「該死……喂，呃……!!」

不是說腫了嗎！！！雖然早有預料，但果不其然，尹熙謙開始把勃起的性器推進我的體內，絲毫不顧忌我現在完全無法動彈的身體狀況。不，他好像反倒覺得這是個千載難逢的好機會。

你這混蛋，還不快給我拔出來！就在我想這樣大吼的瞬間，尹熙謙的性器已經完全深入了。嘶，我連一聲尖叫聲都沒能發出，只能渾身顫抖。

耳邊還有尹熙謙火熱的呼吸……他低語道。

「真的……好舒服。」

鄭理事的裡面……既柔軟又溫暖。

好舒服。

我想起了他說過的話，便不忍心喊著「不要」，把他推開。

「呃呃……呃！哈啊……！」

而當尹熙謙在我體內動起來的時候，一種刺激快感從內側隨著熱氣在全身流竄。快感直衝頭頂，震撼了全身。沒過多久，身體就徹底融化了。

「啊……！啊！」

我依舊沒辦法睜開眼睛，但被他壓在身下呻吟的時候，我很慶幸自己沒有把他推開。

＊＊＊

「呃……」

「理事?!」

因為我正要坐到椅子上時發出了呻吟聲，金泰運瞪大眼睛飛奔了過來。個頭那麼大，長得就跟熊一樣的傢伙行動到底有多敏捷啊，我反而還被瞬間拉近距離、想過來攙扶我的傢伙嚇了一跳。

「放開。」

在我還不需要被人攙扶程度的情況下，他把我當作易碎的玻璃杯一樣對待，這讓我皺起眉頭。雖然發出了呻吟聲，但我還是努力不動聲色地坐到了椅子上。

「您哪裡不舒服嗎？腰？」

看到我揹著手拍打腰部的動作，金泰運歪了歪頭，表情還是非常嚴肅。當金泰運問我「您週末做了什麼運動嗎？」「扭傷腰了嗎？」的時候，我無話可說。運動……要說是運動的話，確實是運動。星期一，害我連上班坐在辦公室裡都覺得痛苦的罪魁禍首，就是尹熙謙。

星期日早上把睡得好好的人叫醒，盡情地幹了那檔事。前一天晚上，在別人肚子裡射得滿滿的尹熙謙，說什麼會肚子痛的，非要把裡面清乾淨。到了早上，又用那麼難為情的事作為開始，而最後則是以對著我的屁股射精作結之後，不知道是後戲，還是為了再來一次而熱身的親吻，分別落在了脖子和後背上。「你要是再來一次，我就殺了你」，雖然這樣說著，但我的聲音聽起來就像是在呻吟一樣，讓我自尊心受了傷。可尹熙謙在耳邊發出的笑聲出乎意料地並不會讓我的心情不好。

尹熙謙說下午必須回拍攝場地看看，把我扶了起來。把追進浴室的他趕出去後，我不知自己是以怎樣的精神狀態洗完了澡。雖然尹熙謙挽留我吃完飯再離開，但因為實在沒什麼胃口也沒有力氣可以吃飯，於是連飯都沒吃就開車回家了，我甚至不知道自己是怎麼開車的，一回到家就直接倒在床上了。睡覺的時候也一直在呻吟，反覆醒來。但可笑的是，我睡得還是比平時要多。

從睜開眼睛到現在，狀態始終如一。腰痠得不得了，屁股和腿之間火辣辣的。雖然還沒到不能動彈的程度，但身體就像在熱水裡泡了幾個小時一樣軟綿綿的。

這一切都是尹熙謙害的，所以即使金泰運問及我身體狀況不佳的原因，我也無話可說。

「去醫院吧。」

即使金泰運要我去醫院，我還是沉默以對。如果去了醫院，被問到腰痛的原因，我也無話可說，如果被問到雙腿間和屁股痛的原因，我還是無話可說。擔心為了打針脫下褲子的時候，會被別人看到什麼痕跡，可是我也沒有想去看韓醫，接受腰部治療的想法……不知道尹熙謙留了多少吻痕在我身上，也沒辦法知道哪些地方有，真的是趁著別人沒有力氣的時候亂來。

「不用了。」

「你好像很不舒服，走不動了嗎？要不要叫救護車？」

「……我說不用了，已經治療過了。」

「什麼時候？你昨天有去醫院？」

雖然沒有去過醫院，但是我接受了治療。所謂的治療……就是在我洗完澡出來之後，尹熙謙幫我在腰上貼了貼布，到現在都還貼著，連我都覺得自己很讓人無言……不過貼布到現在倒是都還挺涼的。

我以口袋裡的手機震動了為由，把金泰運趕出了房間。雖然只是收到訊息，但由於我十分神經質的手勢，金泰運也只能離開。我沒有看著他出去，就不假思索地確認了手機。

「……」

心臟好像停止了三秒鐘左右，不對，是大腦出了故障。不知道是指尖僵住了，還是全身都僵住了，連呼吸都忘了，就這樣一動也不動了好一段時間。

『身體還好嗎？』

是尹熙謙發來的訊息。

『您吃過飯了嗎？』

還沒，尹導演呢？

『我現在正打算去吃。請您務必按時吃飯。』

好，尹導演也是。

『腰還好嗎？』

已經沒事了，拍攝結束了嗎？

『正在換地方，拍攝進行得很順利。』

那就好，現在要轉移拍攝地點了嗎？

『要在附近多拍一場戲，晚上才會移動。理事您是在公司嗎？』

對，我要去開會了。

『結束之後請再連繫我。』

你正在拍攝嗎？我要下班了。

睡得還好嗎？

『昨天工作結束得比較晚，所以睡過頭了，現在起床了。』

住宿還可以嗎？

『還過得去，我不怎麼認床。』

你好歹是導演，叫他們給你一間好一點的房間吧。

『是，大家都很照顧我。理事睡得好嗎？』

勉強有睡，我要開會了。

『您辛苦了。』

『您週末有什麼行程嗎？』

我們一天會互傳好幾次訊息。因為尹熙謙在拍攝期間不會使用手機，所以只要他一開始拍攝，就會好幾個小時都不會連絡，在這之後，又會問我吃飯了嗎，或是工作結束了嗎，再次傳來這樣簡單的問候訊息。當我忙到無法確認訊息時，還是會收到兩、三則訊息。我通常在確認到訊息後就會回覆，但偶爾也需要在一則訊息上花費幾分鐘。雖然是不太重要的對話，卻會從早上持續聊到晚上。

我養成了在司機開車移動時，在公司失去集中力時，還有在睡覺前反覆閱讀訊息的習慣。完全沒有什麼特別的事情，關於工作上的話題也是，因為不好問得太詳細，所以沒有多過問，他也和我一樣，而且我工作上的事也沒什麼好說的。

然後，到了週末，尹熙謙又回到了首爾，我在他家的餐桌上和他面對面坐著。在收到尹熙謙說希望週末能見一面，一起吃頓飯的訊息時，我請他為我做飯。上週因為沒有胃口，所以沒吃飯就離開了他家，這讓我有點過意不去。再次造訪他家，依然乾淨整潔，飄散著美味的香味。

說實話，沒什麼了不起的，只有辣味的金槍魚泡菜湯、加熱過的即食飯，再加上烤肉和幾種小菜而已，可是味道美味十足。

「您小時候也不挑食嗎？」

「嗯……好像是吧？」

可能是因為我的回答有些模糊不清，尹熙謙歪了歪頭。

「啊啊，從某個瞬間開始，就別人給什麼我就吃什麼了。」

所謂某個瞬間，就是在我記憶中某個空白的瞬間。是九歲的時候嗎？在我經歷失去父母的意外之後，在我印象中的我就不怎麼挑食了，而我也不記得以前的我是什麼樣子。意外發生前的記憶只隱隱留下了一些印象，沒有清楚的記憶留下。

關於意外的事情沒必要對他說，這也是除了醫生以外，我一次也沒有對別人說過的事。當我含糊其辭地回答後，尹熙謙似乎有點受到衝擊地說道。

「……看來您是個很聽話的孩子呢。」

「怎麼？看我現在的個性，很難以想像嗎？」

聽到我的玩笑話，尹熙謙「噗嗤」一聲笑了。即便如此，他也絕對不會說不是，他果真是個狂妄的人啊。即使我是開玩笑的，也應該回答「不是這樣的，您現在的個性也很好」這樣的話不是嗎？我心裡這樣嘀咕著，可也忍不住噗嗤一笑。

我們邊用餐邊聊了一些瑣碎的話題。吃完飯後，我愣愣地坐著，看著尹熙謙收拾餐桌，在流理臺裡堆起碗盤，然後開始洗起水果。要幫忙嗎？我甚至連這種形式上的客套問題都沒問出口，因為他背對著我站著，勤快移動的樣子不知怎的看起來很棒。

「要喝咖啡嗎？」

「不用了。」

「啊，因為是晚上？」

「我本來就不太喝咖啡。」

「您似乎每天都很晚睡，是有在攝取其他咖啡因嗎？」

不是因為工作繁多到需要攝取咖啡因才晚睡，而是因為睡不著覺，所以才會到三更半夜還醒著。雖然因果關係就是如此，但這是我不太想提及的話題，關於我的健康，特別是睡眠的部分。我不知道該怎麼回答，遲疑地剝開他洗好的橘子，酸酸甜甜的味道強烈刺激著鼻尖。

「除非需要在大半夜保持清醒，否則我幾乎不會喝咖啡。」

我含糊地回答著，剝了一瓣橘子放進嘴裡，酸甜的果汁滋潤了口腔，是一顆甜味濃郁好吃的橘子，但同時酸味也很強。或許是刺激到了唾液腺，舌頭下面一陣刺痛，我真是一天比一天不習慣吃酸的了。我只剝了一塊，剩下的橘子還拿在手裡，我不想吃，要直接放下呢？還是忍著吃下去？在我這樣苦惱的剎那，尹熙謙抓住了我的手，我本以為他是敏銳地察覺到我不想吃，所以要把橘子拿走——

嘴唇相接，舌頭重重舔過嘴唇，落了下來。我不滿足於這樣的吻，嘴唇微微張開，尹熙謙卻毫不留戀地將頭移開。

「我今天也會讓您很晚睡的。」

在我嚇得一顫、變得僵硬的時候，尹熙謙拿走我手裡的橘子。他將橘色的果肉放進嘴裡咀嚼著，一邊望向我。那是令人窒息，誘人且奇妙的目光。

在和尹熙謙接吻，他想脫掉我衣服的時候，我拿出一盒保險套給他。尹熙謙接過後，笑了起來。

就這麼討厭嗎？

要問我是否討厭的話，其實我也沒有討厭到不能做的程度……即便如此，如果有保險套，最好還是要用。因為雖然做的時候無所謂，但事後處理非常麻煩，而且用牙齒咬著保險套的尹熙謙的樣子很棒。之前他咬著保險套把包裝撕開的臉非常性感，這樣的他色情到看起來有點輕浮，與他眼神中散發出的頹廢感非常相配。

自從那天他喝醉後對我道歉，說電影會完蛋的話之後，尹熙謙一次也沒有在我面前表現出辛苦的表情。他總是說拍攝進行得很順利，和演員之間也沒有任何問題，我卻從安排到楊絢智那邊的人聽說，雖然拍攝已經進入中後期，也正在依照修改後的劇本進行拍攝，但他和楊絢智之間的關係一直都不太好，再加上其他演員似乎也正在經歷各種混亂，但我沒有向尹熙謙仔細過問。

當我面對尹熙謙的時候，心裡不會有什麼特別的想法。雖然會心跳加速，但並沒有像以前那樣不愉快的感覺，與其說是鬱悶，不如說是內心搔癢，就更不假思索地與他糾纏在一起。但是，哪怕只是片刻，當我的思緒湧上心頭的時候……

「來，喝點水吧。」

光著上半身的尹熙謙拿了水杯過來。皮膚上依然沾滿了汗，臉頰潮紅，雖然呼吸並不急促，充滿高潮餘韻的表情卻顯得慵懶。雖然有過引發爭議的經歷，但很多人對他的復出表現出友好反應的原因應該就在於此吧。的確，如果他還是個演員，也沒有發生過那件事的話，他肯定會受到很多人的喜愛，他就是有這樣的魅力。

我撐起身體喝水的時候，尹熙謙掀開我蓋著的被子想鑽進來。不管怎麼說，這張床都太小了，正當我心想床如果更寬一點就好了，準備往旁邊移動的瞬間。

不知從哪裡傳來了手機的震動聲。正在爬上床的尹熙謙望向我，是我的嗎？我正想從床上起身找手機，尹熙謙阻止了我，重新站起來，然後從我脫下的衣服裡拿出手機。

「金泰運？」

尹熙謙一邊讀著螢幕上的名字，一邊把手機遞給我。現在已經接近午夜了，就算我有可能會打給他，也不是他會打給我的時間。如果會這樣呼叫我，就說明是有什麼緊急的事務，實在是不能無視，於是我接起了電話。

「金室長，怎麼了？」

『請問您在哪裡？』

「外面，發生什麼事了？」

『……理事，那個……』

耳邊響起了金泰運低沉的聲音。

『夫人現在在醫院。』

在醫院走廊裡，金泰運與平時不同，一副凌亂的模樣呆呆地站著。他不停摸著亂糟糟的頭髮，在發現我之後快步向我走來，臉上的表情非常嚴肅及僵硬。

「怎麼回事？」

「……好像連她本人也不知道自己有了，聽說已經三個月了。她從房間走下樓的時候，踩空了樓梯，所以摔了下來。」

「怎麼會從每天都在走的樓梯上摔下來？是會長做的嗎？」

我會這樣問，是因為事情不可能只是她摔下來這麼簡單，肯定是發生了什麼讓她受到打擊的事情，而除了鄭會長之外，沒有其他人可以為她帶來打擊。但是，金泰運的回答又有所不同。

「無論如何，好像是她親生母親那邊的問題。在意外發生前不久有一通來電紀錄。」

「什麼問題？」

「錢的問題。在準備離婚手續時我才得知的，所以會長應該是早就知道了，也有可能因此說了她幾句。」

金泰運說到離婚一詞的時候，明顯把聲音壓低了，臉色也很陰沉。因為包括精神賠償費的問題在內，還有一些需要整理的事務，所以離婚的事被推遲了。幾天前我聽說現在只要提交離婚相關文件就可以了，所以正打算要通知鄭會長和安賢珍。

「會長也知道我的決定了嗎？」

「看會長說的那句店面或是房子選一個吧來看，他應該是知道的。」

雖然她是值得這種待遇的合作夥伴，但無論如何，鄭會長似乎都還是不滿意。照年分來算，要付給她這樣的賠償，三年的時間可能太短了，但是安賢珍是個懂得分寸的女人，所以我認為只要讓她今後的生活沒有太大的不足，她應該就能安靜地生活一輩子。

和金泰運的對話告一段落，進入病房時，安賢珍面容憔悴地躺在病床上。雖然一副快死的表情，眼睛卻還是睜著的。望著天花板的女人眼睛在與我對視的瞬間，開始劇烈晃動起來，最終眼淚湧了出來，開始抽泣。

「……載翰……」

該說是可憐又可悲嗎，這個女人失去的孩子有一半混著我的基因。

我並沒有任何感觸。如果要說有什麼遺憾的話，並不是因為她的流產而遺憾，而是為了生孩子，總有一天我需要扮演種馬角色的事實讓我感到很遺憾。安賢珍懷孕的話，離婚的事就必須推遲，但對於繼承人的擔心就會減少。從現在和尹熙謙的氣氛來看，晚一年離婚應該也不會有什麼大問題……

不，我的腦海中響起了「這樣的想法太過安逸」的警告聲。

「我們就到此為止了，安賢珍。」

雖然這個時間點並不算好，但仔細一想，似乎又是非常合適的時間點。反正都已經是決定好的事了，通知就越快、越簡單越好。

「……那是……什麼意思？」

「我從一開始就在做準備了，精神賠償費的問題妳和金室長談就可以了，我明天會把這件事告訴會長。」

安賢珍像是被雷劈到了一般，露出吃驚的表情。她止住呼吸，僵硬了一會兒，顫抖的聲音從她發白的嘴唇間傳來。

「……為、為什麼？是……是因為小孩嗎？因為我沒辦法懷孕嗎？還是因為我流產了??」

「只是因為時候到了，這三年來我們不也有聽到要求我們離婚的聲音嗎？」

嚇得睜大眼睛、瑟瑟發抖的安賢珍馬上理解了我的話，雖然覺得能作為妻子留在我身邊的搭檔來說，她是個不容錯過的女人，但也不過只是暫時的而已。我感覺非常輕鬆，現在無論做什麼事都能問心無愧了。看著安賢珍眼眶裡湧出的淚水，我的心情就像卸下了沉重的包袱一樣。

「為什麼偏偏……為什麼偏偏是現在，我明明還在醫院裡，你非得現在告訴我不可嗎？」

「妳也不是不知道我是這種個性才和我一起生活的吧。」

也許是因為我說話的語氣太平淡了，安賢珍不再哭泣，原本驚慌望向我的眼神如今燃起了憤怒，看著她那種感覺像是被背叛了的樣子，我有點無言。她究竟是對我寄予了怎樣的期待，才會覺得是被我背叛了呢？安賢珍氣喘吁吁地吼著，既像是在慘叫，又像是嗚咽。

「你……你怎麼可以這樣對我……對你來說，我們這段期間的夫妻生活難道什麼都不是嗎??怎麼能在這種時候……!!」

「……我們之間的夫妻生活？」

在我反問安賢珍的時候，她咬緊了嘴唇。

這不是有點可笑嗎？雖然我們頂著夫妻之名，冒充夫妻生活著，但她和我都知道我們之間就只是契約關係罷了，這也是一段無論何時結束都不奇怪的關係，因此，我沒有理由迎合安賢珍的憤怒和被背叛感。安賢珍是個聰明的女人，所以在我強調並不適合我們的「我們」一詞後，她好像就聽懂了。

「聰明點。妳這反應有點出乎我意料啊，正如妳所說，是時間點的問題。」

「……」

「盡量快點處理好，在妳出院的時候做個了斷吧。」

安賢珍閉著眼睛靜靜聽著我的話，並沒有回答。緊咬著嘴唇的女人臉上，眼淚落了下來，握著拳的手哆嗦地發著抖。究竟是什麼讓她這麼委屈，這麼憤怒？就像我對她所說的那樣，她的反應出乎我的意料，但是我並不在意，無論她有多憤怒，那憤怒也都無法觸及我，因為她只是個弱小的女人。

「這段時間辛苦妳了。」

以這句話作為結尾，我為三年的婚姻生活畫上了句號。

第7章

在我下達指令之後，事情便如順水行舟。對於我向他告知決定要離婚，鄭會長雖然保持沉默，反應卻也是相當滿意。在安賢珍住院的一週時間裡，她在老家的行李被整理得一乾二淨，我聽到的最後一個關於她的消息，是她出院後，搬進了作為精神賠償費給她的公寓裡。雖然我會派人監視她一輩子，但如果她能夠安靜生活，那我就會考慮讓她自由自在地生活。

雖然鄭會長叫我要更常回老家，但這哪是我能隨心所欲作主的事呢？以前我至少會在週末回老家過夜一天，但現在連週末也變得很難回去了，所以只能在平日裡，短暫地去露一下臉。

「……再睡一下吧。」

因為週末電影的拍攝會暫停，尹熙謙會回來首爾。

「啾」，柔軟的嘴唇在後頸上癢癢地碰了一下，然後又離開了。與此同時，抱著我身體的手臂更加收緊，後腦杓上沾染到他的氣息。尹熙謙長長地呼出一口氣，很快耳邊就傳來他平穩的呼吸聲。

……雖然他叫我再多睡一下，但我從剛才開始其實就已經醒了。我一直反覆睡睡醒醒，睡了一下，就因為在狹窄的床上碰到尹熙謙的身體而醒來，或是被在一旁翻身的他弄醒、被外面的噪音吵醒。然後，好不容易被疲勞感吞噬，想要稍微睡一下的時候，又因為窗外漸漸變得明亮，光線開始照進來就醒了。在剛開始睡了兩、三個小時之後，就開始一直睡睡醒醒，最終在兩個小時之前完全放棄了睡眠。

且不說貼在我身後的尹熙謙，他的床真的是太窄了，還有房間的隔音也爛到不行，甚至連個遮光窗簾都沒有，只要太陽開始升起，我就得被迫起床。我之所以能至少睡個兩、三個小時，是因為只要來到尹熙謙家我就會放鬆下來，但對原本的我來說，他家的環境是絕對無法讓我入睡的。

我口渴了，而且就算繼續呆呆地躺下去也會很累，最後我拉開尹熙謙纏繞在我身上的手臂，從床上站了起來。

「……呃。」

我暫時把屁股靠在床尾，忍耐陣陣傳來的痛感。每當下半身使勁、想站起來的時候，刺痛感就會蔓延到內側，想要站起來實在是非常困難。腰部也使不出力氣，所以連身體都搖搖晃晃的。

在激烈的性愛後，還未沐浴的身體非常不舒服。做完愛後，我總是會沉浸在令人疲倦的無力感中，一根手指都不動就睡著了。醒來之後，沾在身上的精液或是兩腿之間的潤滑液雖然都被擦拭得差不多了，但也不可能像洗過澡那樣乾淨。

我慢慢地從床上起身，走進了浴室。雖然臥室也是個問題，但在我眼裡，這個即便是打掃得乾淨整潔，也根本無法起死回生的浴室才是這個家裡最大的問題點。

在我想辦法洗完澡從浴室裡出來的時候，尹熙謙並不在家裡。我靜靜地走進房間拿衣服時，他不在床上，我來到客廳也沒看見他的身影。他沒有在陽臺上，也沒有在廚房裡。我隨便擦拭著身體上的水氣，披上衣服後，馬上就打了電話給他。那時是還不到八點的清晨。

『喂。』

「你出去了？」

『對，我去了一趟超市。』

「超市？」

『對，因為家裡完全沒有吃的東西了。鄭理事有需要什麼東西嗎？我幫您買回去。』

明明可以直接一起出去吃的，何必要這麼麻煩地跑去超市呢？但實際上，我很喜歡他做菜的模樣和他做的飯菜，所以「噗嗤」一聲笑了出來。

「你要煮什麼給我？」

『您想吃什麼？』

「這個嘛，有點想吃辣的東西。」

『那要不要吃辣炒魷魚？』

「好像不錯，超市在哪裡，我開車去載你……」

『您就好好休息吧。而且比起魷魚，好像還是章魚比較好。』

他是比起魷魚，更喜歡吃章魚嗎？因為我說不出在兩者中更喜歡哪個，所以認為沒有什麼太大的關係，尹熙謙卻補充道。

『因為章魚更像是補品。』

「……什麼……」

說到補品，因為我和尹熙謙都是男人，所以我只能往那個方向想了。怎麼感覺我的臉都紅了。

「我覺得尹熙謙先生還是少吃一點比較好吧？」

他到底想補到什麼地步啊？因為產生了這樣的想法，所以我的聲音聽起來帶了點厭煩，而尹熙謙在電話的另一邊低聲笑了。但這真的不是能開玩笑的事情，與尹熙謙的性愛為我帶來了任誰都無法滿足的滿足感，能讓我陷入無盡的恍惚，也總是會讓我精疲力竭。只做一次就結束的時候，是理智上無法否認程度的棒，但並非一次就結束的時候，那真的是讓我整個人都要瘋了。然而，最近絕對不會只做一次就結束，不知道他是不是想把平日沒做到的都集中在週末做，所以基本上都會做個兩次左右。雖然沒什麼關係，但我現在已經覺得有些吃力了。因此每到週末的早晨，我的腰和兩腿之間都會感到疼痛。

『不是我，是理事您。』

「……我？」

『因為您的體力好像不太好，您今天早上好像也很累的樣子。』

「那是因為你……！」

雖然我氣得想罵他幾句，結果還是閉上了嘴。他似乎是注意到我今天早上沒能馬上從床上起來，只能暫時呻吟著坐在床上的事了。這倒也是，我洗澡的時間非常短，如果他在這期間起床換衣服、出門的話，那就意味著我起床的時候，他就已經醒了。

尹熙謙低沉的笑聲再次傳到了耳裡。

『大概還需要花四十分鐘左右，您好好休息吧。』

從尹熙謙指出我體力問題的那一刻開始，我便說不出話來了，所以我沒辦法拒絕，只能回答說知道了。我把手機隨意扔到一邊，坐在沙發上用毛巾擦拭著溼髮。那是一張皮革到處都已經裂開，坐墊也爛到不行的沙發，只要坐在這張沙發上，腰部的疼痛就會惡化。

家具有問題，窄得要命的家是個問題，隔音不好的臥室也有問題，然後浴室最是糟糕。我甚至都想叫業者來裝修，添置新的家具了。

但無論我為尹熙謙做了什麼，尹熙謙似乎都會皺起眉頭，不，應該說是會變得僵硬又冷冰冰的。嫖資。我常常會後悔，要是我當初沒說出這個詞就好了。

突然襲來的疲勞感壓在了我身上。坐在這樣的沙發上，疲勞感是不可能消除的，就連想躺下的念頭都沒有，所以最終還是想回到房間裡。然而，當我躺到他床上的時候，我卻完全無法休息。

咚咚咚咚!!

因為有人用力敲著玄關的門。由於房子太小，所以那個聲音聽起來特別大，讓我嚇了一大跳。當我聽到第二次「咚咚」的聲響時，才意識到那是敲門聲。

這天是星期日的早晨，時鐘正指向八點。在這樣的一大清早，是哪個毫無概念的傢伙，有什麼急事要這樣敲門啊？我抑制住心頭的怒火，走出了房間。

咚咚咚!!尹熙謙!咚!!

最後的那一聲不是用手敲，而是用腳踢門發出的聲音。因為我當時正好走到了玄關附近，所以清楚地看到門在晃動。

當我猛然打開門時，看到四個穿著黑色西裝的大塊頭男人凶神惡煞地站在走廊上，個個面目凶惡，眼神都可以殺死人了。

「搞什麼，你們是誰啊？」

不管怎麼看，他們都像是黑社會、暴力集團等等的人，但我沒有任何理由感到害怕，所以充滿不耐的話就毫無保留地蹦了出來。男人們的表情變得更加凶惡了，但重要的並不是這個。這些男人到底為什麼要來尹熙謙家？這才是我的疑問，也是問題所在。

「尹熙謙呢？」

「什麼？」

「我是在問你尹熙謙不在家嗎?你誰呀?尹熙謙的家人嗎？」

「他現在不在家，怎樣?你們又是誰？」

「媽的，借了別人的錢就該還啊！」

從一句話就能看出他們的真面目。他們是債務催收業者，不，從氣勢上來看，似乎更接近於地下錢莊。

我的指尖再次變得冰冷而僵硬。在那次毒品派對之後，我通過報告書了解到尹熙謙陷入了怎樣的狀況，但直到如今我才感到驚訝。我本來就知道，當時剛開始賺大錢的尹熙謙相信自己未來的前景，貸款買房買車，這些都成為了他的債務。因為不是普通的事件，而是被打上了毒品犯罪的烙印，所以必須向廣告商賠償的違約金也不是他或他所屬的經紀公司可以承擔的金額。在他被判處緩刑的時候，尹熙謙已經是負債累累的狀態，如果不能再次成為頂尖藝人的話，他的還債之路將會遙遙無期。

當時向他伸出援手的人也是韓柱成，雖然他只是幫助尹熙謙清算了部分急需的債務，但那也是相當可觀的金額。儘管如此，尹熙謙仍然欠下了龐大債務，在這種情況下，又為了拍電影，和韓柱成一起成立了韓謙影視，債務隨之增加。雖然是看中了未來前景才進行的投資……

可是，現在連這樣的未來都能預見失敗。

「尹熙謙在哪裡！」

「你們到處討債卻不懂法律嗎？」

「……什麼？」

「看你們壓在八點才來的情況來看，應該是該知道的都知道了吧，你們難道不是該先報上所屬公司嗎？」

男人啞口無言地閉上了嘴，取而代之的是散發出彷彿會刺痛皮膚的凶狠氣勢，但我仍然沒有什麼理由害怕。

「都沒有報上所屬公司名字，還說什麼『媽的』？我剛才聽到的是『媽的』嗎？你們難道不知道不光是暴力行為，就連髒話都不能說嗎？還有，我不是尹熙謙，而是第三者，隨意向第三者公開他人的債務事實也是非法的，你們是不想收錢了嗎？」

尹熙謙是不是經常被這些混蛋折磨呢？雖然我知道他在這五年裡為了構思電影而四處流浪，但我也知道那是段他不得不像狗一樣拚命工作的時光。絕對無法掙脫的泥沼，面對一旦咬住，就絕對不會放過獵物的鬣狗，他到底受到了多大的折磨？

那種想法使我的頭腦變得冷冽，不，應該說是那是我即將失去理性，快要爆發的前一刻。

「喂，你們這些欠婊的混蛋。」

因此，從我嘴中冒出的是陰森而冰冷的髒話。

「你這王八蛋!!」

我的領口一下子被揪住，嗓子被堵住了，心想是不是會有拳頭飛過來，但他似乎還算有點腦子，知道該懷疑我到底是哪裡來的底氣，面對他們連眼睛都不眨。不過，我其實也沒什麼特別的靠山，我只要是我就足夠了。

雖然被揪住了衣領，可我說話的聲音依舊如故。

「打電話給你們老闆。」

那一瞬間，抓著我領口的手稍微放輕了點，說起話來輕鬆多了。

「跟他說TY的鄭載翰在尹熙謙家裡，問問他你們這群混蛋是要進來大鬧一場，還是要乖乖滾回去。」

「……T……TY……？」

男人像被雷劈到一樣，嚇得說話都有些結巴了。我的衣領依舊被他拉扯著。

「然後還有一個狗東西抓住了我的衣領。」

男人嚇了一跳，鬆開了手，顫抖著眼神裡夾雜著相信、不相信，還有恐懼以及驚愕。

「再跟他說，鄭載翰感到有點無言。」

站在最前面抓住我領口的男人嚇得臉色煞白，就這樣僵在原地，只剩眼球劇烈晃動著。這時，站在後方的男人們還真的打起電話，相互交換著眼神，不知該如何是好。心想著是不是應該給他們一張名片，我來到了走廊，瞥了走廊這邊的門一眼。雖然被粗暴地敲過，但看起來應該沒事，除了下面的一個皮鞋鞋印。

我輕輕用手指了指那個痕跡。

「走之前記得把這個擦掉喔？」

在男人們離開大概二十多分鐘後，尹熙謙才回到家。沒有洗頭、從戴著的毛線帽下露出的臉十分柔和。雖然剛才發生了我的衣領被揪住的鬧劇，但幸好尹熙謙並不在家裡。從尹熙謙沒說什麼來看，門上的腳印應該是被擦掉了。

雖然跟尹熙謙說可以先洗完澡再做飯，可他還是說著沒關係，戴著帽子做起了辣炒章魚。很快，辛辣而美味的氣味盈滿了整個空間，我只是坐在餐桌前看著，直到他擺好飯菜。我就像往常一樣沒有動過一根手指，但尹熙謙從不會對此說些什麼。

雖然發生了很多事情，身體和精神都處於疲憊狀態，但是當我一看到食物，就感受到了強烈的飢餓感。尹熙謙也很擅長做其他料理，不過辣炒章魚又辣又甜，調味恰到好處，非常合我的胃口。可能是因為餓了，尹熙謙在享用的期間也都沒有說話。

直到飯碗見底，尹熙謙才問道。

「應該不會太辣吧？」

「很好吃。」

「您很能吃辣嗎？」

「還算可以吧，除了酸的東西以外我都挺能吃的。」

我的話讓他笑了出來，也許是想起了同一個瞬間吧。在我來到他家裡之後，發現水果都只會有橘子一種，如果因為聽他的話剝了皮來吃，就會因為太酸，只吃了一瓣就再也吃不下去了。那麼尹熙謙就會從我手裡拿走橘子自己吃掉，然後我就不會去碰橘子了。他會自己再吃幾個，說這個比較甜並拿給我吃，但對我來說就連那顆橘子也是非常酸的。尹熙謙似乎是很喜歡看到我被酸得說不出話來，只能拿在手裡又吃不下去的樣子，最後他還是會帶著笑容拿回去自己吃，這樣的事情屢屢發生。

「所以我買了哈密瓜回來，因為哈密瓜一點都不會酸嘛。」

其實沒有必要連甜點都這麼用心，這句話已經到了舌尖，但我只是靜靜看著尹熙謙拿出哈密瓜開始切。切成兩半的哈密瓜散發出甜甜的味道，因為吃了辣的東西，正好能拿來安撫火辣辣的嘴巴。

但是哈密瓜……不是比橘子貴很多的水果嗎？仔細一想，在尹熙謙家裡，我總是備受他的禮遇。每次都在他家蹭飯吃，卻從未買來食材，他甚至還考慮到我的口味，買了以前並不會買的水果。可尹熙謙哪有什麼錢啊。

「……嗯……尹熙謙先生。」

在我吃著尹熙謙處理好的哈密瓜的同時，他已經把碗都洗完了。對我來說，不做任何家務事是理所當然的事情，因為我會付錢請家管來做家務。

但是我並沒有支付任何東西給尹熙謙，也沒有幫助他，讓他能按照自己的意思拍攝電影，不過也只是沒有阻止而已。即使如此，這些都不是為了幫助他，反而是因為清楚看到了他失敗的未來，所以可以說是為了讓他倒下而放任不管的。

但我並不是故意的……至少我認為不是。不，雖然這是在知道未來的情況下做出的選擇，但是無論我介入與否，如果尹熙謙以楊社長投資做為條件，選擇讓楊絢智擔任主角的話，那結果都會是一樣的。也就是說，電影不能如尹熙謙所願並不是我的錯，只是我確實是有能夠幫助尹熙謙的力量。如果是我的話，就能阻止楊社長的插手，幫助尹熙謙按照自己的意願拍攝。但是，就算我沒有出手幫忙，也不能說是我錯了。再說了，尹熙謙自己也不希望我幫忙，所以至少……

我沒有為了搞砸尹熙謙的電影而使手段。

這就是與他共度和平時光時，我對內心矛盾的合理化。

也許尹熙謙並不知道過去的事，如果是這樣的話，那我也假裝不知道就行了。但重要的是在那之後——在我和尹熙謙重逢之後，我並沒有從他的身邊搶走任何東西，但同時我也沒有給予他什麼。

「洗好就出來吧，我們有地方要去。」

「哪裡？」

「你去了就知道了。」

雖然他的眉頭微微皺起，但還是馬上就進了浴室。尹熙謙應該不會又生氣，或是變得冷冰冰的吧？在等待他的過程中，我聽著他沐浴的聲音，腦海湧上無數的話語和思緒，大腦亂成一團。

確實，在進行激烈的性愛後、還沒睡好覺的狀態下開車，會對身體造成了負擔，但方向盤還是由我掌握。尹熙謙再次問了我要去哪裡，而我又一次迴避了回答。因為雖然已經大概確定了自己想說的話，但我實在不想在車內進行消耗性的爭論。

和他一起到達的地方是距離他家十五分鐘車程的住商公寓大樓。因為覺得要是我往江南方向找房子的話，他會因為價格太貴而不喜歡，而且離他家太遠也不太方便，所以就在適當的距離找了一套乾淨整潔的公寓，大概是五十坪左右的房子，也不是很大。

儘管如此，在進到公寓的過程中，我始終無法正視尹熙謙的臉，因為我害怕他的表情會是僵硬冰冷的。

這裡是一棟兩戶相對公寓的十五樓之一號。我把感應磁卡放在門鎖上，門就隨著

「嗶哩」一聲打開了。我先進去，尹熙謙也跟在後面進來了。

重新鋪過地板的房子裝修得讓我還算滿意，柔和的奶油色很適合他，首先我很中意進到客廳裡的明亮感。這次是我第三次來，儘管和第二次來的時候沒什麼太大的不同，但不知道為什麼，今天是我最滿意的一次。

「……這裡是您家嗎？」

要說是我家的話，這社區是不是有點落後了？而且房子也小。

「我是這棟房子的主人沒錯，但我沒有住在這裡，意思是這裡並不是我家。」

「那麼……」

我想帶他參觀一下房子，於是打開了各個房間的門。他一直緊跟在我身後，卻沒有好好看著我要看他的房間，只是不斷問著問題。我不管不顧地繼續為他介紹房間，雖然房間並沒有大到讓我滿意的程度，但是放有書櫃和書桌的房間，拿來作為工作空間似乎也不差。我本想再讓他看看更衣室和廚房，可在我打開臥室的門進去的瞬間，尹熙謙抓住了我的手腕。這時我才面向他，雖然他的臉上並不算冰冷，但表情非常僵硬，那是要求我解釋的眼神。

「你喜歡這裡的裝潢嗎？」

可能是因為我提出的問題完全沒有為他解惑，他皺起了眉頭。是不滿意嗎？我這樣喃喃自語道，可他依舊默不作聲。

房子的裝潢完全符合我的喜好，既簡約又時尚。如果要說無點綴上任何色彩的臥室有什麼特別之處，那就是又做了一次隔音處理，窗戶也是擁有超過普通窗戶厚度的雙層窗戶，而窗簾則是採用三重結構的完美遮光窗簾。而且床很大，是尹熙謙家裡床的兩倍大。

「以後就在這裡見面吧。」

性愛是雙向的，但現在無論是做愛的空間，還是事後的處理，又或是一起吃的飯都是尹熙謙獨自負擔的情況。

其實到目前為止，我都沒有什麼特別的想法，不，並不是完全沒有想法。因為他家很不方便，也完全不是令人感到舒適的空間，但是我一方面又覺得拿來當作性愛後，臨時休息一天的地方也不壞。如果他不喜歡我幫他買家具或裝潢的話，那我就忍著吧，我本來是這麼想的。

但是為什麼空間和服務都必須由尹熙謙來提供呢？雖然我對他的服務很滿意，但我必須忍受他家的不方便，所以，如果我說要提供房子也是很合理的，同時這也不該是尹熙謙需要感到負擔或是生氣的事情。

不過尹熙謙的臉已經變得非常僵硬了。

「這不是什麼嫖資，別臭著臉了。」

「……」

「……是我覺得不舒服，其實你家讓我住得不太舒服，你知道我睡得很不好嗎？」

當我這麼問的時候，尹熙謙的表情變得有些陰沉。他似乎也知道我住前幾次還能勉強睡著，但在那之後就都睡不好了。

「沒有什麼改變，只是地點換成了比較舒適的地方而已。因為我不會煮飯也不會洗碗，所以都必須由你來做，我一週會讓業者來打掃一、兩次。」

其實自從這個房子裝修好了以後，我就一直有讓人來打掃，我甚至還想叫人來把冰箱也都填滿，做到這個程度的話，我是不是就可以認為自己有幫他承擔一半的負擔了？

「……你不喜歡嗎？我現在不管做什麼，都怕尹熙謙先生會覺得是嫖資，所以很努力想做得合理。」

尹熙謙呆呆地看著我，伸出了手臂。他抱住了我的腰，把自己的身體貼向我。

「如果你覺得每次都在飯店見面比較好的話……」

「我沒有不喜歡。」

他碰著我的額頭，蹭了蹭鼻尖。頭微微一歪，嘴唇就貼了上來，溫熱的肉從重疊的柔軟嘴唇間鑽了進來，舔著嘴裡每個角落，搔癢的親吻無比溫柔。因為如此，令人發癢的熱氣擴散到了全身，他完全沒有觸碰的耳朵裡、下腹、腳底都在發癢。他吐出的熱氣似乎讓我的臉一陣發麻。

「……那真是太好了，我會給你鑰匙，你就隨意用吧。」

也就是說，即使不是要和我見面的時候，也可以當作他家使用。反正是空出來的房子，他要來住也沒關係。不，實際上……我是希望他住進這個房子裡的。一想到像今天早上一樣，連招呼都不打就跑來的追債人會再找來折磨他，就更加篤定了我的想法。賺了錢再拿去還就可以了，雖然我沒有經歷過，但我很清楚那種騷擾有多折磨人，偶爾還會見到一些因此逐漸不成人形的人。

尹熙謙持續吸吮著我的嘴唇，不會太過纏人卻也不是吻得蜻蜓點水，一邊帶著笑容喃喃自語道。

「聽起來越來越像嫖資了。」

對於他真心話和玩笑界線模糊的話，我也笑了。

「為什麼？早知道我就直接退掉了。」

那一瞬間，尹熙謙猛地把我推倒，我因此深深地埋進了床上，而尹熙謙馬上壓了上來。我那無言的笑讓他開始惡狠狠地親吻著我，狼吞虎嚥地將我的嘴唇含住，滾燙的舌頭深深扎了進來。尹熙謙的體重壓在我身上，他在我分開的雙腿間摩擦著，隔著褲子都能感受到他的興奮。性器又一次肉眼可見地膨脹到令人害怕的程度，真是讓人無言。

即便昨晚不知疲倦地做了，所以我的腰到現在都還在痠，腿間也還在刺痛，連後穴內側也都還火辣辣的，可我的內心卻還是充滿著期待，性器雀躍得顫抖著，這樣的我才是最讓人無言的。

但是尹熙謙並沒有馬上脫下我的衣服。他時而急躁時而溫柔地吻著我，抓住我的臉頰小聲說道。

「……直到拍完電影為止……我可能都沒辦法回首爾了。」

「……」

我一時啞口無言。

我好不容易才決定要提供房子。他這句不能經常來的話讓我的眉頭瞬間皺起，但也安下心了，至少追債人不會追到拍攝地跟他要錢吧，因為有了這樣的想法……

「……楊絢智應該會吵著說一週至少要休息一天吧。」

我的話讓尹熙謙苦笑了一下。即使並非如此，會這樣不像在拍電影得一週休息一天，又或者是至少兩週休息一次，這些全都拜楊絢智所賜。因為她自己想要休息，所以就以最近電影工作人員的福利很重要為藉口，強迫性地要求休假，而由於楊社長的介入，製作公司也無法拒絕。不過因為製作費用如今已經所剩無幾，所以似乎沒有這樣休息的餘裕了。啊，媽的，就算是這樣好了，幾乎沒辦法回來了是怎樣？十天回來一次，不，應該至少兩週休一天吧？我費了千辛萬苦才把尹熙謙帶到這間房子裡——

「如果我太不節制，您就打我一巴掌吧。」

嘴唇再次重疊，手伸進了襯衫裡，我還沒來得及想清楚他說的是什麼意思，就被他吸引走了，聽到他暫時不能回來首爾的消息後，產生的厭煩也隨之消失了。衣服掉落，兩個人滾燙的體溫纏繞在一起。

而當我真正理解了他的話，真的想搧他一巴掌的時候，卻連動一根手指的力氣都沒有了。因此，尹熙謙直到最後都不知節制。

＊＊＊

雖然想逃跑，但緊緊抓住腰部的手卻沒有放開我的想法，反而被往後拉了回去，滾燙的東西深深扎了進去，我吐出一口氣，發出了悲鳴般的呻吟。手臂放開了腰部，填滿後面的東西拔了出去，然後腰部再一次被拉去。

隨著「啪！」的一聲，臀部碰到了堅硬的恥骨邊緣和大腿，眼前突然火花飛散，這是因為男人的性器一下就穿透了裡面，受到極大刺激的內壁開始酥麻麻地疼了起來。每當性器在體內來回穿梭時，身體就會像痙攣一樣不停顫抖。

我最後忍不住伸出了手，抱著溺水的人想抓住稻草的心情把手伸向床頭，有什麼堅固的東西能抓就會去抓，便將身體往前拉。我甩開纏在腰上的手臂，躲開身後的男人逃跑了。填滿後面的性器滑出去的感覺非常鮮明，身體再次顫抖起來。

但這並不是結束。我緊握著床頭的手疊上一雙滾燙的手。為了躲避身後的男人，我把上身豎起來，緊貼著床頭，我的後背碰到了男人的胸部。

啊，幹，啊……！

雖然想推開他，但男人的手向前一伸，抓住了我的大腿，跪著的腿張得更開。膝蓋在床單上滑動，腿無力地張開了。

性器又向著後穴挺了進去，那個位置好像一開始就屬於我一樣，前面是床頭，已經沒地方可以逃了。最終，當性器插到兩人身體緊貼的程度時，眼前一陣暈眩，在雙腿被分開的情況下從後面插入，實在是插得太深了。我不由自主地「呃」了一聲，身體不停顫抖。在這樣的情況下，男人輕輕搖動腰部，把嘴唇埋在我的脖子和肩膀上，舔舐著出汗微鹹的皮膚，雙手滑到我的胸口，依序撫摸我的胸口、上腹部以及肋部後，便開始深入。他緊緊抓著我的下腹部，性器也自然地鑽進了更深處。

哈啊……呃……唔呃……

男人將性器插入最深處，一邊淺淺地動著，一邊抓住我的陰莖。現在勃起已經是一件難受的事了，經過幾次射精後還能勃起這件事本身就讓人覺得很不可思議，前端卻還是積著稀薄的液體。每當男人的手撫摸陰莖時，就會流出前列腺液。

夠了……啊……！

我緊閉因熱氣而快要爆炸的眼睛，眼前又紅又綠的花像煙火一樣綻放，感覺就連髮梢都要裂開了。在早已超越極限的快感下不知極限地達到了高潮，身體為了射精而緊繃，後穴也隨之縮緊，我甚至能透過內壁感覺到體內的性器形狀，就像是把滾燙的火球釘在肚子裡一樣，既難為情又痛苦，就快要瘋了。我的嘴張得很大，可是發不出聲音。因為無法好好伸展身體，脊椎便不由自主地彎曲了。在快速上下摩擦性器的手中，高潮震撼了全身，噴發出不再泛白的清澈液體，瞬間渾身用力，連後面都無關個人意志地緊緊收縮。

呃啊……！

男人激烈的呻吟聲在耳邊響起。他握住我的下巴、讓我轉過頭的手上散發著濃濃的精液味，那是我射出來的。一轉頭，嘴唇就碰在一起，舌頭也纏在了一起。因為全身無力，我疲憊地想要直接躺下，但是有另一隻手臂緊緊抓著我的身體，後穴被滾燙的肉塊填滿，接著身體被緊緊抱住，像要侵犯口腔般急促的吻襲來，舌頭被吸吮到讓人不禁懷疑舌根是不是會被拔掉，嘴唇在牙齒之間被磨破了。

身後的男人又動了起來，我的嘴唇被男人控制住，連被壓抑住的呻吟聲都發不出來，只有急促的喘息聲吐出，聽起來像是馬上就要斷氣似的。似乎是快要達到高潮了，男人腰部的動作以令人難以置信的速度持續著。肉體摩擦到似乎都要起火了，不對，全身已經著火很久了，滾燙的身體好像就快被炸成一塊一塊的了。

啊……！啊……！

發出的呻吟聲混濁而破碎。當男人的呻吟聲一瞬間達到頂峰，在一個接一個高潮中，眼前只剩一片白，接連出現像鞭炮一樣爆炸的白光，而在那光的隧道盡頭，等待著我的是黑暗。

＊＊＊

平時我喜歡打高爾夫球、網球、游泳等需要與人交流的運動。年輕的時候，我曾經為了鍛鍊身體而健身，但過了三十歲之後就幾乎不做了，其中最大的理由就是因為我不怎麼感興趣。

我時常會想，我真的有什麼喜歡的東西嗎？因為在某個地方需要、為了訓練體力，又或是作為社交的一環和義務感，不管我做什麼，讓我做這件事的理由，都是為了達成某種目的，而不是出於興趣。

總之，最近如果要運動，我就會經常去打高爾夫球。偶爾覺得身體沉重的時候，就會在跑步機上跑步。雖說我喝了很多酒，但是因為幾乎不吃下酒菜，所以也沒有因此有啤酒肚。不過就算吃了也有可能不會長胖，因為我本來就是不容易胖的體質。只是不容易發胖的同時，也不容易長肌肉，所以如果沒有下定決心好好管理身體狀況、好好鍛鍊的話，就很難會有效果，這點讓人有些煩躁罷了。我停止上健身房的原因，也是因為與我投入的努力和不成正比，成果並不讓我滿意。如果肌肉能因為重量訓練而增加，那我也許會享受一點，可現實卻是連別人的一半成果都練不出來。即便如此，我也沒有想要為了鍛鍊出肌肉而喝高蛋白奶昔、吃蛋白質料理，去進行飲食管理。

儘管如此，我最近還是每天都會去一趟健身房。我盡量會在上班前去，但偶爾也會因為早上在睡覺，所以下班後才會去。

我在跑步機上奔跑著，汗水從我的身上滴滴答答地往下流。因為擔心臉上滲出的汗水會凝聚在眉頭、流入眼睛，就用毛巾隨意擦了擦臉，但腳步始終沒有停下。我以固定的步伐寬度奔跑著，跑到氣喘吁吁，快要喘不過氣，感覺心臟都快炸了。

無論如何，當我跑完目標數字，從跑步機上下來後，就感覺到頭一陣發暈，胃裡不停翻騰，只能暫時扶住膝蓋喘著氣。雖然口渴了，但感覺只要一喝水就會全部吐出來。他媽的，我為什麼要這麼辛苦啊？我重新擦了擦臉上的汗水，調整了一會兒呼吸。

「哎呦，鄭理事要去參加馬拉松嗎？」

不知是誰在跟我搭話，我往上瞟了一眼，站在一旁的是很久沒見了的劉夏俊。他把水遞給了我，因為覺得現在有稍微平靜了一些，應該可以喝水了，於是直起腰接過他的水，直到「咕嚕咕嚕」地喝了大半瓶，口渴才稍微好轉了一些。

「你本來就會來這間健身房嗎？」

「我大概換來這間三年了吧。你前陣子不是對運動完全不感興趣嗎？可是我聽說你最近每天都會來耶？」

到底為什麼要這麼關心別人的一舉一動呢？這裡雖然是能作為社交場合的會員制健身房，但在人剛結束運動時就跑來搭話的傢伙真的很煩。要不乾脆買一臺跑步機放在家裡吧？反正我也不擅長重量訓練。

「聽說你最近忙得連參加聚會的時間都沒有呢。」

「只是想培養體力而已。」

「喂，我們應該還不到那種年紀吧？」

劉夏俊似乎是覺得我說的話莫名其妙，眼睛瞇了起來，可我也不知道該回他什麼。雖然有話想說，但那些都不是能說出來的話，我怎麼能說是因為我在做愛的時候，受到了體力方面的指責啊，而且我還是被插的那個。

「你是不是反而變瘦了啊？」

那傢伙說的話讓我的眉頭不由得皺了起來。別人指出我也正在思考的事情，是一件相當令人痛心的事情，就算並非如此，我也不知道自己的體力是不是有所提升，反而還有種變瘦了的感覺。因為比起突然增加運動量，增加飯量更是困難，我並不是那種因為疲勞過度就會睡得比較好的人，反而會因為累積了兩倍的疲勞，變得沒有食欲而導致食量減少。這時候，我就會想起辣炒章魚，辛辣、甜度適中又有嚼勁的那個辣炒章魚。

「今天陪我們玩一下吧，要不要去打牌？」

我正要去洗三溫暖的時候，劉夏俊纏了上來。這傢伙的提議讓我噗嗤一聲笑了出來。是啊，歸根究柢我們都是一樣的。就像無論做什麼事都感覺不到快樂，渾渾噩噩活著的我一樣，沒經歷過任何困難、衣食無缺長大的傢伙們，最終尋找的都是無關緊要的興奮感。但是，因為無論喝酒、吸毒還是性愛都不是什麼難事，因此他們接著去接觸賭博也是理所當然的。該說是緊張的滋味嗎？有非常多人因為沉迷於此，在賭博上花了上億韓元，甚至更多，大家也經常會一起去香港或澳門賭博，但是我並不感興趣。

「你有看我去過那種場合嗎？」

「好吧，我也只是問問而已。那我們去喝一杯吧，你以後應該都不會再陪我們玩了吧。」

「你在說什麼？」

「你最近都不參加派對，又開始鍛鍊之前都不會鍛鍊的體力，甚至還離婚了，這不擺明是在準備些什麼嗎？」

意味深長問道的傢伙眼睛發著光。不知道是不是在打聽我有什麼可準備的，是在準備進入集團，開始全面接手管理了嗎？難道是在打聽這個嗎？雖然這是遲早會發生的事，但我還太年輕了。

我沒有回答，但劉夏俊也許是預料到了我不會回答，於是又提出了其他問題。

「之前還一副不會離婚的樣子，結果還是離了。」

「人活著就會這樣啊。」

「消息都已經傳開了，你這下有麻煩嘍。」

劉夏俊「嘿嘿」笑著拍了拍我的背。因為不知道他是什麼意思，我皺起了眉頭，劉夏俊便說道。

「我妹妹怎麼樣？我家把她培養得很好喔。」

劉夏俊嬉笑著慫恿我的話，讓我一下子就理解了他所說的「有麻煩」那句話的意思。我一直以來維持婚姻的原因之一，就是為了躲避那個麻煩。

「你想把你那大家閨秀的妹妹送給我？」

「我不是因為她是我妹妹才這樣誇她的，她真的是在夫人們間人氣第一的兒媳人選喔??再說了，反正都是策略婚姻，看好條件再結婚也比較好啊。」

居然說條件，難道我的條件有好到能讓她跟我這個曾經離過婚，個性有病、私生活又淫亂的男人結婚嗎？又不是家裡沒錢，必須賣掉女兒的情況，他談論條件的樣子真是讓人毛骨悚然。然而另一方面，我發現自己很快就認同這是理所當然的，因為我和安賢珍的婚姻也是在與我的想法無關的情況下進行的，同樣的情況若是再次發生，我也會再結一次婚。

「如果我有要再婚的話，就不會離婚了。」

最終，雖然腦子裡想的是「就算是我也無可奈何」，嘴裡還是胡亂地說出了如此堅決的話。

尹熙謙，這是因為我想起了他。

劉夏俊非常堅持，就像他所說的，我已經很久沒有來到這樣的場合，所以我最終還是與他一起來了。一張桌子上有四、五個人在打著撲克牌，而另一張桌子旁的人則聚集在一起，半躺在沙發上喝酒。因為以前經常會見面，而且也很久沒見了，所以他們都很歡迎我。

「搞什麼啊，最近都沒見到你欸？」

「我很忙。」

「別人看了還以為你公司就只有你一個人在工作呢。擺出正經度日的樣子，還離婚了，你最近很可疑耶？」

這樣問道的李道經和我是六寸關係[3]的親戚，比我大兩歲。鄭世進會長的弟弟在分家之後又成立了另一個集團，而李道經在其子公司中的化妝品事業部工作。她提出

3 六寸關係：韓國使用「寸數」來確定親屬關係，其中六寸指的是同一曾祖父的遠房堂兄弟姐妹。

的問題與劉夏俊有著相同的含義，周圍的其他人也在關注我會做出怎樣的回答，但我真的沒什麼好回答的。

「我有什麼可準備的？而且我離婚不是理所當然的事嗎？」

「如果是在兩年前就離婚的話，那我們可能還會這樣覺得，但你不是一直以來都帶著她一起生活，搞得好像不會離婚一樣嗎？」

「就是因為不知道什麼時候會離婚，所以才帶著她生活的。」

哼嗯。雖然李道經用銳利的目光打量著我，但我沒什麼可說的了。

雖然她和我的親屬關係並不算近，但我有時候會覺得在親戚當中，她跟我相當像。比如，我們有著一雙銳利的眼神。

「怎麼，你在交往的女人不喜歡你是有婦之夫嗎？」

並且直覺敏銳。

但是，就像我很擅長讀懂人心和情況一樣，我也很善於包裝和偽裝自己。僅僅是咧嘴一笑就足夠了。

「原來妳老公是因為這樣才說要跟妳離婚的啊？」

「……怎麼會扯那個混蛋啊？」

李道經瞪著我，咬牙切齒。在這個圈子裡，她的戀愛史也算是相當有名的。她本來有一個喜歡得要命的男人，在家人的反對下被迫分手，並走上策略聯姻這條路，是個老套到不行的故事。聽說當時她為了結婚，真的有試圖自殺過，而看到她那個樣子的現任丈夫，在和她結婚前就對她沒了感情。膝下無子的兩個人從結婚到現在，一直維持著很難稱之為夫妻的夫妻關係。也有人說在此期間，振作起來的李道經也曾嘗試過要好好表現，但是男人並沒有如她所願。

「不用你說，聽說他帶著那個女人去了澳大利亞呢。」

「大姐有資格說這種話嗎？妳不是又有新歡了？」

雖然劉夏俊是在開玩笑，可李道經一瞪大眼睛怒視他，他就急忙舉起雙手閉上了嘴，不過他還是在嘿嘿笑著，座位上的其他人也都在笑。

自從李道經的丈夫拒絕與她和好之後，李道經也開始與其他男人交往了，但是她並沒有像她丈夫那樣玩著戀人家家酒，而是徹底以包養的方式跟男人來往。在場沒有人不知道這件事，是要誰說話小心一點啊？可能是連自己都覺得有些可笑，結果連李道經也噗嗤一聲笑了出來。

「是朴鎮成對吧？他真的挺可愛的耶。」

「可愛？喂，你去跟他交往試試看，又要手錶又要車，每次見面都跟你討這些，還可愛嗎？」

「啊，真是的，男人們到底為什麼那麼喜歡手錶和車子啊？我現在在交往的小男生也是，他要我給他車鑰匙，然後到處開車亂跑的。」

「不然男人還能拿什麼裝飾品來炫富？戴項鍊？還是戴耳環？」

真是沒有營養的對話。才剛來就覺得厭煩的這一剎那，手錶和車子的話題鑽進了我的耳朵裡。是啊，有很多男人都對手錶跟車有著欲望，在場的這些傢伙或多或少都買過幾隻高級手錶，也有為了限量版手錶而絞盡腦汁的人。而車也是如此。

從以前開始我就覺得手錶這種東西，只要用鄭會長或親戚從國外回來買給我的禮物就很足夠了，我也不在乎自己戴的是什麼。雖然像劉夏俊一樣對手錶感興趣的人都會抓住我的手腕，感到羨慕不已，但我沒有因此而驕傲。我對車也沒有特別感興趣。但我只是沒有什麼特別的愛好，還是知道普通男性對手錶和汽車都抱有幻想的。

而且我最近只要一有空，就會想著要不要送尹熙謙一個禮物。特別是在他沒有連繫我的過去三天裡，這種想法更是頻繁地浮現在腦海裡。

在一個月前，與尹熙謙最後一次做愛、分別後，我和尹熙謙一天內都會互傳好幾次訊息。不會有什麼特別的對話，「睡得好嗎」「吃飯了嗎」「晚安」，大概都只是這樣的問候而已。因為他說過直到拍攝結束為止，大概會有幾週都不能回來，所以我也沒有問他是否會回首爾。雖然我也曾想過要去找他，但覺得這樣太超過了。我也沒有打電話給他，因為感覺自己只要聽到他的聲音，身體就會發熱。

就這樣經過了將近一個月的時間，最後一次訊息是在三天前傳來的，在那之後就斷了連繫，他在訊息裡說這週會再拍攝幾天，等拍攝結束後就會回來首爾，週末見，他會在家裡等我。從他傳來的最後一封訊息中，「家」這個詞讓我感受到了奇妙的刺痛感，就好像心臟被貫穿了一樣。

好久沒有在週末見面了，而且他拍電影也很辛苦，要不買點東西給他吧？有了這樣的想法，我便想著要不要去一趟百貨公司。雖然我並沒有閒到可以自己去逛百貨公司，也不是那種喜歡購物的人，但總是把自己的東西委託給吳敏周或金泰運處理的我，明天打算抽空自己去一趟。

不過，手錶或汽車啊。明天就算去逛了百貨公司，自己真的能決定好要買什麼嗎？就在我這麼懷疑的時候，覺得手錶和車子真是個不錯的主意。

『因為我沒有車，所以柱成哥……就是韓社長會開車載我過去。』

最後一次見面的那天，要分別之際，我問尹熙謙要怎麼過去，他是這麼回答的。

是啊，我本來就知道他沒有車，也有聽說他在回來首爾的時候，搭的都是同路工作人員的便車，只是不知道載他的是韓柱成罷了。還有，他親密地稱呼韓柱成為「柱成哥」的部分，嗯……認識的時間久了，也是可以叫他柱成哥的嘛。不過他們兩個的年紀不是差了超過十歲嗎？媽的，太厚臉皮了吧，哥什麼哥啊。想到這些，會讓心情變得糟糕的記憶便接連浮現。

從這個意義上來說，車對他來說是非常必要的，也是很合我心意的東西。

「他叫妳買什麼車給他？」

當我正在苦惱哪種比較好的瞬間，劉夏俊問道。這是一個能搔到我癢處的有用問題。

「他現在好像是迷上藍寶堅尼了。最近因為在電視上看到一些開賓利的藝人，就一直嚷嚷著很帥、好羨慕什麼的，不過現在可能是意識到自己還沒達到那個水準。」

「確實挺可愛的嘛。」

「這就是問題所在啊，真是的，不管是藍寶堅尼還是賓利不都差不多嗎？」

我聽著他們的喧嘩聲，沉浸在自己的思緒中，這是因為抽樣調查對我來說完全沒有幫助。

……藍寶堅尼或賓利啊，感覺尹熙謙不會因為我買了這種東西給他就感到高興，說不定反而會覺得很有負擔，又或是暴怒著問我這是不是嫖資。

聽說他在沒有被包養的情況下，只靠自己的收入度日，我實在是無法想像大家說他以前大頭症很嚴重，虛榮的樣子，不過無論如何，那都只是過去的事了。

如果要買給他，就該買一臺男人們的夢中情車，這樣我也會有面子，但一方面又覺得他應該不會收下，所以就更複雜了。即使是買便宜的國產車，他肯定也會僵著臉說自己沒有理由收下。現在的尹熙謙就是這樣的人。

諷刺的是，我明明是花自己的錢，真的是在傷無謂的腦筋。只要我幫忙做點什麼，大家都會開心到不知該如何是好，可尹熙謙完全不是這樣，所以一點也不容易。還有，我到現在都還覺得上次沒能讓他仔細看過房子很可惜，我應該在他上次去的時候，就讓他參觀完整間房子的。當時的氣氛還不錯，所以即使給他看這樣那樣的東西，他應該也會勉強接受的……

「是有人打電話給你嗎？」

因為陷入沉思，直到有人這麼說的時候，我才注意到我的手機正在響。會在這個時間打給我的人，是金泰運嗎？

但是，當我從懷裡掏出手機的時候，我嚇了一跳，手機都差點掉了。因為我無法相信自己的眼睛，所以呆呆地盯著手機螢幕上的名字幾秒鐘。嗡嗡嗡，嗡嗡嗡，手機傳來的震動，似乎讓我的心都動搖了。

尹熙謙。

雖然只是名字這三個字，但是因為是意想不到的名字，我不禁嚇了一跳。

「你要去哪？」

「接電話。」

「在這裡接就好啦？」

我越過說這些話的人，離開了座位。鄭理事，你真的有女人啦??身後傳來李道經詢問的喊聲，但我無暇回應，快步離開了休息室，接起了電話。震動持續了很長一段時間，我擔心電話會掛掉，所以手上的動作很著急。

「喂。」

電話另一頭的人沒有說話。我確認了一下電話是不是掛斷了，但螢幕顯示還在通話中。

「喂，喂?尹導演。」

除了再次呼喚之外還有別的辦法嗎?難道是出了什麼事嗎?當我的想法開始變得消極，在不安感漸漸抬頭的一剎那。

『……您在哪裡？』

尹熙謙的聲音響了起來。雖然他的聲音比平時低沉而有些彆扭，但就連那個聲音都讓我很高興。雖然他嚇到了我，我覺得他有點可惡，但也無所謂。

「我正在聚會，有什麼事嗎？」

『……我現在在首爾。』

什麼……??我一瞬間懷疑自己的耳朵，但很快就理解了。也就是說，尹熙謙現在在首爾，在不遠之處。幾天沒連繫了，一連繫就這麼讓人吃驚。

「首爾……拍攝已經結束了嗎？全體都回來首爾了？還是說其實發生什麼事了？」

我的心如連珠砲似的提出問題的嘴一樣焦急。昨天得到的簡單報告是，拍攝已經接近尾聲，所以楊絢智正在擠出僅剩的力氣演戲，不過我原以為還需要花費幾天，沒想到居然這麼早就回來首爾了。

『我現在想跟您見個面。』

判斷力變得薄弱，只是懷著茫然的心情，想著要去見他，我沒有注意到他的聲音因為其他的原因而變得僵硬，不是平時那帶有極致誘人的慵懶感的聲音。

尹熙謙離我所在的地方不遠，但是因為他人在江南，所以比起我給他使用的公寓，我自己的頂層公寓位置更近，在前去接他的路上，我因此陷入了短暫的苦惱之中。雖然時間已經很晚了，應該不會塞車，但我家就在眼前而已，真的有必要去到那裡嗎？這真是讓我苦惱不已。包括安賢珍，我從未帶過任何伴侶到我家去過，但是因為很久沒見到尹熙謙了，所以我並不想要浪費時間。

因為距離很近，我馬上就到了他所在的地方。他說他站在路邊，而我沒花多少時間就找到他了。他站在人行道上，我把車停到他前面。時間很晚了，在人跡罕至、無人經過的人行道上，行道樹因路燈的燈光而打下陰影，尹熙謙則靠在人行道一側的圍牆上。

我打開副駕駛座的窗戶，喚了尹熙謙一聲。他明明只離我大概三公尺遠而已，不太可能會沒看到我的車，可是他沒有走近，只是呆呆地站在原地，

我本想著要打電話給他，結果還是直接下了車。是有什麼不能上車的理由嗎？還是有什麼想做的事？我想得非常單純，直到這時候我都還沒有發現異狀。

「怎麼不上車？」

我繞過車子，走上人行道來到他面前時，我才發現他手上拿著一罐啤酒。而且，被樹蔭籠罩的他的表情也很奇怪。

「……尹熙謙先生？」

……不知道該怎麼形容才好，他的表情和眼神就是這樣。我不認為僅僅一罐啤酒他就會喝醉，那並不是因為喝醉而動搖的眼神。他看向我的視線在顫抖，表情咬牙隱忍。那一刻我覺得尹熙謙好像就要破碎消失，我知道這是不可能的，但他看起來太岌

岌可危了，於是我為了包住他被寒風吹涼的臉，抓住他的存在，悄悄伸出了手。

但是，我的手沒能碰到他。

「啪！」伴隨著聲音，有什麼東西從空中擦過我的手，而我想要觸碰他的手，在碰到他之前就落了下來。我花了一段時間才意識到是尹熙謙拍掉了我的手，在我的記憶中，尹熙謙從未表現出這樣拒絕的姿態。

「……怎麼了？」

被他拍掉的手慢半拍地刺痛了起來，但是我無暇去摀住那隻手，只是望向他。他的視線依然顫抖著，卻直視著我。他身上有一些酒味，但我確信他並沒有醉。

「……真的是鄭理事您做的嗎？」

「什麼？」

當他終於出聲的時候，正好是我的耐心快要到達極限的時候。因為是第一次經歷他的拒絕，而且又是經過長時間的等待後才得出的回應，再加上那超出了我的理解範疇的提問，所以我非常不愉快地反問。在黑暗中，我隱約能看到尹熙謙咬住嘴唇的模樣，有什麼事情讓他感到痛苦，他的眉頭緊鎖。

他終於開口了。

「從我家裡被搜出的大麻和毒品，是鄭理事讓我的經紀人放進去的嗎？」

——《單行戀01》完

高寶書版集團
gobooks.com.tw

CRS034
單行戀 01
외사랑

作　　者　TR
譯　　者　陳莉蓉
編　　輯　王念恩
美術編輯　單宇
排　　版　彭立瑋
企　　劃　方慧娟

發 行 人　朱凱蕾
出　　版　朧月書版股份有限公司
　　　　　Hazy Moon Publishing Co., Ltd.
地　　址　臺北市內湖區洲子街 88 號 3 樓
網　　址　www.gobooks.com.tw
電　　話　(02) 27992788
電　　郵　readers@gobooks.com.tw（讀者服務部）
傳　　真　出版部　(02) 27990909　行銷部 (02) 27993088
郵政劃撥　19394552
戶　　名　英屬維京群島商高寶國際有限公司臺灣分公司
發　　行　英屬維京群島商高寶國際有限公司臺灣分公司／Printed in Taiwan
初版日期　2023 年 12 月

國家圖書館出版品預行編目 (CIP) 資料

單行戀 / TR 作；陳莉蓉譯 . -- 初版 . -- 臺北市：朧月書版股份有限公司出版：英屬維京群島商高寶國際有限公司台灣分公司發行 , 2023.12
面；　公分 . --

譯自：외사랑

ISBN 978-626-7362-12-9 (第 1 冊：平裝)

862.57　　112015267